पीले रूमालों की रात

नरेन्द्र नागदेव

वाणी प्रकाशन

वाणी प्रकाशन

4695, 21-ए, दरियागंज, नयी दिल्ली 110 002

शाखा

अशोक राजपथ, पटना 800 004

फ़ोन : +911123273167 फ़ैक्स : +911123275710

www.vaniprakashan.in
vaniprakashan@gmail.com

PEELE RUMALON KI RAAT
by Narendra Nagdev

ISBN : 978-93-5072-975-5
Novel

प्रथम संस्करण 2015
मूल्य : ₹ 350

हर्ष प्रिंटर्स, दिल्ली-110 093 में मुद्रित

वाणी प्रकाशन का लोगो मक़बूल फ़िदा हुसेन की कूची से

अन्याय के प्रतिकार में उठी
सबसे कमज़ोर आवाज़ को

अजनबी आया एक दिन

'छुपन-छुपाई खेलेंगे?'

'दो लोगों में क्या मजा आयेगा? संग्राम तो आया नहीं।'

'कुछ कह रहा था?'

'अरे, परसों वह सागर की यात्रा पर जा रहा है ना पापा के साथ।'

वह एक सुस्त, ढलती दोपहर थी पारबतीपुर की, जब धूल-भरी गलियों में सन्नाटा पसरा होता था। परिन्दे किसी और आकाश में होते थे। झरे, पीले पत्ते ऊँघते रहते थे, और यदा-कदा किसी हवा के झोंके के जबर्दस्ती करने पर बेमन से थोड़ा इधर-उधर सरक जाते थे।

वे तीनों हमेशा साथ खेलते थे—रामनारायण, जोरावर और संग्राम। वे तीन शरीर एक प्राण थे। सात-आठ वर्ष की उम्र। निश्छल दोस्ती के दिन।

'तो चलो, काली मन्दिर चलते हैं।'

'बन्द होगा अभी। क्या करेंगे वहाँ?'

'दरवाजे की सेंध से झाँक कर देखेंगे काली माँ की मूर्त्ति।'

'क्या दिखेगा? भीतर अँधेरा होगा।'

'एक दीप लगातार जलता है। उसकी सुनहरी रोशनी मूर्त्ति के चेहरे पर पड़ती है। बड़ी-बड़ी भयावह आँखें, बाहर निकली लाल जीभ, हाथों में कटा नरमुंड ...।'

'क्या उसे पता चल जायेगा कि हम चोरी-छिपे उसे देख रहे हैं।'

'तुम यह सब क्यों सोच रहे हो?'

'नहीं...वह पसन्द नहीं करती। पहले वह अपने भक्तों की रक्षा करती थी। पर एक दिन उसके भक्तों ने प्रसाद ग्रहण करने के बाद उसे तब पलट कर देखने की जुर्रत की, जब वह प्रसाद ग्रहण कर रही थी। उसने क्रोधित हो कर कहा कि आज से वह किसी भक्त की रक्षा नहीं करेगी। वह जिम्मेदारी आज से खतम।'...

...मन्दिर गाँव के अन्तिम छोर पर था। उसके आगे झाड़ियाँ और नदी। दिन के उस पहर में जैसे कहीं कुछ घट जाने की आशंका सी बनी रहती थी माहौल में। सामान्यता किसी की आवाजाही नहीं होती थी उधर।

मन्दिर के ओटले पर आवारा किस्म के लड़के जुआ खेल रहे थे।

रामनारायण और संग्राम को आते देख कर उनके भीतर की आदिम, हिंसक प्रवृत्ति भड़क उठी—'मारो सालों को...खाली कर दो इनकी जेबें...।'

वे दोनों को घेर कर पीटने लगे थे।

सन्नाटा भरभरा कर ढह गया। चीख-पुकार। उठा-पटक। धूल का गुबार। दोनों ही डरते नहीं थे। अनायास आयी विपत्ति का दिलेरी से सामना करते रहे। जोरावर का शरीर मजबूत था। रामनारायण कमजोर थे। पर जूझते रहे। चारों बदमाशों को इस प्रतिकार की उम्मीद नहीं थी। चिढ़ कर एक ने सड़क पर पड़ा पत्थर उठा कर रामनारायण के माथे को लहूलुहान कर दिया।

...तभी वह चमत्कार हुआ।

साथ की गली से अचानक निकल कर एक मुक्तिदूत प्रकट हो गया। भव्य व्यक्तित्व। खूब ऊँचा पूरा। गौर वर्ण और नीली आँखों वाला।

उसने दोनों हाथों में एक-एक बदमाश को उठा कर हवा में उछाल दिया। कोई मुकाबला ही नहीं था। गिरते-पड़ते, जान बचा कर नहीं भागे होते वे बदमाश तो चित पड़े नजर आते जमीन पर।

वह शाम रामनारायण की स्मृति में कुंडली मार कर बैठ गयी थी बाद के दिनों में। एक नितान्त अजनबी के साथ बिताई हुई एक शाम, जिसने बड़े स्नेह से उनके माथे का खून पोंछ कर अपने रूमाल से उस पर पट्टी की थी। बड़े आग्रह से जिसने उन्हें मिठाई खिलाई थी, यह कह कर कि वह उनकी बहादुरी के लिए मात्र बधाई दे रहा है।...जो अँधेरा होने के बाद उनके साथ पीपल के नीचे चबूतरे पर बैठा था, कहानी-किस्से सुनाता हुआ।

...कि कई युगों पहले की बात है। एक महादैत्य पैदा हुआ, जिसका नाम था रक्तबीज। इतना बड़ा कि समुन्दर के बीच खड़ा होता तो पानी सिर्फ उसकी कमर तक ही आ पाता था। अट्टहास करता था, तो काँपने लगते थे जमीन-आसमान। चलता था तो भूचाल आ जाता था। वह निकल पड़ा जमीन पर से मनुष्य जाति को खत्म करने। त्राहि-त्राहि मच गयी ब्रह्मांड में।

...जब वह देवताओं के बस में भी नहीं आया, तो काली माँ अवतरित हुई। साक्षात् शक्ति का अवतार। क्रोध में फुंकारती। खड्ग घुमाती। टुकड़े-टुकड़े कर दिये उसने रक्तबीज के तो आकाश से वर्षा हुई फूलों की।...लेकिन यह क्या? रक्तबीज के रक्त की बूँदें जहाँ-जहाँ पड़ीं, वहाँ-वहाँ फिर दैत्य पैदा हो गये। ...तो भवानी माँ ने हुक्म दिया अपने भक्तों को, कि संहार करो इन दैत्यों का इस तरह कि

बूँद नहीं गिरे खून की।...

वो कहानी बाद के वर्षों में वहीं टिकी रही पीपल के नीचे। जब भी कभी रामनारायण अथवा जोरावर उधर से निकलते, वह करवट बदल कर साथ हो लेती।

'पारबतीपुर में पहली बार आये हो?'—दोनों ने अजनबी से पूछा।

'यात्रा के साथ आया हूँ। शेष यात्री अमराई में रुके हैं। मैं गुड़-चने की तलाश में गाँव के भीतर आ गया।'

'कहाँ से आये हो...?'

मुरैना से। सागर जा रहे हैं।'

'सागर?'—दोनों एक साथ चहक उठे—'उधर तो हमारे दोस्त संग्राम के बापू को भी जाना है। और संग्राम को भी।'

आगन्तुक के चेहरे पर चमक आयी थी। वे छोटे थे। समझ नहीं सके थे कि ऐसी चमक सिर्फ शिकारी के चेहरे पर ही आती है—शिकार का आभास पा कर।

'सब काली माँ का रचा खेल है।'—उसने आँखें बन्द की। हाथ ऊपर उठा दिये आकाश की तरफ—'उन्हीं ने मुझे यहाँ भेजा है, तुम्हारे दोस्त और उसके बापू की सुरक्षा के लिए।'

...बाद के वर्षों मे जब भी वे पीपल के पास से निकलते, तो उस रात आगन्तुक द्वारा कही गयी एक-एक बात पीछा करती हुई चलने लगती। कैसे उसने सागर के रास्ते पर सम्भावित खतरों के किस्से सुना-सुना कर उन्हें स्तब्ध कर दिया था...और कैसे उनके कन्धों पर दिलासा का हाथ रख कर कहा था कि मैं हूँ ना...चिन्ता क्यों करते हो? मैं भी तो वहीं जा रहा हूँ।

...अच्छा बच्चों, क्या तुम मुझे संग्राम के बापू से मिला दोगे?

बाद के वर्षों में उन्होंने हजार बार चाहा कि वक्त में सिर्फ एक बार पीछे लौटने का मौका मिला तो उस गलती को वे सुधार लें जो उस दिन उन्होंने उसे संग्राम के बापू से मिला कर की थी।...अरे, ऐसा कभी हो सकता है क्या?

अगले दिन तो उस अजनबी ने संग्राम और उसके बापू को पूरी तरह बाँध लिया था अपने सम्मोहन के पाश में। वह दिन भर उनके साथ नजर आया। उन्हें सलाह देता, उनका सामान बँधवाता, बल्कि जरूरत की छोटी-मोटी चीजों का इन्तजाम करता हुआ।

उस शाम को संग्राम को उन्होंने अन्तिम बार देखा था। उसी आगन्तुक के साथ। वह उसे बढ़िया कुर्त्ता-पाजामा खरीद कर दे रहा था।

वह शायद फरवरी-मार्च की एक शाम थी। सर्दियाँ गुजर चुकी थीं। गर्मियाँ

आने में अभी वक्त था। पारबतीपुर में उस मौसम में खूब आत्मीय-सी हवाएँ चलती हैं।

संग्राम एक पल के लिए भी उस व्यक्ति से अलग होना नहीं चाहता था। उसने उसकी उँगली पकड़ रखी थी। उन्हें देख कर वह दूर से ही चिल्लाया था—'...मैं वापस लौट कर तुमसे मिलूँगा...अभी मुझे काम है...'

वह कभी वापस नहीं लौटा...न उसके बापू...

एक गहरा अपराध-भाव कहीं से घुमड़ता हुआ आया, और रामनारायण और जोरावर के मन में कुंडली मार कर बैठ गया।

...कुल सात-आठ साल की उम्र...कोमल अनुभूतियों वाला निश्छल-निर्दोष मन...उन्हें पता ही नहीं चला और आप से आप दिनचर्या बदल गयी।

न छुपन-छुपाई की इच्छाएँ शेष रह गयीं, न अंटी—गुल्ली-डंडों की...

गर्मियों की तपती सूनी दोपहरियों में वे गाँव के पास वाले खँडहरों में जा बैठते और बस चुप बैठे रहते।

'...माँ क्या कहती है?'

'यही...कि इसमें तुम्हारी कोई गलती नहीं है। बल्कि तुमने तो उन दोनों की सुरक्षा के लिए ही अजनबी को उनसे मिलवाया था।'

'वो तो ठीक है...लेकिन यह भी तो उतना ही सही है ना कि...अगर उस अजनबी के वेश में मौत आयी थी, तो उसे उन दोनों के घर का रास्ता हमीं ने बताया था।'...

वे भीतर ही भीतर गहरे विक्षोभ और तड़प से भर उठते।

'...मैं बड़ा हो कर उसे ढूँढ़ निकालूँगा और मार डालूँगा।'

'यही मैं माँ से कहता हूँ। लेकिन वह कहती है कि उस एक के मर जाने से क्या होगा? ये तो असंख्य हैं।...हजारों मीलों तक फैले वनांचलों में चींटियों की तरह समाए हुए हैं...ये नजर भी नहीं आते। अपने शिकार तक को नजर नहीं आते। सिर्फ एक क्षण को उसे नजर आते हैं—तब, जब पीला रूमाल उसके गले में कस चुका होता है।'...

उनकी आँखों के आगे किसी निर्जन जगह की झाड़ियाँ उभरतीं और फटी-फटी आँखों से ठगों को देखते हुए संग्राम और उसके बापू के चेहरे उभरते और वे उठ खड़े होते।...

खँडहरों में धूप सुलगने लगती और गर्म हवाएँ चलने लगतीं।

वे लौटते हुए, वैद्य जी के दरवाजे पर प्यास बुझाने के लिए रुकते। वैद्य जी की बातें उन्हें खास समझ में नहीं आतीं, लेकिन वे ध्यान से सुनते और सिर हिलाते।

'...तो देखो, अभी तुम बहुत छोटे हो। पढ़ो-लिखो। काम-धाम करो। बड़े हो

जाओ पहले। फिर यह सब करना, जो तुम्हारे मन को मथ रहा है।...बस ये है कि इस इच्छा को जिलाये रखना अपने मन में।...मरने मत देना इसे तब तक...'

अँधेरी रातों में वे चौंक कर उठ बैठते। बिस्तर छत पर लगा होता था। असंख्य तारे आकाश में टिमकते रहते।

'उनमें दो नये तारे जुड़ गये होंगे' वे सोचते—'एक संग्राम और एक उसके बापू...।'

माँ कहती थी कि आदमी इस दुनिया से चले जाने के बाद सितारा बन जाता है।

...लेकिन वे ऊपर से सीधे उसे देख रहे होंगे। शायद हिकारत से...क्यों किया तुमने ऐसा? क्यों दिया था तुमने उसे हमारा पता?...तुम जवाबदार हो हमारी हत्या के...तुम...!

घबराहट में साँस धौंकनी-सी चलने लगती। वह पसीने से तर हो जाता। माँ थपकियाँ दे कर सुलाने की कोशिश करती...उसे फिर नींद नहीं आती।

'वैद्य जी ठीक ही तो कहते हैं बेटा। पहले बड़े हो जाओ, फिर लड़ना। और लड़ाई उस नृशंस तन्त्र से करना।'

'उससे...कैसे लड़ेंगे माँ?'

'वक्त सब सिखा देता है, बेटे।'

एक

'रोहिणी...मैं जिन्दगी में कुछ भी नहीं कर सका...।'—यह पचास की उम्र पार कर चुके रामनारायण की आवाज होती थी। हताशा में डूबी।

रात में उन्हें नींद नहीं आती। वे ऐसे ही करवट बदलते। अक्सर यह आत्मालाप होता। उन्हें पता भी नहीं होता कि रोहिणी सोई हुई है अथवा जागी हुई।...वे उससे उत्तर की अपेक्षा भी नहीं करते।

वह यथासम्भव उन्हें सान्त्वना देती—'ऐसा क्यों सोंचते हो?...तुमने जिन्दगी भर कोशिश की। अपनी ओर से पूरी ईमानदारी से।...और क्या कर सकते थे?'

लेकिन वे सान्त्वना से परे होते थे—'तुम्हें नहीं पता...बचपन में कितना जोशं था मुझमें। मैं जिन्दगी में कुछ कर गुजरने के लिए ही पैदा हुआ था। मुझमें गुण थे, उत्साह था, गुस्सा था कि इन काली-भक्त ठगों की जड़ें काट दूँगा...लेकिन क्या कर सका मैं?'

'किया है तुमने। यकीनन किया है। इस घर में आयी हूँ, तब से तुम्हें वही सब

करते देखा है।...सच है कि तुम तीर-तलवार लेकर आमने-सामने नहीं लड़े।...लेकिन तुम्हें स्वयं भी एहसास नहीं है कि तुम उनके विरुद्ध लगातार कितनी बड़ी, कितनी खतरनाक लड़ाई लड़ते रहे जिन्दगी भर।...अरे, वे ठग तो काम को अंजाम देने वाले मोहरे जरूर हैं, लेकिन उनके पीछे असल ताकत तो ये सम्पन्न, शक्तिशाली लोग हैं—इस गाँव के कोतवाल, यहाँ के पटवारी, यहाँ का बनिया... । मैंने लगातार तुम्हें देखा है इन लोगों के विरुद्ध जनमत तैयार करते, ठगों के साथ इन लोगों की मिलीभगत के प्रति लोगों को सचेत करते और उनके सिर पर इनके वरदहस्त का भंडाफोड़ करते हुए।...बल्कि उनकी लूट में इनकी सीधी हिस्सेदारी तक का खुलासा करते हुए।...यह ठीक से जानते हुए भी कि ऐसा कर के तुम हर कदम पर अपनी जान जोखिम में डाल रहे हो।...कि तुमने ऐसे नृशंस लोगों से सीधे दुश्मनी मोल ले ली है।...कि तुमने स्वयं को उनके रास्ते का वह काँटा बना लिया है, जिसे वे पहला मौका मिलते ही उखाड़ फेंकना चाहेंगे।'...

'लेकिन मैं बदल क्या पाया रोहिणी?...पारबतीपुर मेरे नहीं होने पर भी वैसा ही रहेगा, जैसे मेरे होते हुए है।...ये तमाम काली-भक्त ऐसे ही यात्राओं पर जाते रहेंगे और मालामाल हो कर वापस आते रहेंगे...ऐसे ही खुशहाल होते रहेंगे ये कोतवाल, पटवारी, लाला।...

वह वर्ष था सन् 1834।

ग्राम था पारबतीपुर—हजारों मीलों तक फैले नर्मदा के बीहड़ वनांचलों के बीच कहीं अटका हुआ एक छोटा-सा गाँव।

वनांचल, जहाँ मध्य-युगीन अन्धविश्वासों और अशिक्षा का अन्धकार अभी तक पसरा हुआ था।

बीहड़, घने जंगल, जहाँ रात होने पर काली माँ अपने विकराल स्वरूप में अन्धाधुन्ध घूमती थी—अपने चारों हाथों मे खड्ग-खप्पर और कटा मुंड लिए ...नर-मुंडों की माला से विभूषित...लाल जीभ निकाले और बड़ी-बड़ी भयद् आँखें फाड़े...चक्रवात्-सी घूमती कभी पहाड़ों पर, कभी मैदानों में...सियार उसकी आहट सुन कर रोते थे।

एक जगह से दूसरी जगह जाने के लिए हिम्मत तक नहीं करते थे अकेले यात्री। वे समूह बना लेते थे सौ-दो सौ यात्रियों के। तब कहीं निकलते थे एक शहर से दूसरे शहर। यात्रा, जो कच्ची-पक्की पगडंडियों, दुर्गम, ऊबड़-खाबड़ रास्तों से हो कर गुजरती थी, कभी तो ऐसे घने जंगलों से जहाँ सूरज की किरणें तक नहीं पहुँच पाती थीं जमीन तक।

बैलगाड़ियों, अश्वारोहियों और पद-यात्रियों का काफिला...

जिसमें तीर्थ यात्रा को निकले साधु-सन्त होते थे अपने-अपने त्रिशूल-झंडे फहराते हुए, गेरूएँ वस्त्र, भस्म-भभूत में लिपटे, डमरू बजाते, जय-जयकार करते हुए।...

सरकारी कर्मचारी होते थे, फाइलों के गट्ठर दबाये, पान चबाते...ब्रिटिश हुकूमत, राजा साहब, और अपने-अपने साहबों पर भड़ास उतारते हुए...

व्यापारी होते थे, एक शहर से दूसरे शहर विक्रय के लिए उम्दा वस्त्र, स्वर्णाभूषण, मणि-मुक्ताओं से भरे सन्दूकों को गाड़ियों में सँभालते और नफे-नुक्सान पर बहस करते हुए...

सामान्य जन होते थे पैदल, वजीर-मनसबदार, और ऊँचे दर्जे की तवायफें होती थीं पालकियों में सवार...।

यात्राएँ चलती थीं और स्त्री-कंठों से निकले समूह गान झरझराते थे हवाओं के साथ...

थोड़े से दिनों के परिचय, थोड़े से दिनों के साथ-साथ मुसीबतें झेलने के एहसास...थोड़े-से दिनों की आत्मीयताएँ।

ये सब होते थे यात्राओं में और ये सब नजर भी आते थे।

लेकिन एक और वर्ग होता था यात्राओं में जो होता था, लेकिन नजर नहीं आता था। वे काली के भक्त होते थे। ठीक अन्य यात्रियों की तरह। भोले-भाले यात्रियों को सुरक्षा का आश्वासन दे कर विश्वास में लेते हुए।

...एक बार पूरी तरह विश्वास में आ गये यात्री, तो फिर किसी सुनसान जगह पर मौका पाते ही अपने पीले रूमालों के फंदे उनकी गर्दन में कसने में उनकी उँगलियाँ जरा भी नहीं काँपती थीं।...फिर माल-असबाब उनका और मृत देह काली माँ की।...

वे ठगों के गिरोह होते थे, जो लूटपाट के बाद धूम-धड़ाके के साथ वापस गाँव लौटते थे।

गाँव की सीमा पर खूब उत्साह के साथ उनका स्वागत किया जाता। पारबतीपुर की गलियाँ उस दिन अबीर-गुलाल और बिखरती हुई फूलों की पंखुड़ियों से ढँक जातीं। उन्हें जुलूस की शक्ल में काली मन्दिर की ओर ले जाया जाता। रास्ते भर स्त्रियाँ मंगल गातीं और वे बच्चों को पैसे लुटाते चलते।

मन्दिर में उनके लिए विशेष आरती होती। ढोल नगाड़े बजते। कर्णभेदी शोर। ...अँधेरे कमरे में काली की भयावह मूर्ति के आगे...सधी हुई गोलाई में घूमता पुजारी का दीपक वाला हाथ...।

पशुबलि दी जाती। फर्श पर खून बहता। खून के छींटे उड़ते। भक्त उन्मत्त हो

कर नाचते...बेसुध ...।

अकेले रामनारायण उस शोरगुल में ऊँची आवाज उठा कर पूछते—'ये कौन सी तीर्थ यात्रा है, जिसमें खाली हाथ जाते हो और धन-सम्पदा भर कर लाते हो?'

एक क्षण में भृकुटियाँ तन जातीं। गुस्से में अंगारों-सी दहकने लगतीं काली-भक्तों की आँखें।

तमतमाने लगते कोतवाल, पटवारी, लाला।...

रामनारायण की जान पर बन आती। कभी वैद्य जी, कभी रोहिणी, कभी सुमेर उन्हें जल्दी-जल्दी खींच-खाँच कर वहाँ से बाहर निकालते...।

वे जख्मी हो जाते लेकिन जिद नहीं छोड़ते।

'वे तुम्हें मार डालेंगे किसी दिन'—ढोल-नगाड़ों से ऊँची आवाज उठा कर रोहिणी चिल्लाती।

'रोहिणी, मैं इनमें से एक को भी जिन्दगी भर कम नहीं कर सका।...कोई इतना भी असफल होता है क्या जिन्दगी में?'

'एक को कम कर देने से फर्क भी क्या पड़ता?...फर्क पड़ता उस पूरी व्यवस्था से लड़ने में।'—रोहिणी उन्हें सँभालती।

वे दिमाग पर जोर दे कर याद करने की कोशिश करते—...ऐसा ही...ऐसा ही कुछ वैद्य जी ने भी कहा था बचपन में...

लेकिन कहाँ से लाते वे ऐसा संगठन? इतने वर्षों तक कोई उनकी बातों पर यकीन तक करने को तैयार नहीं था। यकीन करने वाले भी खुल कर उनके खिलाफ जाने की हिम्मत कहाँ से लाते? उनके रिश्ते तो तमाम बड़े, ताकतवर और धनाढ्य लोगों के साथ थे। रियासतों के राजाओं तक का संरक्षण प्राप्त था उन्हें। सब परस्पर लाभ से बँधे हुए थे।

बीस साल पहले यही सोच कर जोरावर नरसिंगपुर चला गया था ब्रिटिश फौज में। सिर्फ वहीं से टक्कर ली जा सकती थी इनसे। वहीं से ललकारा जा सकता था इन्हें। वहीं से नष्ट किया जा सकता था।

उसे बिदा देने तब रामनारायण गये थे अमराई में, जहाँ से उसे शामिल होना था, नरसिंगपुर की ओर जाती किसी यात्रा में।

जोरावर उस दिन उत्साह की प्रतिमूर्ति नजर आ रहा था। आँखों में कुछ कर गुजरने का संकल्प। बाँहें फड़क रही थीं उस प्रतिज्ञा को पूरा करने के लिए, जो उन दोनों ने बचपन मे ली थी अपने अपराध-बोध के चलते।

'अब एक-एक ठग को रस्सी में बाँध कर नरसिंगपुर की गलियों में नहीं घुमाया तो नाम पलट देना मेरा।'—उसने जाते हुए कहा था।

अश्व पर सवार वह, ऐड़ लगा कर शेष यात्रा से आगे निकल गया था, पीछे धूल का गुबार छोड़ता हुआ।

रामनारायण के मन में गहरी कसक रह गयी थी। क्या करते वे? विद्वत्ता भरपूर दी थी ईश्वर ने उन्हें। लेकिन न वह ताकत, न वैसा लड़ाकूपन दिया था जो आवश्यक होता है फौज के लिए।

अपने बेटे सुमेर को ठीक वैसा ही बनाने की जिद उनके मन में उसी क्षण पनपी थी। वहीं से उन्होंने दूर क्षितिज पर नजर आते जोरावर को सम्बोधित किया था—'...पीछे नहीं रहूँगा जोरावर मैं। बीस साल बाद...अपने बेटे सुमेर को जरूर भेजूँगा तुम्हारे पास...उसी फौज में...ये मेरा वादा रहा।'

'तुम देखना रोहिणी, एक दिन नरसिंगपुर के फौजी दस्ते कुचल कर रख देंगे इन्हें। तब उनका नायक, हमारा बेटा सुमेर, एक शानदार अश्व पर आरूढ़ हो कर वापस लौटेगा पारबतीपुर की अमराई में...उसके चेहरे पर विजय की धवल उजास होगी...वह उन्मुक्त हँसी हँस रहा होगा...।'

'...तुम मेरे साथ चलोगी उसे लेने?'

'रात बहुत हो गयी है। अब कुछ देर सो जाओ।'

'तुम मेरे प्रश्न से बच रही हो रोहिणी...तुम अच्छी तरह जानती हो कि मैं क्या कहने जा रहा हूँ...कि क्या अब सही वक्त आ गया है उसे भेजने का?'

'बचने का प्रश्न ही कहाँ उठता है? बीस वर्षों से तुम अकेले ही नहीं, मैं भी तैयारी करती रही हूँ इसके लिए। ...सही वक्त आने पर, मैं जानती थी कि तुम यह प्रश्न करोगे ही। बल्कि मैं तो उस स्थिति के लिए भी तैयार थी कि अगर निर्णय के पक्ष तुम्हारे मन में कमजोरी आ जाती, तो मैं स्वयं तुमसे यह सवाल पूछ लेती।' ...

मारे खुशी के रामनारायण उठ बैठे—'पता नहीं...ऐसा क्यों लग रहा है?...मैं एक अजीब से एहसास से गुजर रहा हूँ रोहिणी...।'

रोहिणी ने उन्हें यह नहीं बताया कि वह इस एहसास के बारे में जानती है। यह जीवन भर की साध को फलीभूत होते देखने का मखमली एहसास होता है...

इसलिए इसे छेड़ना नहीं चाहिए, सिर्फ होने देना चाहिए।

'मैं सिर्फ यह कहना चाहती थी कि सौगत को नरसिंगपुर भेज कर पहले जोरावर के विचार पता तो कर लो कि क्या सुमेर को वहाँ भेजने के लिए यह सही वक्त है?'

...तब पता नहीं था कि उनका सन्देश लेकर सौगत नरसिंगपुर जायेगा, और फिर कभी लौट कर नहीं आयेगा।

उसे लेने रामनारायण बड़े उत्साह से पहुँचे थे अमराई में। लेकिन सौगत नहीं मिला।

यात्री सुस्ता रहे थे जमीन पर औंधे-सीधे पड़े हुए। थकान उतार रहे थे। खाना पका रहे थे। गा-बजा रहे थे।

वे घूम-घूम कर पूछ रहे थे—'सुनो भाई, तुम्हारे साथ सौगत नाम का कोई यात्री चला था नरसिंगपुर से?'

'चला तो था। भैरोगढ़ तक दिखा भी था।'—यात्री याददाश्त पर जोर देते हुए उत्तर दे रहे थे।

रामनारायण की बेचैनी बढ़ती जा रही थी। मन में आशंकाएँ कुलबुलाने लगी थीं। अब वे तेज-तेज चलते-दौड़ते हुए, यात्रियों को झिंझोड़ते हुए पूछ रहे थे—'अच्छा तो...भैरोगढ़ के बाद दिखा ही नहीं?'

अँधेरा घिर गया था। दूर-दूर तक फैले घने जंगल अपने भयद् रूप में कसमसाने लगे थे। दूर से सियारों के रोने की आवाजें आ रही थीं। वे तो, काली को देख कर रोते हैं।

तो क्या...वह उधर गयी होगी? भैरोगढ़ की झाड़ियों में अपना प्रसाद ग्रहण करने, जो उसे अर्पित किया होगा उसके नृशंस भक्तों ने?

'ठीक सोच रहे हो तुम।...गलत नहीं है तुम्हारी आशंका।'—किसी ने उनके कन्धे पर हाथ धर दिया था।

चौंक कर देखा। अस्सी साल का बूढ़ा था—सफेद झक् दाढ़ी वाला। गौर वर्ण, नीली आँखें, छरहरी देह।

उम्दा, नक्काशीदार शेरवानी।

उसने बेहद एहतियात से आसपास देखा। फिर आहिस्ता से फुसफुसाया—'...सौगत...भैरोगढ़ की झाड़ियों में ठगों के हत्थे चढ़ गया।'

'कैसे पता तुम्हें...कैसे पता?'—रामनारायण की जबान लड़खड़ाने लगी।

'मुझे पता है...क्योंकि सबसे ज्यादा मुझे ही पता है ।'—बूढ़े ने गहरी नजरों से उन्हे ताकते हुए कहा।

रामनारायण के पैरों तले जमीन खिसक गयी।

बिल्कुल स्तब्ध...

देर बाद जब कुछ पूछने के लिए सिर उठाया, तो देखा कि वह बूढ़ा धीरे-धीरे चलते हुए दूर रखी अपनी खूबसूरत पालकी के भीतर जा बैठा था।

और फिर पूछने को अब रह भी क्या गया था?

उस रात फिर नींद नहीं आयीं।

पारबतीपुर नींद में डूबा रहा। गश्त लगाती हवाएँ यदाकदा दरवाजा खटखटाती रहीं।

मानसिक यातना अपना चरम पार कर के शून्य में बदल गयी थी। आवेगों से परे, सिर्फ शून्य। अन्तिम निर्णय क्या ऐसे ही शून्य में उपजते होंगे?

पूर्वाकाश में बिखरी प्रथम सिन्दूरी आभा। आभा में उभरा सौगत का चेहरा। गहरी निराशा में मुस्कराने का यत्न करता हुआ—...मुझ पर हँसो रामनारायण। ...भला यह भी कोई बात हुई कि मैं स्वयं ही उनके झाँसे में आ गया।...और कुछ समझा तब तक देर हो चुकी थी।...उनका पीला रूमाल कस चुका था मेरी गरदन पर।...बाद में तो सिर्फ दो-चार पल शेष रह गये थे, फटी-फटी आँखों से उन्हें देखने के लिए।

रामनारायण हड़बड़ा कर उठ बैठे—'अरे, समय नष्ट मत करो सौगत...इसके पहले कि तुम्हारा चेहरा इस अरुणाभा में घुल जाय, मुझे बता दो कि जोरावर ने क्या कहा था?'

लेकिन वहाँ उत्तर देने के लिए कोई चेहरा नहीं था।

उत्तर जो भी था, सौगत के साथ दफन हो चुका था, भैरोगढ़ की झाड़ियों में, जिसे अब सुना नहीं जा सकता था।

'रोहिणी।'...

'कुछ कह रहे हो?'

'जोरावर ने जो भी कहा हो, लेकिन इस प्रक्रिया में, सौगत का बलिदान ही क्या पर्याप्त नहीं है इस निर्णय पर पहुँचने के लिए कि अब...वक्त आ ही गया है सुमेर को नरसिंगपुर फौज में भेज देने का?'

'हाँ, मैं भी सोचती हूँ...कि अब सुमेर को सँभाल लेना चाहिए अपना दायित्व।'

क्षितिज पर सूर्य का बड़ा वृत्त अब थरथराते हुए ऊपर उठने लगा था।

दो

बड़ी यात्रा पर सुमेर इसके पहले कभी अकेला नहीं निकला था।

...वही अपनी चिरपरिचित अमराई। वही वक्त भोर की पहली किरण का। वही इधर-उधर छिपने की कोशिश करता मखमली अँधेरा।

वह अश्वारूढ़ हो गया था।

माँ कुछ हट कर खड़ी थी चुपचाप। बिदा देने का उनका यही तरीका था। एक बार हल्के से गाल थपथपा कर, फिर दूर खड़ी हो जाती थी। बापू कुछ न कुछ कहते रहते थे। बिदा की उदासी झेलने के दोनों के अपने-अपने तरीके थे।

उसका ध्यान पीछे छूटे पारबतीपुर पर उतना नहीं था। एक लक्ष्य बना लिया था उसने मन में। इसे पाने की आकुलता में, और कुछ अनजाने-अपरिचित देश की ओर जाने के उत्साह ने, उसे महसूस नहीं होने दी थी, अपनों को पीछे छोड़ने की व्याकुलता।

पर ऐन प्रस्थान के वक्त वह अश्व से नीचे उतरा, और बापू को बेसाख्ता बाँहों में भर लिया। जैसे उन्हें अपने अस्तित्व मे पूर्णतः समो लेना चाहता हो, और देर तक वैसे ही रहा।

बापू क्या कहते ? उनका तो रोम-रोम आशीर्वाद दे रहा था।

...मैं आऊँगा बापू। आपके द्वारा सौंपे गये काम को सफलतापूर्वक पूरा कर के।...मैं यहीं लौटूँगा एक दिन...मैं ऐसे ही शानदार सफेद अश्व पर सवार हो कर आऊँगा...उड़ता हुआ-सा उतरूँगा इसी अमराई में...मेरे होठों पर विजय की मुस्कान होगी...मेरी आँखों में आपके सपने साकार कर पाने की चमक होगी...आप वहीं खड़े रहना जहाँ आज हो...मेरे लिए बाँहें फैलाना बापू...मैं आऊँगा...

शेष यात्रा आगे बढ़ चुकी थी। उसने तेजी से अश्व उधर को मोड़ दिया था।

...वह पहली बार इतनी दूर जा रहा था घर से, इतने लम्बे समय के लिए।

फिर भी जो कुछ पीछे छोड़ आया था, उसकी वेदना को ढँक-सा लिया था उस लक्ष्य को प्राप्त करने के संकल्प ने, जिसके लिए निकला था...उस अजनबी शहर और भविष्य की सम्भावनाओं ने, जहाँ अब कदम रखने जा रहा था।

...यात्रा चल रही है बीहड़ों में...और यही उसके कार्यक्षेत्र भी होंगे आने वाले दिनों में। वह यहीं से उसका ककहरा सीखने में लग गया था।

...कि किस-किस तरह के लोग शामिल हैं इसमें ? कैसी उनकी अवधारणाएँ हैं अपनी सुरक्षा को लेकर ? कितने लोग अपने साथ बहुमूल्य वस्तुओं को लेकर चल रहे हैं ? कौन-सा अजनबी उनके साथ मेल-जोल बढ़ाने की कोशिश कर रहा है ?...

सौगत भैरोगढ़ की झाड़ियों तक दिखा था। क्या वह शेष यात्रा से कुछ समय के लिए अलग हो कर एक चक्कर लगा ले वहाँ तक ?

और फिर इन तमाम ख़यालों के बीच नरसिंगपुर अपनी उपस्थिति दर्ज कराने लगता...

क्या वह बहुत बड़ा शहर होगा ? कैसे दिखते होंगे अब जोरावर चाचा ? बीस

साल पहले उन्हें अन्तिम बार देखा था अमराई से जाते हुए। तब वह सात-आठ वर्ष का रहा होगा। कैसे नजर आते होंगे अब वे ?...बीस साल बहुत लम्बा अर्सा होता है। बहुत पानी बह चुका है तब से पारबतीपुर की नदी में।

वे भी उसे पहली बार देखेंगे। क्या प्रतिक्रिया होगी उनकी ?

कैसे पता ? अगर उन्होंने सौगत से कहा होगा उसे भेजने के लिए तो गद्गद हो कर जरूर गले मिलेंगे।

लेकिन अगर नहीं भेजने के लिए कहा हो, और वह अकस्मात् उनके सामने पड़ जाय तो ?

तो क्या ? भभक नहीं उठेंगे क्रोध में ?

...और सचमुच वैसा ही हुआ भी।

'मैंने तुम्हें सन्देश भिजवाया था ना कि अभी मत जाओ। तुम फिर भी आ गये ?'—जोरावर उसे देखते ही गुस्से में गरजे थे।

यह उसका पहला सामना था नरसिंगपुर में जोरावर से। बेहद निराशाजनक।

...यह थका-थका, झुर्रियों से भरा चेहरा। क्या वही है यह जोरावर, जिसे अपनी कल्पना में वह हमेशा एक शानदार, गर्वोन्मत्त योद्धा की तरह देखता आया था...उसका प्रेरणा-पुरुष।

'क्या सौगत ने तुम्हें कुछ भी नहीं बताया ?'—फिर एक भर्राई हुई, असमंजस भरी आवाज।

अच्छा...तो इन्हें पता नहीं कि सौगत के साथ क्या घट चुका है ?

उसे समझ में नहीं आया सहसा कि उसकी सूचना वह कैसे दे उन्हें ?

वह सैनिकों की बेरवस की आखरी कोठरी थी। चौकोर खम्भों वाले बरामदे से लगी कतारबद्ध कोठरियों में अन्तिम। सामने खुले प्रांगण के बीच एक ऊँचे खम्भे पर यूनियन जैक फहरा रहा था। सैनिक आ-जा रहे थे।

उसने सामान रख कर उनके पैर छुए। वे कुछ नरम पड़े—'मैंने सौगत के हाथ कहलवाया था ना कि अभी यहाँ का माहौल तुम्हारे आने के लिए उपयुक्त नहीं है।'

'...हुआ यह...कि आपका सन्देश लेकर वह...हम तक जीवित पहुँच ही नही पाया।'—उसने अटक-अटक कर कहा और गौर से उनका चेहरा देखने लगा कि वे समझ गये हैं या नहीं ?

उनका चेहरा बुझ गया।

बाहर, सुबह से जमे स्लेटी बादल अब धीरे-धीरे झरने लगे थे। बरामदे की टीन की ढलवाँ छत टपकने लगी थी। देर तक कोई कुछ नहीं बोला। मौन के शून्य

को झर-झर की आवाज यथासम्भव भरती रही।

जोरावर धीरे-धीरे गर्दन हिलाते हुए जैसे अपने आप से कहने लगे—'...सौगत को समझाया था कि... यात्रा में किसी अजनबी पर आँख मूँद कर भरोसा मत करना... ।'

वे देर तक होठों ही होठों में बुदबुदाते रहे और माहौल बोझिल होते-होते इस कदर असहनीय हो उठा कि सुमेर ने उछल कर उनके गले में बाँहें डाल दीं—'अरे चाचा...याद है ना, पारबतीपुर में कैसे उमड़-घुमड़ कर बारिश होती थी?...हमारी कागज की नावें कितना लम्बा सफर तय कर के ठेठ काली मन्दिर तक पहुँच जाती थीं?'

कमरे की घुटन से बाहर आ कर वह भीगने लगा...उन्मुक्त...बाँहें फैलाये हुए।

फिर तो जोरावर भी टीन की चद्दरों से गिरती धाराओं को हथेलियों में समेटने लगे।...उसे सुमेर पर उछालने लगे।

वह दौड़ने लगा। वे पीछा करने लगे।...

देर तक बारिश होती रही...

उन्हें पता भी नहीं चला कि जोरावर की बेटी विनोदिनी कब बरामदे मे आ कर उन्हे ताकने लगी है—निःशब्द...स्थिर नजरों से।

उसे क्या पता था कि यह हर्ष का नहीं, विषाद का विस्फोट है।

विषाद को छलने की कोशिशें चलती रहीं बीच-बीच में।

'विनोदिनी, भई ये तो बात कुछ बनी नहीं।'

'क्या नहीं बनी?'

'अरे, बचपन में साथ खेले-कूदे हम,...अब मिले हैं बीस साल बाद, युवावस्था में...और कोई ड्रामा ही नहीं हुआ?'

'तुम किस ड्रामे की कल्पना कर के आये थे?'

'कुछ भी।...मसलन मैं शहर में प्रवेश करता। गलती से तुमसे टकराता। तुम्हारे हाथों से सामान गिरता। तुम गुस्से से देखतीं। और फिर हम दोनों एक साथ बोल उठते...अरे...तुम...? कुछ तो ऐसा होता।'

'मैं तो इससे आगे की सोच रही थी।...कि इतने वर्षों बाद, हम जिन परिस्थितियों में मिले हैं, उसमे तो एक अदद प्रेम कहानी आगे बढ़ने की मजबूत सम्भावनाएँ बनती हैं।'

ये बातें वे जानबूझ कर जोरावर को सुनाते हुए कहते। जोरावर कुछ देर सोच कर अपनी आवाज उठाते—'अगर ऐसा हुआ तो मैं लड़की के बाप की भूमिका में आ कर कोहराम मचा दूँगा...। बेटी, क्या तुम मुझे कुछ उम्दा संवाद लिख कर दे सकोगी?'

कुछ देर हल्की-फुल्की हँसी के दौर में कमरा डगमगाता रहता। और फिर सब

कुछ वैसा ही।...वही सीलन भरी छत।...दीवार पर लगी दो पुरानी तलवारें और एक ढाल।...खाँसता बिस्तर। और एक खास तरह की गन्ध, जो तय नहीं था कि सीलन की होगी या मायूसी की।

दो दशक से अधिक हुए, वे नरसिंगपुर के लिए चले थे अमराई से। बापू के साथ वह आया था उन्हें बिदा देने। उसे उनकी वह छवि नहीं भूलती—...आँखों में सपनों की वह चमक...चेहरे पर कुछ कर गुजरने का विश्वास...और संकल्प ऐसा जैसे तलवार के एक वार से वनांचलों के तमाम ठगों का सफाया कर देंगे...

'काली ने उन्हें नहीं, मुझे आदेश दिया है।'...उनका कहा अब भी याद है उसे।

'मुझे वही जोरावर चाहिए चाचा।'—वह उन्हें उकसाता—'चलो इस छुट्टी में हम शेर का शिकार करें।'

'शेर का शिकार तो बारह वर्ष की उम्र में ही कर चुका है जोरावर।'—वे जल्दी ही उकसावे में आ जाते।

'फिर अब क्यों नहीं करते?'

'अब?...दरअसल आजकल के शेरों में गोली खाने का सलीका ही नहीं है। जरा इस शेर को देखते जिसे बारह वर्ष की उम्र में मारा था।'

...जोरावर फिर उस जंगल में भटकने लगते हैं...उनके हाथ में बन्दूक है... जंगल बीहड़ है और घुप्प अँधेरा...सँभाल कर जोरावर, वह नरभक्षी है...उसे आदमी के खून का चस्का लग चुका है...

खूब शोर-शराबा...जलती मशालों का समूह जंगल में लपलपा रहा है...चट्टानों के पीछे शेर की आँखें चमकती हैं...

उसके सामने मत कूदो जोरावर....पागल हुए हो क्या...?

और अब वे अकेले उससे गुत्थमगुत्था कर रहे हैं।...इसे कहते हैं जज्बा।

नापा, तो पूरे बारह फुट का निकला।

उसका सिर साथ ले गये थे महाराजा।...महाराजा ने भेंट दिया अंग्रेज कमिश्नर को...कमिश्नर ने उसे सजाया अपने ड्राइंग रूम में।

वे फिर जंगल के बाहर आ जाते हैं। हाँके का शोर खतम। मशालें बुझ जाती हैं।

'अब कभी उस ड्राइंग रूम में कमिश्नर साहब बुलाते हैं, तो शेर का वह मुँह मुझे पहचान कर मुस्कराता है...अच्छा नहीं लगता।'—उन्हें फिर असफलताएँ कुरेदने लगती हैं।...

'मैने इसीलिए तुम्हें यहाँ आने से रोकना चाहा था। तुम करोगे क्या यहाँ आ कर? एक कमिश्नर के बाद दूसरा कमिश्नर, एक मजिस्ट्रेट के बाद दूसरा मजिस्ट्रेट-सब

आते हैं, और चले जाते हैं। कोई यकीन तक करने को राजी नहीं कि इन हजारों मीलों तक फैले वन–प्रान्तरों में ऐसी कोई समस्या है भी...।'

ड्राइंग रूम में कमिश्नर साहब मेरी बात पर दिल खोल कर हँसते। असहनीय तो यह कि दीवार पर लगा शेर का मुँह भी उनका साथ देता। मजाक उड़ाता मेरा और कहता कि मुझे मार कर बड़े तीस मार खाँ बनते थे ना? अब जरा इन साहबों का मुकाबला कर के तो बताओ...बहादुर बने थे पारबतीपुर के...।

'कहाँ दिखता है कोई ठग?'—वे मुझे झिड़कते—'और अगर वे हैं भी, तो हजारों कोस वनों की नस–नस में समाए उस भयानक तन्त्र को छेड़ा ही क्यों जाय?...ये अनन्त तक फैली वन–उपत्यकाएँ, ये उनके अजीबोगरीब भयानक मुखौटों वाले, हाथों में खड्ग–नरमुंड घुमाते देवी–देवता...हमें जरूरत ही क्या है उन्हें छेड़ने की?...अरे जोरावर, राज करो इन पर बूटों की ठोकरों से, और रातें रंगीन करने के लिए आदिवासी बालाएँ हैं ही, जिनकी नग्न देहों में अन्धकार होते ही अप्सराएँ उतर आती हैं।'

'मैं बताता हूँ ना सुमेर, वे उस समस्या का अस्तित्व स्वीकार करने से इंकार इसलिए करते थे, कि वे डरते थे उधर देखने में। कहीं ये आदिवासियों की तन्त्र–मन्त्र, देवी–देवताओं की दुनिया सच ही न हो। मुँह फेर लो उधर से भाई और डुबा दो अपने आप को हर शाम विलायती शराब में...लड़खड़ाने लगो तो सहारा देने के लिए साँवली अप्सराओं के निर्वस्त्र कन्धे उपलब्ध हैं ही...।'

बारिश थमी होती तो वे रातों को अक्सर छत पर चले जाते। विनोदिनी और उसके सामने पीने में उन्हें कोई झिझक नहीं होती। वे बड़ी सहजता से अपनी असफलता को स्वीकार कर सकते थे।

'न मैं कुछ कर सका न रामनारायण। अपनी–अपनी तरह से दोनों ने जान लगा दी। लेकिन व्यवस्था संज्ञान लेने तक को तैयार नहीं थी।'

न विनोदिनी उनके आख्यान के बीच आने को तैयार थी, न वह स्वयं।

'न खुदा ही मिला न विसाले सनम...। इससे तो बेहतर था कि सामान्य फौजी की जिन्दगी जीते शान से। रौब–दाब के साथ। तरक्की करते। यूनिट के शिखर पर पहुँचते। ठगों के गिरोहों से साँठ–गाँठ कर के मालामाल होते।...बड़े बगीचों के बीच कोठी बनाते और ऐसा कर के नरसिंगपुर की इज्जत और श्रद्धा का पात्र बनते।...इसे कहते हैं सार्थक जिन्दगी...तुम समझे सुमेर... ?...क्या फायदा किसी सपने के पीछे दौड़ने का? ...हाथ आ जाय तो जन्नत, नहीं आये तो मुँह दिखाने के काबिल नहीं छोड़ता।'

विनोदिनी एक हद तक उन्हें जाने देती। फिर इशारा कर देती कि अब बस।

अब लगाम दो अपने एकालापों को।

फिर देर तक सन्नाटा पसरा रहता। इधर-उधर छितराए बादलों में से कभी चाँद निकल आता, कभी छिप जाता। उन दिनों हवाओं में हल्की ठंडक दस्तक दे रही थी।

'लेकिन अभी बापू के भीतर की चिंगारी पूरी तरह बुझी नहीं है। कहीं कुछ है उनके भीतर जो अभी भी सुलगता है।'—विनोदिनी जैसे धीरे से उसे कोई राज की बात बताती।

उसे अच्छा लगता और वह आश्वस्त करता कि उस चिंगारी को फिर से हवा देने की जिम्मेदारी अब उसकी है।

और शीघ्र ही वह एक खुशखबरी लेकर आ भी गया। वह भी आधी रात के बाद।

जोरावर खुशी से झूमे और खुद अपने हाथों से पेग बना कर लाये— 'देखो, इसे कहते हैं होनी। मैने तो चाहा था कि तुम नरसिंगपुर ही नहीं आओ। लेकिन नियति कुछ अलग ही संकेत दे रही है।'

कई दिन बाद कमरे में बसी निराशा की बासी गन्ध छँटी। खुली खिड़की से रातरानी की खुशबू का झोंका भीतर आया और माहौल खुशनुमा हो गया—लम्बे अर्से के बाद।

उसे नरसिंगपुर की फौज में जगह निल गयी थी।

भगवान जानें कैसे मिली। लेकिन उसने घटनाक्रम को पूरी नाटकीयता के साथ प्रस्तुत किया।

बतौर उसके, हुआ यह कि शहर के चौक में शादी थी नगर सेठ की बेटी की। रौनक तो ऐसी कि न भूतो न भविष्यति। न कभी ऐसा शानदार शामियाना सजा था, न ऐसी गहमागहमी हुई थी, न ऐसा संगीत बजा था। न ऐसी फूलों की सजावट हुई थी कभी, न ऐसी इत्र की बौछारें हुई थीं।

तो हुआ यह कि प्रवेशद्वार पर लिखे गये 'सुस्वागतम' की भावना का सम्मान करते हुए, शहर के चार गुंडे कट्टे लहराते हुए भीतर दाखिल हो गये।

भीतर छतरपुर से खास तशरीफ लाई तवायफ मेहंदी बाई नामी तबलचियों, सारंगियों के साथ मंच पर जलवा-फरोश थी। उसकी साथी नृत्यांगना मंच के इस छोर से उस छोर तक बिजलियाँ गिरा रही थी।

गुंडों ने हवा में गोलियाँ चला कर विवाह की खुशी में अपना सहज योगदान दिया।

अफरा-तफरी मच गयी। उन्होंने मेहँदी बाई के फन की कद्र करते हुए उनके करीब जा कर पेशकश की कि महफिल के बाद, शेष रात गुजारने के लिए चारों में से किसी भी एक का चुनाव कर लें।

सोने-चाँदी के गहनों से लदी सम्भ्रान्त महिलाओं के शरीर पर से तमाम आभूषण उतार कर उनका भार हल्का करने का पुण्य हासिल किया।

बल्कि इसी दरियादिली के चलते उन्होंने दुल्हन को भी उठा लिया, ताकि नगर सेठ को बेटी की बिदाई का दुख झेलने से बचाया जा सके।

भगदड़ और चीख-पुकार के बीच ठीक तभी सुमेर सिंह शामियाने में दाखिल हुआ अपना अश्व दौड़ाता हुआ। उस शाम वह महज रौनक देखने के लिए उधर आ निकला था।

एक हाथ से लगाम थाम कर, और दूसरे से कृपाण घुमाते हुए, उसने चारों को पलक झपकते ही धूल चटा दी। कृपाण नहीं भी होती तो वह उन्हें सुई की नोक से भी काबू कर लेता।

चारों को रस्सी से बाँध कर उसने डाल दिया नगर सेठ के कदमों में और अफसोस जाहिर किया कि वह बहुत पहले ही शामियाने में दाखिल नहीं हुआ, क्यों कि उसके पास भीतर आने का निमन्त्रण-पत्र नहीं था।

अब देखो होनी का करिश्मा कि जब वह काबू कर रहा था लौंडों को, तभी वहाँ तशरीफ लाये अंग्रेज कमिश्नर बहादुर। वे तो दंग रह गये। उनके सिपाहियों ने आगे बढ़ कर उसकी मदद करनी चाही, तो उन्होंने उसूल के पक्के डॉन की तरह हाथ उठा कर उन्हें रोक दिया...उसे अकेले लड़ने दो।

काम खत्म होने के बाद उसे तलब किया। चेहरे पर वजनदार मुस्कान के साथ इस्तकबाल किया और फरमाया कि वे खुश हुए।

तो उसने घोड़े से उतर कर, घुटनों के बल झुक कर और दाहिना हाथ सीने पर रख कर अर्ज किया कि हुजूर नाचीज को अपनी फौज में जगह दे कर खिदमत का मौका दें।

तो कमिश्नर साहब ने फरमाया कि आमीन...

किसी को यह जानने में दिलचस्पी नही थी कि इसमें क्या सच है और क्या झूठ। फौज में लग जाना ही बड़ी बात थी। और रात के शेष पल सुकून की गहरी नींद सोने के लिए थे, क्योंकि कल की सुबह होनी थी एक नयी शुरुआत।

तीन

...तुम्हें पता होना चाहिए था रामनारायण कि तुम जिस नृशंस तन्त्र के विरुद्ध लड़ रहे हो, अकेले और निहत्थे, वे किसी को बख्शते नहीं हैं। क्षमा शब्द उनके शब्दकोश में नहीं होता।

...उन्हीं में शामिल हैं ये पारबतीपुर के ही सम्भ्रान्त चेहरे—काली के भक्तों के संरक्षक। और वे अपने रास्ते के काँटों को हटाना जानते हैं...

...कौन शामिल नहीं है उनमें ? पटवारी...कोतवाल...लाला...अमूमन हर ताकतवर।

...वे तो सिर्फ एक दाँव लगा कर बाजी पलटना जानते हैं।

...और अब तो तुम्हारा बेटा भी तुम्हारे साथ नहीं है। और कुछ नहीं तो कम से कम एक रक्षा-कवच तो था वह।

...तुम्हें पता होना चाहिए था रामनारायण कि वे नरभक्षी तो हैं ही। यह सही मौका है उनके लिए तुम्हारे शिकार का, जिसका उन्हें अर्से से बेसब्र इन्तजार था।...

खट्-खट्-खट्...

रात दो बजे किसी ने दरवाजा खटखटाया था। रामनारायण चौंक कर जागे थे। इतनी रात गये कौन होगा ?

'अबे क्या रट लगा रखी है कौन है-कौन है...दरवाजा तोड़ दें क्या ?'—बाहर दरोगा थे।

'अरे पर...इस समय ?...किसलिए ?'...

'दरवाजा खोल कर इधर बैठ जाओ एक तरफ। घर की तलाशी लेनी है।'

'तलाशी ? किसलिए ?'...

'अब पूछते हो किसलिए ? बहुत भोले बनते हो रामनारायण...क्यों ?...सौगत का कत्ल करते समय ख़याल नहीं आया था ?'

रामनारायण को काटो तो खून नहीं।

...वो कोई आँधी-पानी की रात नहीं थी। एक साफ-सुथरी सुनसान रात, जिसमें स्याह आकाश में रोज की तरह असंख्य तारे टिमकते हैं, और दूर बियावान में मँडराती काली माँ को देख कर सियार रोते हैं, जो अपना प्रसाद ग्रहण करने उतरती है पहाड़ों से नीचे, लाल जीभ निकाले।

हलचल देख कर लोग एकत्रित हो गये थे।

'क्या बात है ?...बात क्या है ?'

'सौगत के मामले में तलाशी है।...कोतवाल कहता है कि उसे मरवा कर रामनारायण ने लूट का माल कातिलों के साथ बाँट लिया।'

यकीन तो किसी को एक रत्ती भर भी नहीं आया इस आरोप पर। कुछ लोगों ने बीच में पड़ कर रामनारायण की तरफदारी भी की। लेकिन दरोगा की घुड़की से सहम गये।

सिपाहियों ने पूरे घर को तहस-नहस कर दिया। जिन्दगी भर, जतन से सहेजी

गयी चीजों को तोड़-फोड़ दिया। बीच-बीच में रामनारायण और रोहिणी से बद्तमीजी करते रहे। चोर-डकैतों जैसा बर्त्ताव करते रहे लगातार उनके साथ।

उस रात तीसरा पहर खत्म होने तक आतंक का यह दौर जारी रहा और सहमा हुआ गाँव इन्तजार करता रहा उसके खत्म होने का। और वे स्तब्ध रह गये जब अन्ततः विजयी मुद्रा में सिपाही बाहर आये और बाँह पकड़ कर रामनारायण को सीधा खड़ा कर दिया...।

'क्या समझता था? कि छिपा कर रख लेगा सौगत का सोना और पता नहीं चलेगा हमें?' वे आभूषणों की एक पोटली को बार-बार हवा में लहरा रहे थे, जो उन्होंने भीतर अलमारी से बरामद की थी।

रोहिणी इधर से उधर दौड़ती रही। तर्क करती रही। याचना करती रही—'...अरे यह कैसा अंधेर है? भला हम क्यों कत्ल करवाएँगे सौगत का? कुछ तो सोचो...।'

वहाँ किसे पड़ी थी सोचने की? वे बाँह से पकड़ कर लाये रामनारायण को और दोनों हाथ मोटी रस्सी से बाँध दिये।

इतने सम्माननीय व्यक्ति को वे धक्का देते हुए ले जा रहे थे। किसी की हिम्मत नहीं पड़ी उन्हें रोकने की। किसकी मजाल कि चुनौती देता वह कोतवाल के हुक्म को?

रात के उस पहर में, तमाशा देखने को मचलते बालकों को उनकी माताओं ने, और बार-बार झाँकने की कोशिश करते चाँद को एक बदली ने खींच कर छिपा लिया था अपने पीछे।

इसे आतंक कहते हैं रामनारायण...एक निरंकुश सत्ता को चुनौती देने के पहले तुम्हें सोच लेना चाहिए था कि एक दिन ऐसा आयेगा अवश्य।

बार-बार रोकने की कोशिश करती, लिपटती रोहिणी को दोनों दरोगा धक्के दे कर अलग कर रहे थे।

बुलन्द आवाज में घुड़क रहे थे कि तब नहीं सोचा जब सोने-चाँदी के लालच में तेरे आदमी ने अपने जिगरी दोस्त की सुपारी दे दी थी।

वे सौगत के जेवरातों की पोटली भीड़ को दिखा-दिखा कर सम्बोधित कर रहे थे—'ये देख लो सब...फिर मत कहना कि माल बरामद नहीं हुआ था रामनारायण के घर से।'

वे उनका आर्त्तनाद सुनने को तैयार ही नहीं थे कि ये तो सब सौगत ने ही रखे थे उनके पास, नरसिंगपुर जाते समय, सुरक्षा के लिए।

गाँव की गलियों से होती हुई यह शोभा-यात्रा अब कोतवाली पहुँचेगी। वहाँ पीपल का सौ साल पुराना पेड़ है। पेड़ की डगालियों से मौत की सजा पाये

अपराधियों की गर्दन में रस्सी का फंदा बाँध कर उन्हें लटका दिया जाता है...तब तक, जब तक कि आखिरी साँस खत्म न हो जाये।

...अब सब कोतवाल के हाथों में है।

वह वर्ष 1834 की एक रात थी, जिसमें रात के अँधेरे से भी गहरे साये पसरे थे उस मध्य युगीन बर्बर आतंक के अँधेरों के, जो अब तक छँटा नहीं था, नर्मदा के सघन वनांचलों से।

पर इस पेड़ वाली फाँसी से अब कैसा डर? इससे बड़ी यातना तो पहले ही भुगत चुके। अपने लोगों के सामने, अपने गाँव की गलियों में जब मुजरिम बन कर निकले थे, रस्सी से बँधे हुए और हवलदार के धक्के खाते। अपने ही मित्र की हत्या का आरोप ढोते हुए। हत्या कर के उसकी धन-सम्पत्ति हथियाने का कलंक माथे पर लिए।...

ये बिना जुर्म के दंड उनकी तकदीर पर क्यों लिखे थे—वे कभी समझ नहीं पाये। पर वैसे देखा जाय तो इसमें इतनी समझने की बात है भी क्या रामनारायण?

...तुम्हारा यही दोष क्या कम है कि तुम निर्दोष हो? इस अँधेरे समय में, क्या इतना ही पर्याप्त नहीं है तुम पर खूनी का ठप्पा लगा कर पारबतीपुर की गलियों में घुमाने के लिए?

...न यह किसी पूर्वजन्म का फल है, न किसी प्रारब्ध का खेल है। यह सिर्फ सचाई के साथ खड़े होने का पुरस्कार है रामनारायण। बेहतर है इसकी आदत डाल लो। आगे काम आयेगी।

...और अगली सुबह कोतवाल साहब के आगे पेशी।

वे नाश्ता कर रहे थे। देर तक कबाब को समुचित सम्मान प्रदान करते रहे। तृप्त हो कर सिर उठाया। गुस्सा आया—यह मुजरिम...साला तन कर खड़ा है हमारे सामने...।

'नजर नीची और बाअदब हाथ जोड़ कर जवाब दे।'—दरोगा कड़का।

कोतवाल साहब कुछ नर्म पड़े—'क्या जमाना आ गया है रामनारायण। अब देखो, तुम जैसा सम्मानित आदमी...है ना?...और दिल में ऐसी खोट आ गयी।...चलो आ भी गयी थी तो जरा समझ से काम तो लेते।...है ना? हम से कह देते। हम काम भी सलीके से निपटा देते...और बाँट लेते आधा-आधा।...पर तुम तो चले थे पूरा हड़पने...क्यों?'

फिर रामनारायण को शान्त देख कर एकदम भड़क गये—'दरोगा...इसके हाथ ऐसे बाँधो रस्सी से कि हाथ जोड़े दिखे...और वजन रख दो गर्दन के पीछे कि साले का सिर झुका रहे...। हमारी भलमनसाहत का फायदा उठाता है।...देखता नहीं कि

हम बात कर रहे हैं। अबे हम खुद। दूसरा कोई कैदी होता तो अब तक पेड़ पर लटका मिलता...।'

साथ का दरवाजा खुला। हवलदार दो लड़कों को गर्दन से पकड़ कर लाये। रामनारायण ने पहचाना। आवारा किस्म के थे। छोटी-मोटी चोरियाँ करते थे। नशा कर के खँडहर में पड़े रहते थे।

'पहचानो इसे ठीक से। यही था?'—थानेदार कड़का।

'जी...जी...।'—उनकी घिग्घी बँधी थी। वे काँप रहे थे।

'क्या देखा था तुमने खँडहर में?'

'जी, ये दो बदमाशों के साथ आये थे।...हम पीछे छिपे थे। इन्होंने हमें नहीं देखा।'

'हाँ...फिर?'

'इन्होंने उनसे कहा कि नरसिंगपुर से सौगत किसी यात्रा के साथ लौटेगा, अच्छी-खासी दौलत के साथ।...रास्ते में उसका काम तमाम करना है। फिर आपस में बाँट लेंगे।'

'तो क्या कहा उन्होंने?'

'जी, वे मान गये। लेकिन कुछ देर पेशगी के लिए झिक-झिक करते रहे। इन्होंने पैसे दिये तो लेकर चले गये।'

'और क्या बात हुई?'

'बस, इन्होंने कहा कि किसी को खबर नहीं हो। उन्होंने कहा कि निश्चित रहें।'

'ठीक है। ये बयान हम एक कागज पर लिख देंगे। उस पर तुम अँगूठा लगा देना।'

प्रक्रिया पूरी होने के बाद वे फिर रामनारायण की ओर मुड़े—'देखा ना तुमने? बड़े पुख्ता सबूत हैं तुम्हारे खिलाफ।...पर मेरा दिल बड़ा कोमल है रामनारायण। बस, एक-दो छोटी बातों के लिए हामी भर दो, तो फाँसी के फंदे से तो तुम्हें बचा ही लूँगा। मैं जानता हूँ कि अभी तुम कुछ लिखने की हालत में नहीं हो। कोई बात नहीं, मैं लिख दूँगा तुम्हारे लिए। तुम सिर्फ दस्तखत कर देना। ठीक है? तो मैं इस तरह लिख रहा हूँ—

...कि मैं, रामनारायण, इस बात के लिए शर्मिन्दा हूँ कि थोड़े से धन के लालच में, मैंने अपने मित्र सौगत की हत्या करवा दी।

...अलावा इसके, मैं लगातार गाँव के काली-भक्तों के विरुद्ध बेबुनियाद आरोप लगा कर लोगों को भड़काता रहा तथा अपने बेटे सुमेर को भी इसी जघन्य काम के लिए प्रेरित करता रहा।

...मैं, रामनारायण, ये तमाम गुनाह कुबूल कर के, कोतवाल साहब बहादुर से

हाथ जोड़ कर निवेदन करता हूँ कि मैं तथा मेरा बेटा अब आगे से ऐसे किसी काम में शामिल नहीं होंगे।

...मुझ पर रहम कर के मुझे फाँसी पर नहीं लटकाया जाय, तथा सजा यथासम्भव कम कर दी जाये।

...सजा काटने के बाद मैं पारबतीपुर छोड़ दूँगा, तथा फिर कभी लौट कर नहीं आऊँगा।

...अब इसके नीचे मैं अपने हस्ताक्षर करता हूँ।

...पंडित रामनारायण।'

रामनारायण ने उन्हें तसल्ली से लिखने दिया। फिर लिखा हुआ माफीनामा हाथ में लेकर कुछ देर देखते रहे। उनके होंठ थोड़े-से खुले एक अजीब-सी मुस्कान के साथ...और उन्होंने उसे फाड़ दिया...।

कागज के फटे टुकड़े कुछ क्षण हवा में तैरते हुए कोतवाल का मुँह चिढ़ाते रहे।

वे सकते में आ गये। आज तक किसी कैदी ने जुर्रत नहीं की थी उनकी इस कदर अवमानना की। गुस्से में सिर्फ बेतरतीब बोल उनके मुँह से फूटते रहे, हकलाते हुए से।

'...बहुत भुगतोगे रामनारायण...अब समझोगे क्या होता है कोतवाल का गुस्सा।...ऐसी सजा दूँगा...ऐसी...कि याद तक कर के थरथरा जायेंगे पारबतीपुर वाले।'

कम से कम यह एक बात तो कोतवाल ने सच कही थी। और आगे आने वाले दिनों में उसे शत-प्रतिशत सच कर के भी दिखा दिया।...ऐसी प्रताड़ना दी कि जेल की दीवारें तक थर्रा गयीं।

ऐसा ही होता है रामनारायण। एक नृशंस तन्त्र को चुनौती देने का अंजाम ऐसा ही होता है...समय और भूगोल की परिधियों से परे...किसी भी वक्त में...किसी भी जमीन पर...तुम्हें पता होना चाहिए था...

तुम्हें पता होना चाहिए था रोहिणी, कि एक बार वहाँ फँस जाने के बाद कोई आसानी से नहीं छूटता। पहले दिन ऐसा लगता है कि कच्ची हाँडी कब तक चढ़ेगी आग पर? जल्दी ही सब ठीक हो जायेगा।

...कि गाँव भर के लोगों के दुख-दर्द मे शामिल रहे थे वे, तो क्या वे तमाम लोग उठ खड़े नहीं होंगे उनकी मुसीबत के वक्त?

...कितने लोग आये रोहिणी?

...तुम्हें पता होना चाहिए ना कि ये मुश्किलें दिन-ब-दिन और बढ़ती हैं। बहुत जल्दी वे सामने आ जाती हैं अपनी सम्पूर्ण विभीषिका के साथ। विराट स्वरूप में।

...नितान्त अकेले चलना होता है उन्हें ढोते हुए...बन्द दरवाजों के सामने

से...ऊबड़-खाबड़ रास्तों पर, पैरों में उभर आये छालों के साथ...

...आसमान रहम नहीं खाता रोहिणी...तबियत से धूप बरसाता है...

एक कन्धा दुखता है सम्भावित सजा के आतंक से, और दूसरा दुखता है अपनों की अवहेलना से...वे भी क्या करें रोहिणी?

...पर तुमने अच्छा किया कि सुमेर को सूचना नहीं भिजवाई नरसिंगपुर। वह आता और पहुँचा दिया जाता बापू के पास, जेल के सीखचों के पीछे। कोतवाल तो कोतवाल है। खून का चस्का एक बार लग गया तो लग गया।

...एक बात पर तो तुमने गौर भी नहीं किया रोहिणी। काली के भक्तों की खुशी तो छिपाये नहीं छिप रही। वे अभी-अभी लौटे हैं तीर्थयात्रा कर के। धन-धान्य से लदे-फँदे।

'...ये सब काली का शाप है...पूरा हो कर रहेगा।'—वे जयघोष कर रहे हैं।

...तुम्हें पता तो था रोहिणी कि उस धन-धान्य का हिस्सा दूर तक बँटता है। राजा-महाराजाओं से लेकर धनाढ्य व्यापारियों तक...सरकारी मुलाजिमों से लेकर कोतवाल-पटवारियों तक...

कोई सुनेगा तुम्हारी बात? है कोई एक भी?

'अरे मैं तो हूँ ना भौजी...खोलो दरवाजा...मैं हूँ...लाला केसरीमल...बड़ी जोखिम उठा कर आया हूँ...।'

रोहिणी की आँखों में नींद नहीं थी रोज की तरह। उसे लगा कि खुली खिड़की के पास कोई खड़ा है दीवार से सट कर। बाहर अर्द्धरात्रि का सन्नाटा पसरा था...भीतर वही आशंकाएँ-हताशाएँ।

उसने बहुत सावधानी से दरवाजा खोला। दुविधा के लम्बे अन्तराल के बाद। लाला इधर-उधर सावधानी से टोह लेने के बाद भीतर आया।

लाल पगड़ी, नाक पर उतरे चश्मे से घूरती शातिर आँखें, सफेद कुर्ता, घुटनों तक चढ़ी धोती, एक हाथ से छड़ी टिकाता...

'बात धीरे करना भौजी, दीवारों के भी कान होते हैं।'—उसके चेहरे पर लिप्सा दप-दप कर जल-बुझ रही थी। आँखें अजीब ढंग से मिचमिचा रही थीं।

कमरे में ढिबरी के कमजोर उजाले में उसका साया दीवार पर काँप रहा था।

रोहिणी सहम कर दो कदम पीछे हट गयी।

'देखो भौजी, लाला बेवजह खतरा उठा कर यहाँ नहीं आया। जिन्दगी भर बनियाई की है। एक हाथ से दिया है, दूसरे से लिया है। पहले यह सुन लो कि देने क्या आया हूँ?...सुनो, रामनारायण को मैं दूसरी जिन्दगी देने आया हूँ।'

रोहिणी कुछ समझी नहीं।

'अरे तो मैं समझाता हूँ ना। ध्यान से सुनो। सिर्फ मैं ही वह आदमी था जिसके सामने सौगत ने जाते समय अपनी तमाम बहुमूल्य चीजें रामनारायण को सौंपी थीं हिफाजत के लिए।...मेरी इस एक गवाही से रामनारायण के गले से फाँसी का फंदा उतर सकता है।'...

तेज हवा का झोंका खिड़की को भड़भड़ाता हुआ भीतर आ कर, ढिबरी की लौ को कुचलता हुआ, बन्द दरवाजे की सेंध से बाहर निकल गया।

अँधेरे मे अब सिर्फ आवाजें रह गयीं। रोहिणी का कलेजा मुँह को आ गया। उसने लाला के पैर पकड़ लिए—'दे दे गवाही लाला...उनकी जिन्दगी तेरे हाथ में है।'

लाला पैरों को उसकी गिरफ्त से छुड़ाता हुआ दो कदम पीछे हट गया—'अरे-अरे...पैर छू कर पाप का भागी क्यों बनाती हो भौजी? लाला कोई मुफ्त थोड़े ही एहसान करने आया है।...कीमत तो वसूलेगा ना? वह भी अभी...।'

खिड़की से भीतर आ कर कमरे में गोल-गोल चक्कर काटने लगे हवस के मांसभक्षी पक्षियों के झुंड।...

वह उसकी मजबूत गिरफ्त से छूटने के लिए छटपटाने लगी।...धक्का-मुक्की, और लाला की बीच-बीच में उछलती बदहवास आवाज—...भौजी, सिर्फ आज की रात...मैं सुबह जल्दी चला जाऊँगा...भोर से पहले...किसी को पता नहीं चलेगा...

पता तो खुद रोहिणी को भी नहीं चला कि कैसे उसने स्वयं को उसकी गिरफ्त से मुक्त किया। कब उसके हाथ में हँसिया आ गया। और अगर कमरे में अँधेरा नहीं होता तो वार चूकता भी नहीं।

कुछ गड़बड़ की आशंका भाँप कर पास-पड़ोस की खिड़कियाँ खुलीं।

उन्होंने देखा कि रामनारायण के घर का दरवाजा भड़ाक् से खुला और लाला बाहर ऐसे आ गिरा जैसे किसी ने ठोकर मार दी हो।

वह गिरते-पड़ते, लँगड़ाते, जैसे-तैसे भाग निकला। पलट-पलट कर चिल्ला भी रहा था—'...छोड़ूँगा नहीं, याद रखना रोहिणी...बहुत महँगा पड़ेगा...।'

चार

वह रोज शाम को ड्यूटी से लौटता, और अपने साथ एक अलग अनुभव लेकर आता। उसे साझा करता विनोदिनी और जोरावर के साथ।...सामान्यत: उसके वे अनुभव जोरावर के अनुभवों की ही स्वीकृति होते। उन्हीं का विस्तार होते। ठगों के

उन्मूलन को लेकर, वह उसी असंवेदनशील तन्त्र में उलझने लगा था, जिससे जोरावर स्वयं जिन्दगी भर पार नहीं पा सके थे। इसीलिए हमेशा उसे सुनने के बाद जोरावर जैसे आश्वस्त हो कर कहते थे—'देखा ना, मैंने क्या कहा था... ?'

फिर वे अपने कटु अनुभवों की गठरी खोल कर किस्सा सुनाने लगते। तब का किस्सा जब वे हर हालत में कुछ कर गुजरना चाहते थे।

'...मैं बताता हूँ एक परिवार का किस्सा...वे सागर की ओर जा रहे थे कि ठगों के जाल में फँस गये। वह स्त्री, उसका पति, उसकी माँ। उन्होंने एक रात मौका पा कर पति के गले में फंदा कस दिया। और वह भी, शेष यात्रियों से इतनी दूर भी नहीं। न जाने किस हड़बड़ी में थे कि अपना फंदा भी ठीक से कस नहीं पाये उस आदमी की गर्दन पर। आदमी को मौका मिल गया शोर मचाने का। इन दोनों स्त्रियों ने अपनी आँखों से देखा उसे फदा कसते हुए। वे भागने लगे। कुछ यात्रियों ने दौड़ कर उन्हें पकड़ लिया। पुलिस में दिया। बाकायदा नागपुर की अदालत में मुकदमा चला।...अब इससे ज्यादा साफ मामला और क्या हो सकता था ?

...लेकिन मजिस्ट्रेट के सामने उलझन आ गयी। अगर वह उन्हें सजा देता है, तो सिद्ध हो जायेगा कि ठगी की प्रथा का अस्तित्व है। यह तो अंग्रेजी हुकूमत के अब तक के दावों को गलत साबित कर देता। पहले भी जिन न्यायाधीशों ने ऐसे निर्णय देने की गुस्ताखी की, उन्हें स्वयं दंड भुगतना पड़ा था। किसी की पेंशन रुक गयी, तो किसी का तबादला हो गया दूरस्थ जगह पर। इसलिए विद्वान न्यायाधीश ने ऊँच-नीच समझ कर निर्णय देना ही ठीक समझा। बावजूद तमाम चश्मदीद गवाहियों के, और बावजूद ठग के पास से इनके आभूषण बरामद हो जाने के, उसने ठग को बाइज्जत बरी कर दिया, और झूठा मुकदमा बना कर अदालत का वक्त बर्बाद करने के जुर्म में उस पीड़ित व्यक्ति को जेल भेज दिया।

जोरावर हँसने लगे—'न्यायाधीश बेचारा करता भी क्या ? वह सही निर्णय उसी दिन देगा, जिस दिन हुकूमत स्वीकार करेगी कि इन हजारों मील दूर तक फैले वनांचलों में इन असंख्य हत्यारों का राज चलता है निर्बाध।'

फैसले के दिन मैं खुद नागपुर में था।

'मैं तो समस्या के प्रति उनकी निरन्तर अनदेखी और नितान्त ठंडे रुख से इस कदर तंग आ गया था कि एक दिन नौकरी से छुट्टी ली, कुछ जरूरी चीजें बाँधी, और घोड़े पर चढ़ कर अकेला निकल गया जंगलो की तरफ।...सोने दो प्रशासन को। मैं लाऊँगा अनवर खाँ को पकड़ कर अकेला।'

'पागल हुए हो ? वह सबसे बड़ा ठग है इधर का।'

'पागल नहीं हूँ मैं। पूरे होश-हवास में जा रहा हूँ। और बिना उसे लिए लौटूँगा

भी नहीं।'

दो दिन और दो रात लगातार घोड़ा दौड़ाता रहा बीहड़ों में। न भूख की फिक्र न प्यास की। तब जा कर दिखा उसका गिरोह सतना के पास। मैंने कहा जोरावर ये अनमोल मौका दिया है कुदरत ने तुझे। चूकना मत।

दो दिन में तो इतना विश्वास जीत लिया मैंने उसका कि एक थाल में साथ खाने लगे हम।

उसने पूछा जोरावर, ये अकेले बीहड़ में कहाँ भटक रहा है? तो मैंने कहा कि आप ठहरे सीधे-सादे यात्री। पर आप से क्या छिपाना? सच तो यह है कि मैं निकला हूँ ठग बनने।...मजे का धन्धा है। जरा फायदे देखो। एक—किसी को विश्वास में लेकर उसकी हत्या करने का लुत्फ। दो—लूटे हुए धन से सुधरा अपना यह लोक। और उसकी देह के दान से प्रसन्न हुई काली माँ, तो परलोक भी सुधर गया।...

वे खुश होते। मैं उकसाता कि मेरी बात मान ले। तू भी ठग बन जा। एक शानदार ठग।

एक दिन मौका पा कर मैने उसे भड़काया कि तू तो सिर्फ दिखाने का ही ऊँचा-पूरा है। दम हो तो लगा शर्त। देखें घुड़सवारी में कौन अव्वल आता है?...आ गया वो झाँसे में। लगी दौड़। उसका गिरोह पीछे खड़ा देखता रहा। हम दोनों मीलों आगे निकल आये।

फिर मैंने सही मौका देख कर अपना चमड़े का बेल्ट घुमा कर उसके गले में लपेटा और गिरा दिया घोड़े से।

वह अचेत था। उसके हाथ-पैर बाँधे। लादा अपने घोड़े पर, और ले आया सीधे नरसिंगपुर।

दो दिन खलबली मची रही नरसिंगपुर में।

ऐसा काम किया था मैंने कि लन्दन बुला कर तमगा देते एम्परर।

लेकिन क्या मिला? जानते हो क्या मिला? कमिश्नर ने सरेआम बेइज्जत किया कि बेगुनाह को नाहक पकड़ लाये।

उस 'बेगुनाह' के इतने खैरख्वाह थे शहर में, कि खुद मेरी नौकरी जाते-जाते बची। वह तो ससम्मान रिहा हुआ और शान से मेरे आगे मूँछें मरोड़ते हुए निकल गया।

...तब तक तीन पेग उनके हलक के नीचे उतर चुके होते थे।

चौथे पेग पर उन्हें सँभालना पड़ता। वे अपनी असफलताओं के भँवर में घूमने लगते। तब वह बात को थोड़ा हल्का करने की कोशिश करता—'अच्छा चाचा जी, हम आपकी समाधि पर एक शानदार शिलालेख लगायेंगे। मजमून पेश है आपकी स्वीकृति के लिए—...यहाँ सोया है गुमनाम जोरावर, जिसने जिन्दगी शुरू की एक

विराट सम्भावना के साथ, एक शेर का शिकार कर के, जिसका मुँह बाद में हँसता रहा उसी की नाकामयाबी पर।'

वे मुस्कराने की कोशिश में हिचकियाँ लेने लगते। वह उनकी उदासी का नया संस्करण होती।

पीड़ा तो तभी होती है ना जब काँटा खुद के पैर में चुभा हो।

उस पीड़ा को आखिर एक दिन महसूस कर ही लिया कमिश्नर ने।

सुबह की धूप थी, हल्की-गुनगुनी। वे स्वीमिंग पूल में पसरे रात की खुमारी उतार रहे थे। तौलिया, कपड़े हाथ में लेकर परिचारिकाएँ खड़ी थीं अदब से। उन्हीं के हाथों अभी-अभी की गयी थी मालिश। वे सुकून के पल थे। धीमे-धीमे कुछ गुनगुना भी रहे थे वे।

कि अचानक आगे कुछ हलचल हुई। घुड़सवार सन्देशवाहक अश्व से नीचे उतरा। सिपाहियों की अनदेखी करता हुआ, सीधे पूल तक जा कर साहब के कानों में कुछ फुसफुसाया व्यग्रता के साथ।

साहब उसी अवस्था में उछल कर पूल के बाहर आ गये। एक परिचारिका फुर्ती से देह पोंछने लगी। दूसरी चलते-दौड़ते हाउस-कोट पहनाने लगी।

'हुआ कैसे ये ?...उनकी इतनी हिम्मत कि हमारे ही अधिकारी को खत्म कर दें ?'—वे जोर-जोर से बड़बड़ाने लगे—'अधिकारी को क्या जरूरत थी यात्रा में ऐसे-वैसे लोगों से मेलजोल बढ़ाने की ?'

'ऐसे-वैसे नहीं सर, उसकी पिछली रात उन्होने मोकसिंग का आतिथ्य स्वीकार किया था, उसी की कोठी में।'

'वह तो बड़ा व्यापारी है। हमारे साथ व्यावसायिक सम्बन्ध हैं उसके।'—वे कुछ समझ नहीं पा रहे थे।

'सर, उसने शानदार रात्रि भोज के बाद अपने सबसे विश्वासपात्र सहयोगी को उनके साथ भेजा था।'

'तो फिर...फिर ये कैसे हुआ ?'

'इस मामले में वही तो मुश्किल है सर। जो सबसे अधिक विश्वासपात्र होता है, वही पीला रूमाल कस देता है।...यह अगली रात को ही हो गया।'

वे धम्म से लाऊंज के सोफे पर जा बैठे—'...अच्छा तो फिर ? करें क्या ?...क्या करें इन हत्यारों का ? ये तो नजर भी नहीं आते। सूचित करो...लन्दन को सूचित करो...जल्दी। स्लीमेन को बुलाओ। इसी समय...दौड़ कर जाओ।'

अब काँटा चुभा था अपने पैर में। अब महसूस हुई थी उसकी चुभन।

स्लीमेन साहब कमिश्नर की तरह घबराये बिल्कुल नहीं। कमर में बँधी तलवार बाहर खींच ली। प्रतिज्ञा की मुद्रा में उसे उठा कर कुछ देर मौन खड़े रहे आँखे मूँदे। फिर आँखें खोल कर आदेश दिया—'...मुझे पच्चीस सैनिकों का एक जाँबाज दस्ता चाहिए...बिल्कुल जान पर खेलने वाले...सुमेर, तुम तैयार रहो। तुम जिस काम से पारबतीपुर छोड़ कर आये थे, अब उसे पूरा करने का वक्त आ गया है।'

यह सचमुच अद्भुत था।

उस दिन अनायास ही उनसे हुई एक सहज मुलाकात को उन्होंने याद रखा, और जब समस्या के उन्मूलन की जिम्मेदारी सीधे उन पर आ पड़ी, तब सबसे पहले उनके दिमाग में उसी का नाम कौंधा।

'इसे प्रारब्ध कहते हैं।'—जोरावर के चेहरे पर कई दिनों बाद खुशी दिखी—'अरे मैं मिल चुका हूँ उनसे। हेनरी विलियम स्लीमेन ना? ...वह अलग किस्म का अंग्रेज है। मुझे एक बार उसके दल के साथ एक आदिवासी बस्ती में जाने का मौका मिला था। कोई और होता तो चारपाई लगा कर शान से बैठता, हुक्म चलाता, सजा सुनाता और चला आता। लेकिन ये तो बैठे तक नहीं। तसल्ली से गाँव में घूम-घूम कर जानकारी लेते रहे। उनकी पत्नी भी साथ थी। मुझे याद है। एक गोबर लिपी झोपड़ी के दरवाजे पर चाक मिट्टी से बनाई गयी कलाकृति पर तो वे मुग्ध हो गये।...लक्ष्मी, गणेश, सरस्वती—हर आकृति पर बारीकी से पूछताछ करते रहे। उस स्त्री को तो अपने साथ नरसिंगपुर वाले घर पर चित्रकारी करने के लिए वे साथ ले आये थे।...शाम को अपने स्वागत में हुए आदिवासी नृत्य में वे नगाड़ा बजाते दिखे। और मजे की बात तो यह कि उन्हीं की भाषा में बात करने की कोशिश भी की।'...

सुमेर तो उस शाम मनचाहा पा लेने की उमंग में उड़ता फिर रहा था। बार-बार उस रविवार की एक अलस दोपहरी याद आ रही थी, जब वह सहज शहर की रौनक देखता हुआ घूम रहा था।

तब उसे एक असामान्य नजारा दिखा।

एक बड़ी हड्डी का टुकड़ा एक बैलगाड़ी में लाद कर कहीं ले जाया जा रहा था नरसिंगपुर के मुख्य मार्ग से। पीछे-पीछे उत्सुक दर्शकों की भीड़ चल रही थी। इतना बड़ा हड्डी का टुकड़ा किसी ने देखा नहीं था आज तक।

सुमेर चौंक गया। कई वर्ष पहले, जब वह बच्चा था, तब काली के भक्त लौटे थे तीर्थ यात्रा से। हमेशा की तरह धन-धान्य से लदे-फँदे। उस साल लेकिन वे कुछ विशेष साथ लाये थे। ऐसे ही एक बैलगाड़ी मे वे भी लाद कर लाये थे ठीक इसी तरह का एक हड्डी का टुकड़ा।

इसीलिए उस जुलूस में जो अब काली मन्दिर जा रहा था पूजा के लिए, विशेष उल्लास था। खूब फूलों की पंखुरियाँ बिखेरी जा रही थी। खूब गुलाल उड़ रहा था। स्त्रियाँ अपेक्षाकृत ऊँची आवाज मे मंगल गा रही थीं। साथ-साथ दौड़ते बच्चों पर सिक्के लुटाए जा रहे थे।

मन्दिर के सामने वे रुके और उन्मत्त नाचने लगे-' ये ले माँ। स्वीकार कर। तेरे लिए लाये हैं हम उसी राक्षस रक्तबीज की हड्डियाँ, जिसे तूने ही खत्म किया था—अपने खड्ग के प्रहार से।'

गाँव वालों के गले से हर्ष मिश्रित चीख निकल गयी थी—साक्षात रक्तबीज की हड्डी उनके सामने। उसे छू सकते है वे।

वे उन्मत्त हो कर नाच रहे थे। शराब बह रही थी। पशु बलि दी जा रही थी। रक्त के छींटे उड़ रहे थे रक्तबीज की हड्डी पर।...

सारा गाँव लोट-पोट था।

...आज इतने सालों बाद, वैसा ही हड्डी का टुकड़ा नरसिंगपुर की सड़क पर।

उसे शक हुआ कि ले जाने वाले कहीं काली के भक्त ही न हों।

'कौन हो तुम? कहाँ ले जा रहे हो इसे? क्या चीज है यह?—उसने सख्ती से पूछा।

वह अब ब्रिटिश फौज में था। अगर कोई सन्देह हो, तो पूछताछ कर सकता था।

लेकिन उत्तर सुन कर हैरत में पड़ गया। उसे ले जाया जा रहा था विलियम हेनरी स्लीमेन के बंगले पर।

उत्सुकता वश वह भी पीछे-पीछे पहुँच गया। इतना ही नहीं, जब तमाम मजदूर उसे भीतर पहुँचाने मे लगे थे, तब अनायास ही उसने उनका नेतृत्व भी सँभाल लिया।

बरामदे में उसे सही जगह स्थापित करते-करते शाम हो गयी थी। पूरा वक्त स्लीमेन साहब स्वयं हिदायतें देते रहे थे।

पुरस्कार वहीं मिला उसे। उन्होंने उसे पीठ थप-थपा कर शाबाशी दी। मजदूरों के जाने के बाद उसे अपने साथ चाय के लिए रोक लिया। बिल्कुल अनौपचारिक। लॉन में कुर्सियाँ लगा लीं। ठंडी हवा बह रही थी। फूलों की खुशबू थी। हल्का अँधेरा था। आया ने गैस बत्तियाँ जला दी थीं।

'जानते हो ये किस की हड्डियाँ हैं?'—उन्होंने पूछा।

'पता है सर, ये रक्तबीज राक्षस की हड्डियाँ हैं, जिसका काली ने संहार किया था। इतनी बड़ी हड्डियाँ और किसी की हो ही नहीं सकतीं। रक्तबीज ही था जो इतना बड़ा था।'

वे खुल कर हँसे।

हँसी की आवाज सुन कर मिसेज फोंटेन भी बाहर आ गयी। उनकी फ्रेंच मूल की पत्नी। उन्हीं की तरह सुसंस्कृत उसने बड़ा सफेद गोलाकार हैट और वैसा ही बड़ा घेरदार, खूब सलवटों वाला सफेद गाऊन पहना था। तब पहली बार उसने उन्हे देखा था। आसमान में चाँद निकल आया था। उसके कप में स्वयं मिसेज फोंटेन चीनी घोल रही थी।...अकल्पनीय...।

'अब सुनो सुमेर। मैं बताता हूँ तुम्हें। करोड़ों वर्षों पूर्व इन्ही नर्मदा के वन प्रान्तरों में इन विशालकाय जानवरों का राज था। वे हजारों मीलों तक उत्पात मचाते दौड़ते—फिरते थे। अस्सी से सौ फुट तक ऊँचे होते थे। पचास-पचास फुट लम्बी होती थीं उनकी पूँछें। सामने वाले दो पैर छोटे होते थे। पीछे वाले बड़े। लेकिन इतने विशाल शरीर की तुलना में मुँह बहुत छोटा होता था। दिमाग तो शायद एक बादाम के दाने जितना।

'ये हड्डियाँ उन्हीं लुप्त हो चुके जानवरों की हैं, जिन्हें हम 'डायनासोर' कहते हैं। हमने बहुत खोज की है इन पर। बरामदे की दीवारों पर इन्हीं के रेखाचित्र लगे हैं।'

'अजीब अफसर है ना यह।'—उसने सोचा—'नरसिंगपुर को अपने इशारों पर नचाने की हैसियत रखने वाला यह, कहाँ पड़ा है नर्मदा घाटी के करोड़ों वर्ष पहले लुप्त हो चुके जानवरों के पीछे हाथ धो कर...'

आत्मीयता के उसी माहौल में जब मिसेज फोंटेन ने उससे उसके घर-परिवार के विषय मे पूछा, तो उसने सब कुछ बता दिया...सैकड़ो मील दूर जंगलों के बीच टिका एक छोटा-सा गाँव पारबतीपुर...उसके पास बहती नदी और काली का मन्दिर...पिता रामनारायण और जोरावर चाचा के साथ बचपन में घटी वह घटना, जब यात्री बन कर आया ठग उसके मित्र संग्राम और उसके पिता को साथ ले गया था...उसके चलते दोनों के मन में पनपा अपराध-भाव और ठगों के उन्मूलन के लिए जीवन समर्पित करने का संकल्प...फिर जोरावर का फौज में नरसिंगपुर जाना...सौगत की यात्रा, और वह सब जो उसके साथ घटा...गाँव के पास की वह अमराई, जहाँ से अन्ततः वह स्वयं बापू के संकल्प को पूरा करने के लिए निकल पड़ा था।

वे दोनों गौर से सुनते रहे चुपचाप।

फिर उन्होंने उसके कन्धे पर हाथ रखा—'मे बी इट इज़ डेस्टिनी। तुम बिल्कुल सही व्यक्ति के पास पहुँच गये हो।...बहुत जल्दी, मेरे ही नेतृत्व में शुरू होगा ठगों के उन्मूलन का अभियान...मुझे तुम्हारी जरूरत पड़ेगी।'

और सचमुच, जिस दिन जरूरत पड़ी, उन्होंने उसे तत्काल याद किया।

'सुमेर, मुझे पच्चीस जाँबाज सैनिकों की टुकड़ी चाहिए। विकट योद्धा। मुट्ठी में

जान लेकर चलने वाले। बिजलियों से कौंधने वाले। लक्ष्य के लिए मर मिटने वाले।'

और सुमेर ने उस आदेश को लपक कर थाम लिया। नरसिंगपुर में मुँह अँधेरे पच्चीस अश्वारोही ट्रेनिंग लेते नजर आने लगे। साथ के मैदानों-जंगलों में वे घोड़े दौड़ाते हुए पहाड़ियों पर चढ़ जाते। खाइयों में उतर जाते।...वे हवा से बातें करते। पसीने से तर-बतर। गिरते, चोट खाते, फिर उठ खड़े होते।

'पर ध्यान रहे। ठगों से मुकाबले के लिए निकले हो तो आमने-सामने की लड़ाई एकमात्र विकल्प नहीं है। वे हजारों की संख्या में हैं। पूरब से पश्चिम और उत्तर से दक्षिण तक, वन-प्रान्तरों की नस-नस में समाए हुए।...उनकी कार्यप्रणाली का मूल मन्त्र ही छल-छद्म है।

वे नजर भी नहीं आते। अदृश्य होते हैं। आमने-सामने की लड़ाई तो वे लड़ते ही नहीं। देह पर हथियार बाँधे रहते होंगे छिपा कर। लेकिन उनका मुख्य शस्त्र तो बड़े जतन से रचा गया विश्वास ही होता है। उसी शस्त्र से मारते हैं वे। वे निपुण निशानेबाज होते हैं। उनका वार खाली नहीं जाता। उनका काटा पानी नहीं माँगता।

उन्हें, उन्हीं के शस्त्रों से मारो।

वे तीर्थ यात्री बन कर यात्रियों का विश्वास अर्जित करते हैं, तो तुम भी करना सीखो।...वे रक्षक बन कर धनाढ्य व्यवसायियों की रक्षा का स्वाँग भरते हैं, तो तुम भी उसमें महारत हासिल करो। तुम भी उन्हीं की तरह वेश बदल कर जाल बिछाना सीखो।

सुमेर, तुम उन्हीं के अस्त्रों का उन्हीं पर प्रयोग कर के परास्त करो। इसी में निहित है तुम्हारी सफलता।

निवर्तमान कमिश्नर ने तो अपनी हठधर्मिता हालाँकि अन्तिम दिन तक नहीं छोड़ी और अपने बिदाई समारोह तक में प्रदर्शित कर दी।

औपचारिक भाषणों के बाद रात को हुए सांस्कृतिक कार्यक्रम के दौरान तो वह अपने निर्लज्ज स्वरूप में खुल कर सामने आ गयी।

उसकी ड्यूटी शामियाने में ही लगी थी। मंच पर संगीत चल रहा था। गण्यमान्य अतिथि आ-जा रहे थे। नरसिंगपुर के राजासाहब को वहाँ उसने पहली बार देखा था—चेहरे पर गरिमा, सीधी चाल।

द्वार पर स्लीमेन साहब ने उनका स्वागत किया।

गायिका लखनऊ से आयी थी। बड़े ठसके वाली थी। ऐसा महफिल का रंग जमा कि कमिश्नर खुद झूमने लगे। लन्दन से आयी खास शराब बहने लगी।

कमिश्नर की आँखों में खुमारी छाने लगी। उन्हें अखर रहा था कि राजासाहब स्लीमेन को अधिक तवज्जो दे रहे हैं।

लड़खड़ाते हुए वे खुद उठ कर उस गाव-तकिए के पास चले गये, जिसके सहारे राजासाहब और स्लीमेन बैठे थे।

'विलियम'—वे बोले—'ये आपके राजासाहब ठगों को लेकर बहुत परेशान रहते हैं।'

स्वर के कटाक्ष को राजासाहब ने महसूस किया, पर चुप रहे।

'तो चलो-आज लग गयी इनके साथ एक शर्त्त।'...

विशिष्ट मेहमानों का ध्यान इधर आकृष्ट हो रहा था। गायिका को असुविधा हो रही थी। लेकिन वह सँभाल रही थी।

'शर्त्त यह है कि हम इनके लिए ठगों को पकड़ेंगे...और ये हमारे सामने उनकी देवी काली को गिरफ्तार कर लायें...क्यों राजासाहब?'—कमिश्नर ने बेहूदा बात कर के शराब का प्याला उनके सामने गद्दी पर ही उलट दिया।

हलचल मच गयी। गायिका ने गुस्से में तबले पर हाथ मारा और गाना रोक कर उठ गयी।

बाद में लोगों ने बताया कि राजासाहब का हाथ तो तलवार की मूठ पर चला गया था, और अगर स्लीमेन साहब ने बात नहीं सँभाली होती, तो उस दिन तो नरसिंगपुर का शायद इतिहास ही बदल जाता।

लेकिन चलो, वह घड़ी टल गयी और उस रात कमिश्नर साहब का कार्यकाल भी समाप्त हो गया।

स्लीमेन के पदभार ग्रहण करने के साथ ही परिस्थितियाँ तेजी से बदलीं। कचहरी का माहौल सकारात्मक होने लगा और नागरिकों में सुरक्षा की भावना घर करने लगी।

जोरावर ने दीवार पर टँगी अपनी जंग खाती ढाल-तलवारें निकालीं और खूब रगड़ कर उन्हें फिर से चमकाया। फिर स्वयं कोतवाली गये, और सलाह दी कि नयी यूनिट को ट्रेनिंग देने में उनके लम्बे अनुभव का भी उपयोग किया जाय। सलाह तत्काल स्वीकार कर ली गयी।

वह दिन विशेष उल्लास भरा रहा। शस्त्र पूजा की गयी।

भारी भीड़ के सामने उस विशेष दस्ते ने ऐसे-ऐसे करतब दिखाए कि लोगों ने दाँतो तले उँगलियाँ दबा लीं। उन्होंने जलते हुए रिंग के भीतर से घोड़े कुदाए। हवा में कलाबाजियाँ खाईं। घोड़ों की पीठ पर खड़े हो कर दौड़ लगाई। निशाने ऐसे साधे रायफलों से कि लोग तालियाँ बजाते रह गये और तलवार बाजी पर तो

साँसें अटक गयीं।

सुबह के इस हैरत अंगेज प्रदर्शन के विपरीत रात सांस्कृतिक रंग में डूबी रही। आदिवासियों के दल ने गले में ढोल लटकाये, अपनी पारम्परिक वेशभूषा में, गोलाई में घूमते हुए खूब समाँ बाँधा। स्लीमेन भी थे और फोंटेन भी।

कि तभी सात-आठ साधुओं और व्यापारियों के दल ने खलल डाल दिया। वे सिपाहियों के साथ बहस-झंझट कर के स्लीमेन के पास पहुँच गये, कि उनसे मिलना बहुत जरूरी है। अभी इसी समय। कल सुबह तो उन्हें यात्रा पर निकल जाना है।

वे गुहार लगाने लगे कि अमरावती जाना है। रास्ता अच्छा नहीं है। तमाम तरह के खतरे हैं। इसलिए उन्हें सुरक्षा प्रदान करने के लिए दो सिपाही दिये जायें। उनका व्यय व्यापारी स्वयं वहन करेंगे।

वे देर तक हील-हुज्जत करते रहे और समुचित आश्वासन पाने के बाद ही टले।...वे सन्तुष्ट हो कर, अदब से झुकते हुए, और उनकी लम्बी उम्र और सफलता की दुआ करते हुए वापस लौट गये।

...वह तो रात को जब कार्यक्रम समाप्त हुआ, तब उन्होंने फिर से आकर, स्लीमेन को यह बता कर अचम्भित कर दिया कि वे और कोई नहीं, उन्हीं के पच्चीस सदस्यीय विशेष दस्ते के सदस्य हैं।

इसके साथ ही माहौल आश्चर्य-मिश्रित कोलाहल में डूब गया। पूरे दृश्य को उन्होंने इतनी परिपक्वता के साथ प्रस्तुत किया था कि खुद स्लीमेन भी किसी को पहचान नहीं पाये ।

स्लीमेन के लिए इससे अधिक सन्तोषप्रद तोहफा और क्या हो सकता था?

पाँच

...किस चौखट पर सिर पटकें अब जा कर? कोई एक भी तो नहीं बची।

साथ जीने-मरने का दम भरने वाले सब कहाँ चले गये?

यह तो होना ही था रोहिणी। किससे क्या कहें?

हमारी मानो तो रोहिणी, एक बार पटवारी को भी परख लो। हैं तो सगे चाचा ना रामनारायण के। चालाक हैं। धूर्त हैं। पर हैं तो पटवारी। कोतवाल के साथ उठना-बैठना है। बात मन में आ गयी तो समझ लो दूसरी जिन्दगी मिल जायेगी रामनारायण को।

बरसों से बात नहीं हुई।...और क्या प्रतिज्ञा की थी, कि अब तो मरघट में भी नहीं मिलेंगे...

तो हो जाता है ना भौजी। ऐसी प्रतिज्ञाएँ होती ही हैं तोड़ने के लिए।...

...तो रोहिणी ने दस्तक दे ही दी उनके दरवाजे पर। इन्तजार करती रही उनका कोठी के बरामदे में। एक घंटा बीत गया।

बैठो अभी, साहब नहा रहे हैं।

दो घंटे और बीत गये।

बैठो अभी, साहब नाश्ता ले रहे हैं।

'तो लेने दो उन्हें तसल्ली से नाश्ता।'—आखिर उसके सब्र का बाँध टूट गया। आहत—अपमानित मन ज्यादा सह भी नहीं पाता।

वह उठ खड़ी हुई।

'बहुत गुस्सा आ रहा है बहू?'—भीतर से पटवारी की आवाज आयी—'हिम्मत है तुम्हारी कि खुले आम एक कातिल की सिफारिश लेकर आ गयीं। वह भी हमारे पास, जो उसूल के मामले में अपने बाप की फाँसी भी माफ नही करता।...भतीजे की तो बात ही क्या है...? और तुम्हारी तो बहू, अक्ल भी घुटने में है, जो इतना भारी मसला सलटाने खाली हाथ चली आयी।...पाँच-पच्चीस हजार के पत्र-पुष्प चढ़ा देती कोतवाल साहब पर तो दिल पसीज नहीं जाता बेचारे का?...रहम दिल हैं।...पर तुम तो दाँत में पैसे दबाये रखती हो ना? मर जाय भले ही आदमी, तो अपनी बला से।...

...और अभी जा कहाँ रही हो? काम की बात तो हुई ही नहीं।'

आवाज में निहित धमकी को रोहिणी ने महसूस किया। वह आशंका से ठिठक गयी।

'...ये सुन लो कि वह मकान चाहिए अब मुझे। बहू हो, इसीलिए खाली करने का वक्त दे रहा हूँ।...कहीं ऐसा न हो कि जोर-जबर्दस्ती करनी पड़े।'

वह सन्न रह गयी। जानती तो थी कि वर्षों से गिद्ध दृष्टि लगा रखी है उसने मकान पर। लेकिन इस अचानक घोषणा से तो उसके पैरों तले की जमीन खिसक गयी।

'...कुछ वक्त हो तो भीतर आ कर मालिकाना हक के कागज भी देख लो।'—वह खौफनाक हँसी हँसा।

'वे तो खुद पटवारी हैं भाभी, ये जाली कागज तैयार करने में उन्हें कितना वक्त लगा होगा? कागज भी अपने और मुहर भी अपनी। बल्कि गवाह की जगह दस्तखत भी एक कोतवाल के हैं और दूसरे लाला केसरीमल के।...आपके पास कोई चारा ही नहीं है अब।'—यह उस नेकदिल कर्मचारी ने धीरे से रोहिणी से कहा था, जो उसे

चार दिन बाद खाली करने का नोटिस देने आया था।

रोहिणी नोटिस के कागज को फटी-फटी आँखों से देख रही थी। समझ में कुछ नहीं आ रहा था। अक्षर कागज के पन्ने पर उछल-कूद कर रहे थे।

उसकी सजल आँखें देख कर कर्मचारी को दया आ गयी थी—'अब कोई फायदा नहीं हैं भौजी। न कोई इन कागजों को जाली कहने की हिम्मत करेगा, न आपके पक्ष में खड़ा होगा कोई।...लड़ाई आप पहले ही हार चुकी हैं।...बेहतर है कोई छोटी-मोटी कोठरी ढूँढ़ लो आसपास किराये पर। वरना चार दिन बाद वे आयेंगे और सामान फेंक देंगे बाहर।'

चार दिन बाद मियाद पूरी होते-होते वे आ भी गये। रात में नहीं, भरी दोपहर में। सब के सामने। डंके की चोट पर।

तमाशबीन तमाशा देख रहे थे। हतप्रभ। एक सम्माननीय स्त्री को जबरन, बेहूदे ढंग से, घर से बेदखल किये जाने का तामाशा।

उन्होंने घर की मेज-कुर्सियाँ-पलँग सड़क पर ला पटके। पुस्तकें बिखेर दीं बाहर। उनके पन्ने हवा में दूर-दूर उड़ते रहे। सुमेर ने जो तस्वीरें बचपन में बना कर दीवार पर सजा दी थीं—वे सब उछाल दीं हवा में।

कपड़े-लत्तों के ढेर लावारिस पड़े रहे सड़क पर। और रोहिणी के इस आर्त्तनाद का, कि मुझे भी फेंक दो, अक्षरश: पालन करते हुए, अन्त में उन्हें भी बाँह पकड़ कर ला छोड़ा बाहर, दरवाजे पर ताला लगाया और सामान को अपने बूटों से रौंदते हुए चले गये।...इसे कहते हैं आतंक।

वह पहली बारिश उसी शाम को हुई थी, जिसके बाद सर्दियाँ जम जाती हैं। हमेशा की तरह, पहले धूल भरी आँधी ने दर्ज कराई अपनी उपस्थिति, पीछे-पीछे बादल आये उमड़ते-घुमड़ते...और फिर झर-झर बौछार।

सामान पर अधमरी हालत में पड़ी वह भीगती रही। देर बाद खबर मिली तब बूढ़े वैद्य जी आये। माथा छूकर देखा। सहारा दे कर बैठाया। समझा-बुझा कर अपने दवाखाने चलने को राजी किया।

...गाँव के अन्तिम छोर पर यह दवाखाना, अब से तुम्हारा शरण-स्थल रोहिणी। आबादी खत्म हो जाती थी वहाँ पर। आगे सिर्फ पुराने खँडहर थे, जिनकी ढहती दीवारों के बीच उग आयी थीं घनी झाड़ियाँ। गुंबदों में आबाद थी चिमगादड़ों की दुनिया। वक्त थमा हुआ था वहाँ। आवाजें थीं तो बीते समय की। गन्ध थी, तो सदियों से जमे काल खंड की।...रात में कोई उधर जाता नहीं था, सिवाय उन दो नशेड़ी लड़कों के, जो देर रात डगमगाते आते और सो जाते किसी आले में।

रात नौ बजे, दवाखाना बन्द हो जाने के बाद, बाहर ओटले पर सो सकती हो

तुम रोहिणी...लो अब से यह तुम्हारा घर।

'ये तो कुदरत की नाइन्साफी हुई ना रोहिणी कि कत्ल करवाये रामनारायण, और सजा मिले तुम्हें'—उस दिन कोतवाल के दो सिपाही उसे उठा लाये थे और कोतवाल नाटक कर रहा था हमदर्दी का।

'...भई हमें तो बहुत बुरा लगा सुन कर कि पटवारी ने तुम्हे इस तरह फिंकवा दिया बाहर। सरासर नाइन्साफी है।...क्यों इतनी तकलीफें झेल रहे हो तुम लोग? ये सिर्फ रामनारायण की जिद के चलते हो रहा है।

...जरा सी बात है। हलफनामे हमने बना कर रखे हैं। उसे सिर्फ दस्तखत करने हैं, कि आगे से काली के मासूम भक्तों को नाहक परेशान नहीं करेंगे बाप बेटे...और गाँव छोड़ने का लिखा है, तो अब अपनी जिन्दगी बड़ी है कि गाँव? रोहिणी हम तुम्हें रामनारायण से मिलने की इजाजत देते हैं।...समझाओ उसे...दस्तखत करवा लो तुरन्त...।'

चलो इसी बहाने मुलाकात तो हुई रामनारायण से। कलेजा मुँह को आ गया उनकी हालत देख कर। पर सँभाल लिया रोहिणी ने स्वयं को।

एक बेहद सहज, सामान्य आत्मीय मुलाकात।

उन्होंने सूर्य की पहली किरण को धन्यवाद दिया कि उसने इस दुर्लभ घड़ी को सुनहरी रोशनी से भर दिया...

और धन्यवाद दिया पुरवाई को कि उसने अपनी अंजुरी में भर-भर कर बिखरा दी फूलों की खुशबू...

और धन्यवाद दिया परिन्दों को अपने सुरीले स्वर माहौल में भरने के लिए।

'अच्छा रोहिणी, ये बताओ कि अपने घर के बरामदे में गौरैया अभी भी चहकती है ना?'

'अब तो और ज्यादा हो गयी हैं। उनके लिए पानी रखती हूँ कटोरी में।'

'अच्छा, क्या रातरानी के पेड़ से फूल झरते हैं रात भर?'

'फूलों की तो जैसे सेज बिछ जाती है जमीन पर।'

'वो जो सुमेर के बचपन में बनाये चित्र लगे हैं दीवार पर, उन पर धूल मत जमने देना।'

'अरे, तो क्या वह तुम्हारा ही बेटा है, मेरा कुछ नहीं?'

'पर तुलसी के चौरे का कुछ इन्तजाम करना पड़ेगा। धूप में मुरझा जाता है।'

'वह भी है। और पुस्तकें कितनी इकट्ठा कर ली हैं तुमने? मैं तो सँभालते-सँभालते थक गयी।'

रामनारायण अभिभूत हो गये—'एक काम करेंगे। मैं छूट कर आऊँगा ना, तो बरामदे में एक झूला लगा देंगे।'

'अब?...इस उमर में झूला झूलेंगे?'—रोहिणी खिलखिला कर हँस पड़ी।

आवाज बाहर पहुँची। दरोगा दौड़ कर आये। रामनारायण को धकियाते हुए फिर कोठरी में बन्द कर दिया गया।...बिना दस्तखत के हलफनामे कॉरिडॉर में इधर से उधर सरसराते रहे।

दो दिन बाद रोहिणी की मृत देह मिली थी—वैद्य जी के ओटले पर। उसके शरीर पर जगह-जगह खरोंच के निशान थे। वस्त्र फटे थे और अस्त-व्यस्त।

तमाशबीन कुछ दूर खड़े थे। स्तब्ध। वे जोर से बोल भी नहीं रहे थे। धीरे-धीरे फुसफुसा रहे थे। हवा उधर से थोड़ा बच कर निकल रही थी, और खँडहरों के कानों में फुसफुसा रही थी।

वैद्य जी ने मृत देह को सफेद कपड़े से ढँक दिया था। वह अब किसी भी चौखट पर माथा रगड़ने की यातना से परे चली गयी थी।

वैद्य जी की नजर नशेड़ियों पर जा कर टिक गयी। वे वहीं खड़े थे। कुछ कहने और नहीं कहने के बीच के तनाव में टँगे हुए।

वैद्य जी ने छड़ी से कोंचा—'रामनारायण को तो तुम्हारी झूठी गवाही ने फाँसी के फंदे तक पहुँचा ही दिया। कम से कम अब सच बोल दो। कुछ पाप कट जायेगा।'

वैद्य जी को उम्मीद थी कि दोनों बेरुखी से कहेंगे कि हमें क्या पता?...नशे की झोंक में कुछ पता चलता है क्या कि कौन आया, और कौन गया?

लेकिन उनके तो चेहरे का रंग ही बदल गया।

और कुछ ऐसा हुआ कि वे बुक्का फाड़ कर रो पड़े—'माँ समान थी हमारे। अब झूठ नहीं बोलेंगे। कोतवाल ने तो झूठी गवाही देने के लिए चमड़ी उधेड़ दी थी हमारी। हम क्या करते?...पर कल रात को कसम से कोशिश की थी लाला केसरीमल को दबोचने की।'

भीड़ पर किसी ने सन्नाटे का चाबुक घुमा दिया—लाला केसरीमल...।

'रात तीसरे पहर इधर से कुछ उठा-पटक की आवाजें आयी थीं।...पर कमबख्त खुमारी में उठा ही नहीं जा रहा था।...जैसे-तैसे अपने आप को खींचते हुए खँडहर के बाहर आये, तो देखा कि लाला इधर से भाग रहा था।'

'इतनी रात को क्या कर रहे हो लाला इधर?'—हमने पूछा।

'मैं...ऐसे ही...बुखार था...वैद्य जी को दिखाने आया था।'—वह उत्तेजित था। घबराया हुआ था।

'वैद्य जी को...इतनी रात?...'

वह हमें धक्का देकर अँधेरे में भाग निकला।

भागते-भागते धमकी दे गया कि किसी को बताया तो पेड़ पर उलटा लटकवा दूँगा...।

हम डर गये।

...डर गये हम साले फिर से।

'हम सारी जिन्दगी डरते ही रहे।...कभी कुछ करते ही नहीं बना हमसे।'—उनकी रुलाई रोके नहीं रुक रही थी।

कोतवाल के सामने दोनों सिर झुकाए खड़े थे—पटवारी और लाला केसरीमल।

'ये कैसा फूहड़ तरीका हुआ पटवारी, मकान पर कब्जा करने का? उठा कर सामान सहित बाहर फिंकवा दिया? हमसे कहते।...दो घंटे में सफाई करवा देते।...'

'और तुम्हारा क्या किस्सा है लाला? बहुत उतावली थी? हवस नहीं दबी इस उमर में भी?...तुम्हारे गले और हाथों पर तो अभी भी उसके नाखूनों की खरोंचें ताजा हैं...।...तुरन्त गाँव छोड़ दो दोनों। इसी समय। गाँव वाले कहीं भड़क गये तो जिन्दा नहीं छोड़ेंगे।...इन्तजाम कर दिया है। अभी एक यात्रा जबलपुर जा रही है। अपने लोग हैं। परदे वाली गाड़ी में बैठा देंगे तुम्हें। छिप कर बैठे रहना रात भर।...अब निकलो...तुरन्त।...'

उनके जाने के बाद जेल से रामनारायण को बुलवाया।

इस बार बद्तमीजी नहीं की। सामने कुर्सी पर बैठाया। पानी का गिलास दिया। फिर ज्ञान दिया कि जीवन और मृत्यु सब ईश्वर के हाथ में हैं रामनारायण...हम सब उसके हाथ की कठपुतलियाँ हैं।...

...अब देखो, अभी दो दिन पहले हमने रोहिणी को तुमसे मिलने का मौका दिया था।...कितनी खुश थी बेचारी...और आज...आज यह दुनिया छोड़ कर चली भी गयी...

...वैसे तुम जेल में थे, तो तुम्हारे पटवारी चाचा ने बड़ी देखभाल की थी उसकी...बहू थी आखिर...लाला केसरीमल ने तो यहाँ तक कह दिया था कि रुपये-पैसे की चिन्ता मत करना...घर की बात है....लेकिन वही होता है ना...सब भगवान की मरजी है...

...हमारा दिल तो नरम है ना रामनारायण...गुनाह चाहे जो हो तुम्हारा...पर अभी तो छोड़ दे रहे हैं तुम्हें...ठीक है ना...जाओ...अपने हाथों से संस्कार करो अपनी पत्नी का...पुण्य भागा है...सुहागिन जा रही है।

शाम ढल गयी है। सूरज डूबने को है। सिन्दूरी आभा है पश्चिम के आकाश पर। नदी शान्त है। वह शान्त ही बहती है। सिन्दूरी आभा का बिम्ब समेटे।

अर्थी आ चुकी है श्मशान घाट पर...दोनों नशेड़ी लड़के लकड़ियाँ जमा रहे हैं। रामनारायण कुछ हट कर बैठे हैं। अकेले। कुछ कह नहीं रहे। सपाट, भावहीन चेहरा।

...दर्द से टूटता शरीर। वैद्य जी ने सहारा देने की कोशिश की है रामनारायण को। उन्हें परे हटा दिया।...वे किसी भी सहारे की अपेक्षा से परे जा चुके हैं।

...मंत्रोच्चार...लकड़ियों पर छिड़का जाता घी...फेरे...एक...दो...तीन...चार ...कन्धे पर पानी रिसाती मटकी...फिर धड़ाम की आवाज के साथ मटकी टूट कर बिखर गयी है...

...कपाल-क्रिया सम्पन्न की और चल पड़े यन्त्र-चालित से।

...अरे रुको रामनारायण...तुम्हें रुकना है अभी...वहाँ हाथ जोड़ कर खड़े रहो शेष लोगों के जाने तक...

वे आवाजों से परे जा चुके हैं। चेतना कही और जा टँगी है शून्य में।

कोई साथ नहीं...अकेले...

नदी तक गये। डुबकियाँ लगायी।...एक बार भी चिता की ओर देखे बिना आगे बढ़ गये...

उधर दूसरी तरफ कहाँ जा रहे हो रामनारायण?...पारबतीपुर इधर है...इधर...।

वे सचमुच गाँव नहीं लौटे। गहराते अँधेरे में उनका साया नदी के उस पार जाता दिखा था...आगे, जहाँ जंगल-झाड़ियों का अनन्त विस्तार था...।

छह

आ गये बेटा सुमेर...बहुत देर कर दी।'

वैद्य जी अमराई में उसे लेने आये थे। साथ में दोनों नशेड़ी लड़के थे। वह खबर मिलते ही दौड़ा आया था।

पहली बार नरसिंगपुर से पारबतीपुर का रास्ता इतना लम्बा लगा। खत्म होने को ही नहीं आ रहा था।...और जब पास आने भी लगा अपना गाँव, तो वे परिचित पहाड़ियाँ और दरख्त, आकाश और अपनी हवाएँ—सब पूछ रहे थे—...कहाँ रह गये थे सुमेर इतने दिन?...

हर लड़का चाहता है नौकरी लगने के बाद घर जाना। वह भी तो आया है।...ये

देखो अपनी अमराई...आम के घने कुंज...ठंडे पानी का कुआँ...

वह घोड़े से नीचे उतर गया है। कुछ प्रतीक्षा करना चाहता है।...क्या पता, बापू और माँ आ जायें...।

मन नहीं मान रहा है।...वैद्य जी खुद मुश्किल में है—कैसे बतायें वह सब, जो पिछले दिनों घट चुका है पारबतीपुर में।

चलो सुमेर, अब कोई जल्दी नहीं है। धीरे-धीरे सब पता चल जायेगा। वैसे पता पड़ने से अब कुछ होगा भी नहीं। सिवा एक कसक के कि काश वक्त में पीछे लौटा जा सका होता...और रोका जा सका होता उस घटनाक्रम का पहिया।

कुछ देर में वह गाँव पहुँच जायेगा।...कुछ भी नहीं बदला होगा वहाँ। सब कुछ वही-वही। वही घास-फूँस की ढलवाँ छतें। वही गोबर लीपी दीवारें...घरों के आगे बिखरा चारा...दीवारों से टिके बैलगाड़ियों के पहिए।

लेकिन गाँव में घुसेगा तब तक रात हो जायेगी। तीसरा पहर, जब दूर जंगलों में काली माँ को देख कर सियार रोते हैं। और तब धूल भरी गलियों में एक जुलूस चलने लगेगा। जिसमें एक बूढ़े आदमी को रस्सी से बाँध कर घुमा रहे होंगे दरोगा। वे बीच-बीच में भीड़ को एक गहने की पोटली दिखा रहे होंगे...ये देख लो...फिर मत कहना...बरामद हो गये सौगत के जेवर...।

घर वैसा ही होगा उसका। सिर्फ वह बन्द होगा। किसी और का ताला पड़ा होगा उस पर। घास उग आयी होगी बाहर। और तब वहाँ दोपहर हो जायेगी। अचानक दरवाजा खुल जायेगा और उसमें से बाहर फिंकने लगेगा सामान और साथ में एक बूढ़ी स्त्री, जो उसकी माँ होगी।...और तब बारिश होने लगेगी, जिसके बाद ठंड जमना शुरू हो जाती है।

वैद्य जी अपने ओटले पर ले जायेंगे।...वहाँ सफेद कपड़े में ढँका एक शव रखा होगा...और ये दोनों लड़के, जो उसके साथ चल रहे हैं—रोने लगेंगे...पिछली रात...खँडहरों के पास...उन्होंने एक साये को भागते देखा था...।

गाँव में पहुँचते ही वह कूद कर घोड़े पर बैठ गया और तेज रफ्तार से गाँव की गलियों में घोड़ा दौड़ाने लगा। सरपट। बच्चे दौड़ कर घरों में जा छिपे। कुत्ते भौंकने लगे। पीछा करने लगे। वह सरपट दौड़ाए जा रहा था, धूल का गुबार पीछे छोड़ता हुआ।

...कहीं भी नहीं रुका। न अपने घर के आगे, न वैद्य जी के ओटले पर। स्तब्ध, सहमे हुए लोग देखते रहे। आँखें फाड़े। कोई उसके सामने नहीं आया। फिर गाँव की सरहद पार कर के नदी की ओर निकल गया। ऊँचे टीले पर चढ़ गया। सबसे ऊँची जगह, जहाँ से नदी दिख रही थी, और एक टिन का शेड जो श्मशान था।

वहाँ वह आकाश की ओर मुँह कर के जोर से चिल्लाया...एक शब्द हीन

चीख...सिर्फ एक कर्कश, मर्मभेदी आवाज...

कहते हैं वह आवाज पारबतीपुर की गलियों में देर तक मंडराती रही थी। अलग-अलग कयास लगाये जाते रहे। लोगों का कहना है कि उसने वहाँ से, नदी के पार, दूर पर जाता रामनारायण का साया देखा था।...उसी को देख कर वह चिल्लाया था।...

वह दिन, जब सुमेर पारबतीपुर से लौट कर आया था, और उसके बाद के कई दिन...

बैरक्स में सन्नाटा पसरा होता। लोग उससे मिलने आते। संवेदना प्रकट करते। चले जाते। जो घट चुका था वह तसल्ली से परे था।

'इसे कुछ बोलना चाहिए'—वे उसकी शून्य में टँगी दृष्टि को देखते और आपस में फुसफुसाते।...बोलता तो वह तब ना, जब उसे अपने होने का एहसास होता। हद से गुजर जाने पर एहसास होता ही कहाँ है दर्द का?

गुजरने दो। गुजरने दो थोड़ा वक्त अभी। दर्द कम होते-होते उस सीमा रेखा के भीतर आ जायेगा जब एहसास होता है...फिर सब ठीक होने लगेगा।

...एक रात सचमुच वैसा हो गया। वह जैसे किसी लम्बे दुःस्वप्न से छटपटा कर उठा। दीवार पर लगी दुनाली उतारी। दरवाजा खोल कर बाहर आया बरामदे में। दुनाली का मुँह किया आकाश की तरफ और अन्धाधुन्ध फायरिंग कर दी।

अभी रात बहुत नहीं हुई थी। लोग जागे हुए थे। हड़कम्प मच गया। कोई उसके पास नहीं आया।...देर बाद जोरावर पहुँचे। दुनाली ली उससे। अब उन्हें तसल्ली थी कि सब ठीक हो जायेगा। अब उसकी चेतना ने सम्पर्क बना लिया है बाहरी दुनिया से।...अब कोई रास्ता निकल आयेगा।

वह बरामदे में बैठ गया। हवा में हल्की ठंड थी। पूरा साफ गोलाकार चाँद चमक रहा था। आज पूर्णिमा है क्या? कहीं यह शरत् पूर्णिमा तो नहीं है?

'सुनो विनोदिनी, तुम्हें पता है श्राद्ध कैसे करते हैं? क्या तेरहवाँ दिन गुजर जाने पर श्राद्ध करने में कोई हर्ज है? क्या माँ की आत्मा वहीं होगी अभी, पारबतीपुर में? श्राद्ध करने से मुक्ति मिलेगी उन्हें?'

फिर एक बड़ा सवाल चक्रवात् सा घूमता आया और उसे झिंझोड़ने लगा—बापू कहाँ होंगे?

और तब उसे लगा कि कल जब वह माँ का श्राद्ध कर रहा होगा, तो पीछे मुड़ कर जरूर देखेगा...ऐसा हो ही नहीं सकता कि माँ का श्राद्ध हो और बापू वहाँ नहीं हों।

बापू उसके पास आते थे। लेकिन उन रातों में, जब वह अकेला होता था, करवटें बदलता हुआ। तब उसे कमरे में किसी की उपस्थिति महसूस होती थी। वे आकर

सिरहाने बैठ जाते थे। वह उन्हें तसल्ली देने की कोशिश करता।

'हम उन्हें सजा दिलवा कर छोड़ेंगे बापू।'

'तुम कैसे करोगे सुमेर? पारबतीपुर मुरैना रियासत में है।...और फिर उनके पास हर इल्जाम की काट है...

...कोतवाल कह देगा कि उसने ड्यूटी निभाई है। रामनारायण के घर से लूट का सामान बरामद हो गया। गवाह खड़े हैं। क्या गलती की उसने गिरफ्तार करके?

...पटवारी कह देगा कि उसके पास मालिकाना हक के कागज हैं। कैसे नकारेगा कोई उन्हें?

...और लाला केसरीमल? क्या सुनवाई होगी? खुद रोहिणी ही नहीं रही।'

वह बहुत बेचैन हो कर कमरे में चक्कर काटने लगता।

तब बापू ही उसे तसल्ली देते—तमाम कानून उन्हीं की जेबों मे हैं सुमेर। वे सब कानूनों से परे हैं। वैसे तो उनका कोई बाल-बाँका भी नहीं कर सकता।'

'तो फिर?...फिर क्या?'

'फिर यह है समेर कि तू अब मुझ पर छोड़ दे।...सिर्फ एक बात की क्षमा चाहूँगा तुझसे बेटे।'

'क्या कह रहे हैं बापू?...क्षमा और मुझसे?'

'सचमुच...इसलिए...कि मैंने तुझे अब तक, जिन्दगी भर जो भी मानवीय मूल्यों के पाठ पढ़ाये होंगे, उन्हें तुम जरूर सहेज कर रखना...लेकिन मैं...रामनारायण... उन्हें अपनी जिन्दगी से...बेदखल करता हूँ।'

उसे अपने कानों पर विश्वास नहीं होता था—'ये क्या कह रहे हो बापू? ये कम से कम आप तो कह ही नहीं सकते।'

'बापू...'—वह जोर से आवाज देता। लेकिन बापू तब तक जा चुके होते थे।

पारबतीपुर का पानसिंग

'व्यवस्था का सच जानना चाहते हो?'

'हाँ जरूर...कैसे बताओगे?'

'चलो मैं तुम्हें 'पानसिंग तोमर' फिल्म दिखा लाता हूँ।'

हम दोनों—मैं और डॉ. विनय, पारबतीपुर के ही उस सिनेमाघर में वह फिल्म देखने गये थे, जिसके ठीक सामने पंडित रामनारायण की हवेली थी—डेढ़ सौ साल पुरानी, जर्जर, सुनसान हवेली।

डेढ़ सौ साल पहले ऐसी ही एक रात को रामनारायण के साथ घटी, व्यवस्था की बर्बरता की मूक गवाह...जब एक सम्मानित व्यक्ति को रस्सों में बाँधते-घसीटते हुए यहाँ से निकाला गया था।

वैसे ही, जैसे पानसिंग तोमर को गाँव में जलील किया जा रहा था,और उस हवेली से कुछ कदम के फासले पर, फिल्म में दम साधे देख रहे थे दर्शक।

...स्टेडियम खचाखच भरा है...रंगारंग अन्तरराष्ट्रीय स्पर्धा...दुनिया के सर्वश्रेष्ठ धावक दौड़ रहे हैं...पानसिंग तोमर ऑफ इंडिया तीसरे स्थान पर...हजारों दर्शकों का उत्साह सँभाले नहीं सँभल रहा...पानसिंग दूसरे स्थान पर...उत्तेजना में दर्शक खड़े हो गये हैं...अन्तिम दस मीटर...वह पहले वाले के साथ दौड़ रहा है...अन्तिम पाँच स्टेप्स...और वह फर्राटे से आगे निकल गया है...

...जन-गण-मन अधिनायक जय हे...भारत भाग्य विधाता...

लहराता हुआ तिरंगा...बीच में सबसे ऊँचे स्टैंड पर पानसिंग...गले में स्वर्ण पदक...

...ड़ेढ सौ साल पहले, पंडित रामनारायण के नाम से फूल जाता था पारबतीपुर का सीना...

...अच्छा तो ठीक है ना, स्वर्ण पदक जीता है तो...हमने भी तो अपना कीमती वक्त दे कर उस पर गर्व तो कर लिया। और क्या करते हम?

अब अगर उसके गाँव में कोई उसकी खड़ी फसल काट ले और उसकी गैर मौजूदगी में उसके बीवी-बच्चों को सड़क पर निकाल फेंके...तो दरोगा क्या करे?

आखिर निकाल फेंकने वालों के साथ पीने-पिलाने का सम्बन्ध है उसका ...दोस्ती नहीं निभाएगा ?...तब तो लानत है उस पर...

...वह चाचाओं के आगे गिड़गिड़ा रहा है...विश्व-विजेता...धूल भरी गलियों में धक्के खा रहा है...

बीवी-बच्चे जिन्हे...उस पर गर्व करना चाहिए था...वे दो-दो कौड़ी के लोगों के आगे माथा रगड़ रहे हैं...

...रोहिणी माथा रगड़ रही है...कोतवाल, पटवारी...रात को रस्सों में बाँध कर ले जाये जाते रामनारायण का शानदार जुलूस...कुत्ते आगे-पीछे भाग रहे हैं...सियार रो रहे हैं...अँधेरी रात में धोती सँभालता हुआ लाला बच कर भाग रहा है...खँडहरों के पास एक ओटला था वैद्य जी का...

...तो किसने कहा था पानसिंग को कि दुनाली उठा कर कूद पड़े बीहड़ों में ? ...कि चुन-चुन कर हिसाब चुकता करे एक-एक दरिन्दे से...प्रतिशोध की भयावह प्रतिमूर्ति बन कर...किसने कहा था ?

अब न्यायप्रिय दरोगा का समाज के प्रति क्या इतना भी दायित्व नहीं है कि वह उसे पगलाये जानवर की तरह दौड़ा-दौड़ा कर मारे ?

धाँय-धाँय...

तो फिर क्यों दर्शक मन में एक कसक-सी लिए बाहर आ रहे हैं ?...बड़ा पेंच है किस्से में।

वह सही था या गलत ? ऐसा कोई न कोई हर काल में पैदा होता रहा है, और इस ग्रह के हर कोने में...।

कहते हैं कि शरीर खत्म हो जाता है, आत्मा नहीं मरती।

देखो भाई, इस बहस में पड़ने का कोई मतलब ही नहीं है। क्योंकि यह कहीं खत्म हो ही नहीं सकती।

पानसिंग का शरीर बच जाता है, लेकिन उसके भीतर की आत्मा मर जाती है। ...वह आत्मा जो निश्छल थी, पवित्र थी।...

...अब यह बड़े संवैधानिक संकट का मामला आ गया है। शरीर जिन्दा है और आत्मा ने उसे बीच में छोड़ दिया है।...शरीर को इस शून्य में जिन्दा रहने की इजाजत नहीं है। एक क्षण को भी नहीं।

...तो लो ये आ गयी दूसरी आत्मा।...तत्काल और पूरे आवेग के साथ.... पथरीली, और संवेदनहीन आत्मा।

मकसद सिर्फ एक—प्रतिघात। सिर्फ प्रतिघात और कुछ नहीं।

और अब भीतर के रेगिस्तान में गर्म रेत की आँधियाँ चल पड़ी हैं। कँटीली

झाड़ियों में टेढ़ी चोंच, लाल आँखों वाले बड़े-बड़े पक्षी उतर आये हैं... तुम कहाँ हो रामनारायण?

एक

...रात्रि विश्राम के लिए रुका था ठगों का एक समूह। मुरैना के रास्ते में। सघन कुंज था। विश्राम के लिए उपयुक्त जगह। ठंडे पानी का कुआँ था। खाना पकाना, नहाना-धोना चल रहा था। कुछ खुली हुई गाड़ियाँ, कुछ बँधे हुए घोड़े।

कई महीनों से, कई शहरों में जा चुकी यात्रा अपने अन्तिम चरण में थी। मुखिया संग्राम हुक्का गुड़गुड़ा रहा था। अधेड़ उम्र, खिचड़ी बाल, गठीली देह पर एक रोबदार चेहरा। आकर्षक परिधान पर बहुमूल्य मणि-मुक्ता मालाएँ।

'माल भी हाथ नहीं आया और जगह-जगह मुसीबत में फँसे।'-उसने अपने सहायक गणेश से कहा।

'मैंने चलते समय आगाह किया था। संकेत सही नहीं थे।'

'कभी ऐसा हुआ था कि हम किसी की गर्दन पर फंदा कस रहे हों, और वह भाग निकले?'

'हाथ जोड़ो भवानी माँ के कि नागपुर के पास बच निकलने का मौका मिल गया। नहीं तो सब के सब वहाँ पेड़ पर टँगे मिलते।'

'अब पहले सी बेफिक्री भी नहीं रही। जब से नरसिंगपुर में यह नया कमिश्नर आया है, हाथ धो कर पीछे पड़ गया है। यात्रा में उसका कौन सिपाही वेश बदल कर हमारे साथ हो लिया हो, पता ही नहीं चलता।'

'हमें घेरने के लिए वे हमारे ही तरीके अपना रहे हैं।'

'कमजोरी भी तो हमारी है। एक ठग पकड़ा जाता है, तो अपनी जान बचाने के लिए दस के पते दे देता है।'

'क्या करे कोई? सुना है सागर में विशेष जेल बनी है सिर्फ हमें फाँसी पर लटकाने के लिए।'

'क्या नाम है उस अंग्रेज का?'

'विलियम हेनरी स्लीमेन।'—यह एक स्त्री-कंठ था। जोहरा बी का। मुरैना की मशहूर तवायफ। बड़ी नफासत से पान लगा रही थी।

'आदमी दिलेर है। पिछले कमिश्नर ने एक गाने वाली के साथ बदसलूकी कर दी थी। राजा साहब का हाथ चला गया था तलवार की मूठ पर। उसी की हिम्मत थी

कि बात सँभाल ली।'

....हवा सर्द थी। खुले वन-प्रान्तर मे खुल कर खेल रही थी। दूर तक फैले मैदानों-झाड़ियों के बीच, कमजोर चाँदनी में, चाँदी की लकीर सा चमक रहा था रास्ता।

'देखो, कोई आ रहा है दूर पर से।'

सब सतर्क हो गये। सचमुच कोई था।

...इस समय? इस बीहड़ सुनसान में?...वह भी अकेला?

आ तो इधर ही रहा है। उन्हीं का कोई गुप्तचर तो नहीं है?

हो तो क्या कर लेगा? अकेला है। जरा भी चालाकी की तो गाड़ देंगे यहीं पर।

वह पास आया। गिरते-पड़ते। मुखिया की उम्र का आदमी। अच्छा ऊँचा-पूरा। कई दिनों की बढ़ी दाढ़ी। कई दिनों का भूखा-प्यासा। जख्मी शरीर। बस, जैसे आखरी, टूटती साँसों के साथ पहुँच गया था।

कुएँ की तरफ बढ़ा। होठों पर हथेली लगा कर पानी पिलाने का इशारा किया। लेकिन दो-चार कदम चल कर धड़ाम से गिर कर बेहोश हो गया।

गणेश और अन्य ठग उसे होश में लाने की कोशिश करने लगे।

मुखिया अपनी जगह पर बैठे-बैठे ही हँसा-'जो जिन्दगी भर दूसरों को बेहोश करने का धन्धा करते रहे, वे आज बेहोश को होश में ला रहे हैं।...जरूर इसमें भवानी की कोई इच्छा छिपी है।...गणेश, जरा पानी मारो इसके चेहरे पर।'

वह कुछ ही देर में होश में आ गया।

'पानी पिलाया इसे?'

'जी मुखिया, कई दिनों का प्यासा लग रहा था।'

'गुड़-चना खिला दे थोड़ा।'

'खा रहा है...लगता है कई दिनों से कुछ खाया नहीं है।'

'ठीक है। अब तलाशी ले ले। कोई हथियार तो नहीं है?'

'कुछ नहीं है। बिल्कुल निहत्था है।'

'आफत का मारा लगता है।...जरा पूछ इसके गाँव छोड़ दें?'

'...कुछ बोलता नहीं है। लेकिन गाँव पहुँचाने की बात सुन कर गुस्से में आ गया था।'

'अब समझा। सताया हुआ है...जरा पूछ कौन गाँव का है?'

'हाँ, अब होंठ हिल रहे हैं इसके मुखिया।...कुछ बोल तो रहा है।...साफ नहीं है।'

'थोड़ा हौंसला बढ़ा...कोशिश कर।'

'जी मुखिया...समझ गया...पारबतीपुर कह रहा है।'

'पारबतीपुर ?...

मुखिया को झटका लगा। हुक्के की नली हाथ से छूट गयी। उठ कर आगन्तुक के पास गया। गौर से चेहरा देखा। जख्मों के पीछे उस पर अभी भी विषाद की स्याह पर्त्त थी।

मुखिया ने अन्दाज लगाने की कोशिश की—समझदार मालूम पड़ता है। मूर्ख नहीं है।...उम्र भी उसी के बराबर...और गाँव भी पारबतीपुर...तो फिर... ?

उसने आगन्तुक की आँखों में सीधे देखा। शायद परिचय की कोई महीन किरण हो, जो आधी शताब्दी की राख की तहों के पीछे से हल्के से कौंध जाय।

'...वहाँ खेलते थे तुम ? ...पारबतीपुर की धूलभरी गलियों में...अपने बचपन में ?...सूनी दोपहरियों में...और साँझ ढले...छुपन-छुपाई...अंटियाँ...गुल्ली-डंडा ...याद है ?...लौटते बैलों की घंटियाँ...झोंपड़ियों से उठता शाम का धुआँ ?...एक नदी बहती थी...।'

'...संग्राम नाम का एक बच्चा था... शरारती...याद आया ?'...

'और एक था रामनारायण ...।'

रामनारायण चौंक कर उठ बैठे।

दल के सदस्य पीछे हट गये।...पचास साल बाद, कुदरत के इस नायाब करिश्मे से मिले दोस्तों को उल्लास का आनन्द देने के लिए।

मारे खुशी के संग्राम ने उन्हें बाँहों में भर कर गोलाई मे घुमा दिया—'मैंने कहा था ना ?...यह सब भवानी की लीला है।...अन्यथा आधी सदी के बाद... इस निबिड़ एकान्त में...इतनी रात गये...।'

आलिंगन ढीला होते ही रामनारायण फिर जमीन पर ढह गये।

एक बार फिर वही भावहीन चेहरा।...फिर वही शून्य में टिकी आँखें ...जड़ हो चुकी संवेदनाएँ...स्मृतियों से परे...।

भीतर के बियावान में, सिर्फ एक ही बिजली चमक कर बुझ जाती है—प्रतिशोध। बस, और कुछ भी नहीं...न कोई वर्त्तमान, न कोई भविष्य, न कोई मानवीय सरोकार...।

'तो भवानी ने यह जो लीला रची है, वह शायद...तुम्हारे उसी ध्येय की प्राप्ति के लिए रची है रामनारायण...शायद मेरी शक्तियों के माध्यम से...।'—संग्राम ने दोनों हाथ आकाश की ओर उठ दिये।

साथ के वृक्ष की सबसे ऊँची टहनी पर, लाल आँखों और धारदार चोंच वाला

बड़ा-सा पक्षी सब देख रहा है-गर्दन टेढ़ी कर के।

वह पक्षी इन बाहरी बीहड़ों में नहीं है रामनारायण...वह मेरे मन के भीतर है ...उसने रक्त की गन्ध पा ली है।

दिन निकल आया है। संग्राम की टोली आगे बढ़ गयी है। सामान्यत: वह घुड़सवारी करता है। आज वह बैलगाड़ी में बैठा है, रामनारायण के बिस्तर के साथ।

रामनारायण का यथासम्भव उपचार करने के बाद उन्हें नहला-धुला कर साफ-सुथरे वस्त्र पहना दिये गये हैं। तथापि वे सामान्य मन:स्थिति में नहीं हैं।

संग्राम उन्हें अपनी जीवनगाथा बताता चल रहा है। बताते हुए वह स्वयं कभी उदास हो जाता है, कभी उत्तेजित।

...पारबतीपुर छूटा तब मैं छह साल का था। तब तक हम हर रोज साथ खेले-कूदे थे। मुझे साफ याद है वह दिन। बापू अगले दिन यात्रा पर निकलने वाले थे। वे हर साल दो बार निकलते थे। एक बेग भर कर मणि-मोती ले जाते थे सागर के बाजार में बेचने। मुझे साथ ले जाते थे सैर कराने।

उस सुबह एक अजनबी आया। आकर्षक, ऊँचा-पूरा। आते ही बोला कि यात्रा के साथ आया है। अमराई में ठहरी है यात्रा। कल गुड़-चना लेने शहर में आया, तो बच्चों ने बताया कि आप भी सागर जा रहे हैं। अच्छा संयोग है। साथ रहेगा। एक-दूसरे की हिफाजत भी करेंगे।

इतनी जल्दी उसने अपनी लच्छेदार बातों से बापू पर जादू चला दिया कि वे तो उसके पीछे सम्मोहित से घूमने लगे। तयशुदा कार्यक्रम के अनुसार हम उसे अगली सुबह अमराई में मिले। यात्रा चलने को तैयार थी। खुद उसके भी और पाँच-छह साथी थे।

दिन भर खुशनुमा मौसम रहा। हल्के बादल थे। रास्ते भर हरियाली थी। जंगली फूल थे। वह रास्ते भर मुझे किसी न किसी के घोड़े पर बैठाता रहा।

दोपहर को एक पोखर के किनारे यात्रा रुकी खाने के लिए। उसने मुझे पानी में खूब नहलाया। दोनों हाथों से हवा में खूब उछाला। मेरी किलकारियों में साथ देता रहा। मिठाइयों की तो कोई कमी ही नहीं होने दी।

पापा खुश थे। इतना सुहाना सफर ।

शाम को यात्रा एक गाँव के पास रुकी। वह गाँव के भीतर जा कर बढ़िया पूड़ियाँ, आलू की सब्जी और अचार पैक करवा कर ले आया।

रात हो गयी थी। उसने प्रस्ताव रखा कि यहाँ खाने में मजा नहीं आयेगा। यहाँ से दो कोस दूर पर एक झरना है। वहाँ खूब घनी फूलों की झाड़ियाँ हैं। उनमें

सुगन्धित हवा बहती है। फिर आज तो चाँद भी खिला है। क्यों न वहीं चल कर खाना खाया जाय?

...वहाँ पहुँचे तो मैंने पाया कि झरना तो था, लेकिन जगह बहुत सुनसान थी और डरावनी भी। उसने पापा को वहीं पर बैठा लिया। शराब की बोतल खोल ली। सब पापा को घेर कर बैठ गये।

फिर उसने एक साथी को कहा कि जा इसे कन्धे पर बैठा कर जरा आगे तक घुमा ला। क्योंकि इसके बापू को इसके सामंने पीना अच्छा नहीं लगेगा।

...मुझे तब क्या पता था कि मैं बापू को अन्तिम बार देख रहा हूँ...

वह मुझे कुछ ही दूर ले गया होगा कि मैंने पीछे से बापू की चीख सुनी। दूर से मैंने देखा कि वह आदमी पीले रंग के एक कपड़े से बापू का गला घोंट रहा है। उसके दो अन्य साथियों ने बापू के पैर पकड़ रखे थे। बापू कुछ देर छटपटाते रहे। फिर...फिर वे मर गये।

मैं मारे डर के उस आदमी की छाती पर पैर पटक-पटक कर चीखने-चिल्लाने लगा। मैं दौड़ कर बापू तक पहुँचना चाहता था।

उसने मुझे छोड़ा ही नहीं। बल्कि तैश में तीन-चार थप्पड़ भी लगा दिये।

वह मुझे कुछ देर बाद वहाँ ले गया। तब तक सब खत्म हो चुका था। बापू को उन्होंने मार कर वहीं गाड़ दिया था। उनका बैग छीन लिया था। मुझे ज्यादा शोर मचाते देख उनमें से एक ने मेरे मुँह पर कपड़ा बाँध दिया। फिर वे तेजी से मुझे रास्ते पर उठाते-घसीटते हुए रास्ते पर आगे बढ़ गये।

मेरा उनसे असहयोग जारी रहा। मुँह पर से रूमाल हटाते ही मैं रोने-चीखने लगता। तंग आ कर उन्होंने एक जगह जंगल में बिल्कुल अकेला छोड़ दिया, और कहा कि ले मर, अब तुझे यहाँ शेर खा जायेगा। हम जा रहे हैं।

वे सचमुच आगे बढ़ गये। थोड़ी देर मे मेरी हिम्मत जवाब दे गयी। और मैं रोता-चिल्लाता उनके पीछे भागने लगा। कुछ देर बाद वही नीली आँखों वाला आदमी वापस आया। उसने मेरा हाथ पकड़ा और कहा कि अब से मैं तेरा बाप हूँ। मैंने उनसे लड़-झगड़ कर तुझे बचाया है। नहीं तो वे तुझे भी मार डालते।

कुछ भी नया नहीं था रामनारायण के लिए इस कहानी में। बार-बार वे इसे सुनते ही रहे थे जिन्दगी भर। कभी किसी, तो कभी किसी वारदात के सन्दर्भ में। ठगों की कार्यप्रणाली थी ही ऐसी। पहले किसी गाँव में जाकर बच्चों को बहलाओ-फुसलाओ, उनसे पता करो किसी यात्री का, उसे आगे की यात्रा में अपने साथ शामिल कर लो, विश्वास में लो...और फिर...। उस यात्री के अन्त की ओर बढ़ता

हुआ यही चिर-परिचित घटनाक्रम होता था। ...

फर्क इस बार सिर्फ इतना था कि अनजाने में ही इस बार वे स्वयं उसका एक पात्र बन गये थे अपने बचपन में।

...रामनारायण इतना सुन कर कुछ जरूर कह सकते थे।

यह आत्मस्वीकृति का क्षण था।

वे कह सकते थे कि संग्राम, वह मैं था और मेरे साथ जोरावर था। हमीं ने बताया था उस अजनबी को कि तुम और तुम्हारे बापू अगले दिन सागर जायेंगे। अगर नहीं बताते तो कुछ भी नहीं घटता तुम्हारे साथ। न तुम यह होते जो आज हो ...लेकिन हमें क्या पता था?

किसकी जिन्दगी की दिशा किसके हाथ से तय होती है, कुछ पता होता है क्या?

...'वो अभी जिन्दा है? वो नीली आँखों वाला?...मेरा मतलब, तुम्हारा दूसरा बापू?'—रामनारायण ने कमजोर आवाज में पूछा।

'हैं ना मुरैना में। उनसे तो मिलवाऊँगा ही तुम्हें।...मुरैना ही लेकर गये थे मुझे वे लोग। चुंगी नाके पर बताया कि रिश्ते में है। माँ-बाप दोनों गुजर गये, तो हम ले आये।'

मैं कई महीनों तक उनके काबू में नहीं आया। बार-बार पूछता रहा कि क्यों मार डाला तुमने बापू को...बार-बार घर से भाग जाता...।

लेकिन बीतते वक्त के साथ मुझे समझ में आने लगा कि कहीं भी भाग कर जाऊँ, लौट कर मुझे वहीं आना है।...फिर मैंने पाया कि मैं परिस्थितियों से समझौता करने लगा हूँ, और पारबतीपुर की यादें भी धुँधलाने लगी हैं।...बाद में तो मुझे वही व्यक्ति बापू भी लगने लगा था।

रामनारायण ने इस बार सचमुच कोशिश की उसके सामने आत्मस्वीकृति की, लेकिन अधिकतम यही हुआ कि सीधे उसकी आँखों में झाँक पाये, और होंठ काँप कर रह गये।

संग्राम जोर से हँसा—'सब समझ गया। तुम यही पूछना चाहते हो ना कि मैं ठग कैसे बन गया?...तो इतना बड़ा ठगों का मुखिया जिसका बापू हो, वह और क्या बनता? आसपास के इलाकों के ठगों में एकछत्र साम्राज्य था बापू का। उनके लिए बापू का शब्द आज्ञा होती थी।...उन्होंने बड़ी मेहनत से मुझे एक ठग के रूप में सँवारा।...वक्त आने पर भवानी देवी की आज्ञा से उसमें दीक्षित किया...और फिर मैंने पीछे मुड़ कर नहीं देखा।

संग्राम ने अपनी बात कह दी। उसे उम्मीद थी कि अब रामनारायण भी खुल जायेगा।

बर्फ पिघल जायेगी। लेकिन वह संवाद एकालाप ही रहा।

बैलगाड़ी ऊबड़-खाबड़ रास्ते पर हिचकोले खाती हुई मंथर गति से बढ़ती रही।

गणेश और अन्य लोग बारी-बारी से मिजाजपुर्सी करते रहे। रामनारायण आँखें मूँदे लेटे रहे। लेकिन मन ही मन वे अवश्य संग्राम को अपनी आपबीती सुनाते रहे होंगे। क्योंकि कुछ-कुछ अन्तराल पर उनकी मुट्ठियाँ कस जाती थीं। कुछ-कुछ अन्तराल पर उनकी बन्द आँखों के कोरों से आँसू की बूँदें बहने लगती थी।

'कुछ नहीं कह रहे हैं?'—गाड़ीवान ने मुड़ कर संग्राम से पूछा।

'कह रहे हैं। लगातार पूरी कहानी कह रहे हैं मुझसे। मैं सुन पा रहा हूँ साफ-साफ। यह मौन की भाषा है। पुरजोर दर्द के साथ बयान कर रहे है।'

...यात्रा चल रही है। यह सिर्फ काली के भक्तों की यात्रा है। कोई सामन्य यात्रा नहीं है। जोहरा बी अपनी गाड़ी में ऊँची आवाज में गाने लगी है—

...मोरी अटरिया पे आवो साँवरिया...सारा झगरा खतम हुई जाय ...

और अब यह अन्तिम पड़ाव।

...फिर वही रात है। चाँद है। इस बार दूर तक फैले खेतों के किनारे ठहर गयी है यात्रा। फसल खड़ी है। फसल के बीच में, एक बाँस पर बिजूका लगा है—सफेद कपड़े से बना। गोल मोल सिर। उस पर रंग से बनी आँखें और लम्बे होंठ।दोनों हाथ पूरे फैले हुए।

संग्राम शेष दल के साथ नहीं बैठा। वह रामनारायण को साथ लेकर टहलते हुए, बिजूके की ओर आ निकला है। सावधानीवश रायफल साथ ले ली है। बिजूका उन्हें देख रहा है।

अचानक संग्राम को एक तरकीब सूझती है। वह रामनारायण को रायफल पकड़ाते हुए कहता है—'...अरे, उधर देख रामनारायण...वो खड़ा है तेरा दुश्मन। पहचाना तूने?...उसी ने तो तुझे बरबाद कर दिया था ना पारबतीपुर में?..साध निशाना...चला गोली...खोपड़ी उड़ा दे साले की...'

पहली बार उसकी बात का रामनारायण पर असर दिखा है। वे बिजूके को देख कर हरकत में आ गये हैं। उन्होंने संग्राम से रायफल लेकर निशाना साधा।

फिर कुछ सोच कर रुके।

रायफल संग्राम को लौटा दी।

न जाने कहाँ से ताकत आ गयी। संग्राम की कमर में बँधा पीला कपड़ा उन्होंने खींच-खाँच कर उतारा।

संग्राम ने करने दिया उन्हे।

फिर जैसे दबे पाँव, गोल चक्कर लगाते हुए, बिजूके के पीछे पहुँचे और उछल

कर उसकी गर्दन में वह पीला रूमाल कस दिया।

...वे रूमाल कसते जा रहे थे और उनके मुँह से वहशी-सी चीख निकल रही थी।

संग्राम दौड़ कर पहुँचा।

'...तुम दोनों हाथ पकड़े रहना इसके...बस शेष काम मैं तमाम कर दूँगा...अब नहीं बचेगा यह मेरे हाथ से... ।'—रामनारायण गरजे।

बिजूका टूट कर जमीन पर गिर गया।

उन्होंने तब भी पकड़ ढीली नहीं की। रूमाल के एक छोर को अपने पैर से दबा कर दूसरे छोर को हाथों से कसते रहे।

...देर बाद जब उन्हें यकीन हो गया कि बिजूके में अब कोई साँस बाकी नहीं रही, तब कहीं वे उसे छोड़ कर संग्राम के पास आये। ...रूमाल लौटाया ।...

...साँस धौंकनी-सी चल रही थी। लेकिन आँखों में अजीब चमक थी और होंठ कुछ ऐसी मुस्कान मे फैले थे कि एक क्षण को तो खुद संग्राम भी सिहर गया।

...वे अब बोलने लगे थे...।

दो

मसनद के सहारे लेटे वे खिड़की से बाहर की ओर देख रहे थे। दूर, उधर, जहाँ पहाड़ियों पर सूर्यास्त हो रहा था। नीली आँखों वाले उनके गौरवर्ण चेहरे पर वक्त ने झुर्रियाँ सजा दी थीं।...झक्क, सफेद लिबास में लिपटी उनकी अस्सी साल की कमजोर देह।

'ये ...बापू हैं।'—संग्राम ने परिचय कराया।

पचास साल बाद भी रामनारायण कैसे भूल जाते उस बहुरूपिये को, जो नियति के किसी क्रूर मजाक के चलते उन्हें मिला था, पारबतीपुर की उन धूल भरी गलियों में...एक आकस्मिक मुलाकात, जिसने न जाने कितनी जिन्दगियाँ बदल कर रख दीं बाद के दिनों में।

'इसे पहचानते हो बापू?...ये वही लड़का है—रामनारायण।'

किसी को, कोई व्यग्रता नहीं है अब, किसी से मिलने की।...एक-दूसरे के चेहरे पर टिकी भावहीन निगाहें...खिड़की पर धीरे-धीरे हिलते परदे ...बाहर धीरे-धीरे हिलता अमलतास...अब क्या अर्थ रह गया है शिकायतों का?

'पता नहीं, शायद काली माँ की ऐसी ही इच्छा रही होगी...।'—देर बाद एक

दीर्घ नि:श्वास के साथ दी गयी बापू की सफाई।

उन्हें अब न किसी सफाई की अपेक्षा है, न जरूरत। वे बहुत दूर आ चुके हैं।

इतनी दूर कि अब वे इस अस्सी साल के बूढ़े को खारिज कर सकते हैं बिल्कुल सिरे से।

'रामनारायण अब आपके रास्ते पर चलना चाहते हैं बापू...आशीर्वाद चाहिए आपका।'—संग्राम अर्जी देता है।

बापू चुप रहते हैं। शायद एक मौन अस्वीकृति...

संग्राम बेचैनी से कोई रास्ता निकालना चाहता है।

कि तभी अमलतास पर से एक परिंदा उड़ता है, और कमरे मे एक चक्कर लगा कर खिड़की पर बैठ जाता है।

संग्राम खुशी से चहक उठता है—'...लो आ गया माँ का आशिर्वाद...खुश हुई माँ तुम्हारे निर्णय से।...जय हो...जय हो माँ...।'

'राजा साहब से मुलाकात कर ली?'—बापू उसकी खुशी को लगाम देते हैं।

'जी, आज शाम मिलने का हुक्म हुआ है।'

'अच्छा, मेरी ओर से गुजारिश करना कि रामनारायण के गुजारे का कोई इन्तजाम कर दें।'

...पता नहीं, क्या सचमुच उन्हें कुछ कुरेदता होगा, भीतर ही भीतर?

वे पहली बार किसी राजमहल में गये थे।

एक शानदार, नक्काशीदार इमारत। कतारबद्ध मेहराबों और सुगन्धित जल के फव्वारों वाले एक खूबसूरत बरामदे के बाद वैसा ही दूसरा बरामदा। उसके पार एक भव्य हॉल, जो शमादानों की रोशनियों में जगमगा रहा था।

ये कौन से इत्र से सुगन्धित था पूरा माहौल?

कहाँ की अप्सराओं के गन्धर्व गान से झंकृत थीं हवाएँ?

सामने सिंहासन पर राजासाहब थे। दोनों ओर दरबारी। ठीक सामने संगीतकारों, नर्तकों का दल।

वे वहाँ संग्राम के रुतबे को महसूस कर रहे थे। उसके साथ कदम से कदम मिला कर चल रहे थे।

संग्राम को देख कर खुश हुए राजासाहब। हाथ उठा कर अनुमति दी पास आने की। संग्राम तो विनम्रता की साक्षात प्रतिमूर्ति। अदब से झुक कर राजासाहब की शान में कसीदे पढ़ने लगा—

'...कि जिनकी यशगाथा से गूँजती हैं शहर मुरैना की गलियाँ, ऐसे ज्ञान और

पराक्रम के संगम राजासाहब ने मुलाकात का समय दे कर जो इज्जत उसे बख्शी है, उस एहसान को वह किन शब्दों में बयान करे ?...

...कि यह उन्ही की कृपा तथा भवानी माँ का आशीर्वाद है कि इस बार की यात्रा भी बेहद सफल रही।

...कि यों तो उसकी औकात ही क्या है राजासाहब को नजराना पेश करने की, लेकिन गुजारिश है कि नाचीज की इस तुच्छ भेंट को स्वीकार करें।'...

राजासाहब खुश हुए। मंजूषा खोल कर देखी। स्वर्णाभूषण देख कर सन्तुष्ट हुए। मंजूषा पर हाथ रख कर उसे स्वीकार किया।

संग्राम ने रामनारायण का परिचय अपने बचपन के मित्र के रूप में दिया, तथा बापू की गुजारिश का हवाला दे कर अर्ज किया कि शहर मुरैना में उनके गुजारे का इन्तजाम करने की कृपा करें।

राजासाहब ने तुरन्त फरमान जारी कर के शहर के काली मन्दिर की पूजा तथा देखरेख का जिम्मा रामनारायण को सौंप दिया।

संग्राम ने राहत की साँस ली कि चेहरे पर लगातार सख्त और ठंडे भाव ओढ़ कर नि:शब्द रहने वाले रामनारायण ने बेहद अदब के साथ झुक कर राजासाहब का शुक्रिया अदा किया कि यह उन्हीं का बड़प्पन है कि उनके जैसे नाचीज का भी उन्होंने इतना ख़याल रखा।...उसे तो मन माँगी मुराद मिल गयी।

कक्ष के दोनों ओर, ऊपरी मंजिल पर झरोखों में, चिकों के पीछे रानियाँ इन्तजार कर रही थीं कि कब शुरू हो गायन-नृत्य का कार्यक्रम।...और जो कार्यक्रम शुरू हुआ, तो समाँ बँध गया।

हर बार कोई चापलूसी भरा गाना खत्म होता और राजासाहब उन पर मुद्राएँ लुटा देते और एक नया पेग भर लेते।

रात बढ़ने लगी। लगातार पीते-पीते राजासाहब सही-गलत की सीमा-रेखाओं के आर-पार जाने लगे। इसके साथ ही अब तक की ओढ़ी हुई गरिमा भी खत्म हो गयी। वे भद्दे मजाकों पर हिचकोले ले-लेकर हँसने लगे। उनका शरीर मोटा और थुलथुल था। वे दोनों हाथों से पेट पकड़-पकड़ कर हँसते थे। पूरा शरीर हिलता और पगड़ी मुँह पर आ जाती।

बीच-बीच में रामनारायण पर नजर पड़ती। वे नशे में दहाड़ते कि हमने-शहंशाहे मुरैना ने—कृपा की है इन पर। हिम्मत नहीं करे कोई इन्हें परेशान करने की। न जाने कौन शहर से आयी थी वह नर्तकी कि रौ में आयी तो बिजलियाँ गिराने लगी। ...राजासाहब डगमगाते हुए उसके पास गये और उसका हाथ पकड़ कर नाचने की बेहूदा कोशिश करने लगे।

किसकी हिम्मत कि रोकता उन्हें कोई ?

रुके वे तभी जब धड़ाम से फर्श पर गिर कर बेहोश हो गये। तबले वालों ने धम्म से तबले पर आखरी हाथ मारा, और दरबार खत्म... ।

ये तो कमाल हो गया रामनारायण।

काली मन्दिर में पूजा के समय, गोलाई में दीप घुमाते समय, जरा भी हाथ नहीं काँपा तुम्हारा। जैसे अभ्यस्त, खानदानी पुजारी हो।

एक क्षण को याद नहीं आया कि ऐसी ही किसी पूजा में, पारबतीपुर के मन्दिर में, जब यात्रा से लौट रहे भक्तों के लिए विशेष आरती हो रही थी, और जब कोतवाल, लाला, पटवारी—तमाम शक्ति केन्द्र विराजमान थे, तब तुम्हारे एक कटाक्ष नें, किस कदर खून उतार दिया था उन सबकी आँखों में ?

...यह मन्दिर उससे बहुत बड़ा है। यह प्रतिमा भव्य है। लाल जीभ निकाले, सीधे देखती है आँखें फाड़े... । अगरबत्ती-लोबान और घी के गहरे धुएँ के पीछे, वह पलकें भी झपकाती है क्या अपनी ? प्रज्वलित मशालों की दप-दप सिन्दूरी आभा में, कुछ पूछती है क्या ? ढोल-नगाड़ों की कानफाड़ आवाजों से, स्वयं उन्मादित हो जाती होगी क्या ?

धुएँ और शोर-शराबे के चरम पर न जाने क्या होता है, कि रोहिणी का चेहरा लग जाता है मूर्त्ति के धड़ के ऊपर। सिर्फ कुछ पलों के लिए। वह कुछ नहीं कहता। कोई संवाद नहीं करता। न आँखों से, न होठों से। एकदम निस्पृह। बस आता है और चला जाता है।

...शाम की पूजा में एक विशेष मेहमान आते हैं—संग्राम के बापू।

बढ़िया, सुसज्जित पालकी आती है उनकी। खास गरिमा के साथ उतरते हैं उसमें से। चुपचाप पीछे बैठ जाते हैं दीवार से टिक कर। आँखें बन्द। इधर कुछ दिनों से कुछ अजीब हो रहा है। ...पूजा के बीच, उनकी आँखों से आँसू बहने लगते हैं। वे पोंछते नहीं। बहने देते हैं।

कोई उनसे कुछ नहीं पूछता।...होता है...उम्र के इस मुकाम पर होता है—वे आपस में एक-दूसरे से सहमति जताते हैं।...आरती जारी रहती है।

...अस्सी साल की उम्र तक, मुरैना के ठगों का बेताज बादशाह रहा यह शख्स, जिससे आदेश लेकर यात्राएँ निकलती थीं, पत्ता तक नहीं हिलता था जिसकी इजाजत के बिना...ये हो क्या रहा है इसे ?

'ये अभी-अभी होने लगा है, पिछली यात्रा के बाद।'—संग्राम ने उन्हें बता दिया था।

रामनारायण पूजा सम्पन्न करते। प्रसाद देते। हार-फूल-सामग्री सहेजते।

ऐसा कोई कारण नहीं था कि वे बापू से कोई संवाद स्थापित करते। बापू से ही क्यों, शेष सारी दुनिया से भी संवाद का क्या मतलब रह गया था?

भीतर एक रेगिस्तान उतर आया था, जिसमें कँटीली, नंगी टहनियों पर वही परिचित लाल आँखों वाले बड़े-बड़े पक्षी आ बैठते...और गरदनें टेढ़ी कर के देखते रहते।

...आज मत उठाओ मुझे, रामनारायण ...आज स्वीकार करने दो माँ के सामने, कि यह अस्सी साल का बूढ़ा, जो जिन्दगी भर जरा नहीं झिझका निर्दोषों का कत्ल करने में, यह क्यों उस अन्तिम शिकार की बलि देते ही, पश्चात्ताप से भर उठा।'...

उस दिन पूरा मन्दिर खाली होने के बाद भी, बापू बैठे ही रहे। और उनकी बन्द आँखों के आगे जारी रही एक यात्रा, जो नरसिंगपुर से पारबतीपुर जा रही है।...वे अपनी पालकी में है। रास्ता कट रहा है। हमेशा की तरह। मैदानों और जंगलों में। पहाड़ों और समतलों में।...धूप और छाँव में।

यात्रा के साथ चल रहा है अपना वही पुराना खेल। वे आ गये हैं अस्सी साल के बूढ़े की भूमिका में। पालकी में बैठा एक बेहद बीमार बूढ़ा, जो अब पहुँच नहीं सकता अपने बेटे के पास।...यात्रा लम्बी है और वक्त खत्म।

साथ चल रहे यात्री को फाँस लिया है उन्होंने—'तुम मेरे बेटे हुए...आखरी वक्त में मुझे जमीन पर लिटा देना और मेरे मुँह में गंगाजल टपका देना।'

...वे माँ की मूर्ति की तरफ बहुत कातर दृष्टि से देख रहे हैं।...तो क्या हुआ? इसमें तो कुछ भी असामान्य नहीं था। जिन्दगी भर कितनों के साथ किया है यह छल तो।

लेकिन नहीं। कुछ असामान्य जरूर हुआ इस बार कि उस यात्री ने बेटे का निश्छल प्यार उँड़ेल दिया उन पर। ...वह उनका सिर गोद में लेकर थपका रहा है ... वह उनकी नकली हिचकियों पर बेसाख्ता घबरा रहा है...वह दो-दो कोस दूर के गाँवों तक दौड़ कर उनके लिए दवाएँ ला रहा है...वह उन्हे हौसला दिलाते-दिलाते खुद रो पड़ा है...।

...ऐसा निश्छल पुत्र-प्रेम तो पहली बार मिला था माँ।

'हम कहाँ पर हैं बेटा ?'

'भैरोगढ़ पहुँच गये हैं।'

'मेरा वक्त आ गया है बेटा...।'

'बापू ...आप मुझे छोड़ कर नहीं जा सकते...बस...।'

'मुझे जमीन पर लिटा दे बेटा...बस, अब ठीक है...सिर उधर कर दे बेटा...

पूरब की तरफ...।'

'मैं गंगाजल लाता हूँ बापू...मैं हूँ ना...मैं...'

'बस अब उस ओर मुँह कर के मेरे लिए प्रार्थना कर बेटा...'

...वह कौन सा अनाम रिश्ता निभा रहा था, माँ?...निश्छल...पवित्र...पवित्र इसी को कहते हैं क्या माँ... ? इतना महीन, इतना विराट...

...और अब वह निर्देशानुसार मुँह कर के, घुटनों के बल बैठा प्रार्थना कर रहा है ईश्वर से। उनकी जिन्दगी के लिए... उसका चेहरा आँसुओं से भीगा है...उसकी आवाज काँप रही है...

ठीक तभी उन्होंने कमर से कपड़ा निकाल कर, फुर्ति से उछल कर, पीछे से उसकी गर्दन में कस दिया था। साथियों ने उसके पैर दबोच लिए।...ऐसा तो कितनों के साथ किया है माँ...

पर छटपटाते हुए, उसने सिर्फ एक क्षण के लिए मुझे जिस तरह से देखा, तो मैं तो सन्न रह गया...अरे, ये तो जैसे मैंने अपने सगे बेटे को मार दिया...

ऐसा तो पहली बार लगा था।

वह थोड़ा छटपटा कर मर गया।

'क्या बताया तुमने? कहाँ से कहाँ जा रहा था वह?'—इतनी देर में पहली बार रामनारायण ने पूछा है।

'पारबतीपुर जा रहा था वह...मैंने बताया ना...नरसिंगपुर से।'

'नाम?...नाम क्या बताया?...'

'सौगत...सौगत नाम बताया था उसने अपना।'

रामनारायण के होंठ हल्के से काँप कर ठहर गये।...बस...।

...बाहर, बेमौसम बारिश के आसार बनने लगे थे। पालकी वाले कहार दरवाजे पर दस्तक देने लगे थे।

क्या अजीब करिश्मे करती है नियति भी। यह बूढ़ा, जो आज उसे ठगी में जाने से रोक रहा है, इसे जरा भी अन्देशा नहीं है कि इसी ने उन्हें झौंक दिया है आज इन काली-भक्त नृशंसों के बीच—उस आदमी को अपना शिकार बना कर—जिसका नाम इसने सौगत बताया है।

क्या अजीब खेल है नियति का। बार-बार उनकी जिन्दगी इसी उल्का-पिंड की चपेट में आ कर क्यों बर्बाद हो जाती है...और वह भी इस तरह कि उन्हें पता भी नहीं चलता।...इस अस्सी साल के बूढ़े को, जो मन्दिर की पीछे वाली दीवार से टिक कर रोता है।

अजीब नियम है नियति का। हरेक की जिन्दगी की चाबी किसी दूसरे के हाथ में दे कर रख देती है।...जीते रहो बेटा। तुम साँस लेते चलो। तुम्हारे जीवन की दिशा तय करने का हक, हमने दे दिया है किसी और को।

'दशहरे में ज्यादा दिन नहीं बचे रामनारायण। भवानी की कृपा रही तो उस दिन तुम्हें शामिल कर लेंगे अपने समाज में'—संग्राम आश्वस्त करता था।

'पारबतीपुर से क्या खाबर आयी है?'

'खबर पक्की है। दशहरे के बाद पटवारी नरसिंगपुर जायेगा। कुछ सरकारी कागजात और कुछ खजाना लेकर।'

रामनारायण व्यग्र हुए 'ये मौका हाथ से नहीं जाना चाहिए।'

'कोशिश पूरी रहेगी।'

'दशहरे के बाद नरसिंगपुर जाने वाली यात्रा में यह काम निपटाना पड़ेगा।'

'उसके पहले दशहरे पर तुम्हें औपचारिक रूप से दल में शामिल तो कर लें।'

'...तुम्हारे बापू ऐसा नहीं चाहते। अब उन्हें लगता है कि अगर वे एक भी व्यक्ति को इसमें आने से विमुख कर सकें, तो कुछ तो प्रायश्चित्त हो जायेगा, उम्र के इस आखरी मुकाम पर।'

'ये बहुत असामान्य है। लेकिन सचमुच ऐसा हो रहा है उनके साथ।'

'वे जो भी सोचते रहें, लेकिन अगर उन्होंने इनकार कर दिया, तो क्या अन्य लोग उनके विरुद्ध जायेंगे?'

'वैसा तो अभी भी सम्भव नहीं है। कोशिश करेंगे कि वे उस समारोह में शामिल ही नहीं हों।...उस दिन उन्हें राजमहल भेज देंगे, राजासाहब के साथ दशहरा मनाने के लिए।'

दशहरा आने में अभी कुछ देर थी, लेकिन रामनारायण ने उसी दिन भाँप लिया था कि उनके मिशन की उल्टी गिनती शुरू हो गयी है।

दशहरे का दिन।

पता नहीं क्यों पारबतीपुर का दशहरा याद आ गया।...शायद इसलिए कि आज से उस तरह के दशहरों का दौर खत्म हुआ उनकी जिन्दगी में।...अब आज से इन नये दशहरों का दौर शुरू होगा। दूसरी जिन्दगी का यह अलग दशहरा।

...वह दशहरा दुनिया का सबसे शानदार दशहरा होता था। सिर्फ दशहरा ही नहीं, उससे पहले वाले रामलीला के दिन भी।...

...हाथ में फरसा घुमाते हुए उग्र परशुराम उतरते थे, तो पारबतीपुर थर्रा जाता था—'रे नृप बालक काल बस, बोलत तोहि न सम्भार...।' कहीं ये लक्ष्मण पर

सचमुच फरसा नहीं चला दें...।

...अपहरण कर के सीता माता को रावण आकाश मार्ग से लिए जा रहा है। उनकी चीत्कार से पारबतीपुर दहल गया है।...मंच पर गोल-गोल घूमते हुए जटायु से रावण का युद्ध...जटायु का एक-एक पंख कट रहा है...दुष्ट रावण ने हनुमान की पूँछ में आग लगा दी है...हनुमान उड़-उड़ कर लंका-दहन कर रहे हैं...सँभाल के ...एक बार पर्दे में आग लग गयी थी...

...इतना बड़ा, आकाश छूता रावण का पुतला...

...राम की शानदार सवारी जा रही है...साथ में वानर-सेना...बैलगाड़ी में दर्प से खड़े राम...अभी एक जलता हुआ तीर रावण की नाभि में जा लगेगा...और फिर धड़ाम-धड़ाम...

...उस दिन माँ उन्हें खूब अच्छे कपड़े पहनाती थी...।

नये कपड़े आज भी पहने हैं। लेकिन अलग तरह के। एक अलग जिन्दगी के लिए अलग लिबास। शानदार जरी वाली सफेद अचकन। सफेद चूड़ीदार पायजामा। सिर पर पीली पगड़ी। कमर में बँधा पीला कपड़ा।

काली की मूर्ति की खास सजावट।...दूर-दूर गाँवों से एकत्रित हुए भक्त।...आज बहेगी शराब।...आज दी जायेगी पशुबलि।...आज होगा आकाश-फाड़ धूम-धड़ाका।

मूर्ति के सामने ठगों के आठ-दस मुखिया खड़े हैं, अलग-अलग गाँवों से आये हुए। उनके बीच खड़ा कर के संग्राम उनका परिचय कराता है। उनकी बहादुरी, कर्तव्य-निष्ठा तथा काली माँ के प्रति भक्ति की तारीफ करता है। संगठन में शामिल होने का उनका इरादा प्रकट करता है, तथा उपस्थित मुखियाओं से आग्रह करता है कि वे उसे अपनी बिरादरी में शामिल कर लें।

वे कुछ देर सलाह करते हैं। रामनारायण निर्णय की प्रतीक्षा करते हैं। इसके ऊपर बहुत कुछ निर्भर है। पूरा मन्दिर साँस रोके है। मूर्ति के चेहरे पर दप-दप जल रही है रोशनी। काली उन्हें देख रही है।

कुछ कानाफूसी के साथ, एक साथ सब के चेहरे खिल उठते हैं। संग्राम ने उन्हें गले लगा लिया है। प्रथम चरण पूरा हुआ। अब स्वीकृति चाहिए साक्षात माँ की।

वे सब बाहर आ कर दो घने पेड़ों के बीच बैठ गये हैं। बीच में वे संग्राम के साथ बैठे हैं, आँखें मूँदे। आकाश की ओर सिर किये हुए। माता की स्वीकृति के लिए प्रार्थना-लीन। वे देर तक बैठे रहते हैं।

तब अनायास प्रतीक्षा खत्म होती है। पेड़ पर से उड़ कर एक खूबसूरत परिन्दा सीधे रामनारायण के पैरों पर आ बैठता है। सुरीली आवाज में गाता है, और फिर पेड़

पर चला जाता है।

सब हर्षित हो कर माँ की जयजयकार करते हैं। माता ने स्वीकार कर लिया है। सब बारी-बारी से उन्हें गले लगा रहे हैं।

ढोल-नगाड़े बजने लगे हैं।

फिर एक बार सब मन्दिर में जाते हैं। पहले की ही तरह फिर एक बार रामनारायण मुखियाओं के घेरे के बीच खड़े हो गये हैं।

...इस हथेली पर रूमाल रखो और उस पर कटार...अब दूसरा हाथ ऊपर उठाओ शपथ की मुद्रा में...अब सबसे वृद्ध मुखिया शपथ दिलायेंगे...वे जैसा-जैसा कहें, वैसा दोहराते चलो...मैं, रामनारायण...माता के चरणों मे प्रतिज्ञा करता हूँ कि मैं...

ये जो प्रतिज्ञा ली है, अब इसका पालन करोगे जिन्दगी भर...।

तुम बहुत शानदार लग रहे हो रामनारायण। पीली पगड़ी, और अभी-अभी कन्धों पर ओढ़ाए गये पीताम्बर ने तो चार चाँद लगा दिये हैं तुम्हारे व्यक्तित्व में।

...अब बनाओ योजना पारबतीपुर के पटवारी के शिकार के लिए।

...माँ तुम्हें सफलता दे...।

तीन

रामनारायण ने पूजा की। चेहरा वैसा ही भावशून्य जैसा पहली बार संग्राम से मिलने पर था। एक नृशंस जिन्दगी की देहरी पर यह पहला कदम।

आज यात्रा आरम्भ होगी। मन्दिर में सब एकत्रित हुए हैं। पूरी तैयारी से। शानदार लिबास, पीली पगड़ियाँ, कन्धों पर पीले दुपट्टे—जो कइयों ने सिर पर बाँध लिए हैं। शान से ऊपर की ओर उमेठी गयी मूँछें, और बीच में से जैसे माँग निकाल कर दोनों कानों की ओर उठी दाढ़ियाँ...

पेड़ के नीचे बैठ कर भवानी के आदेश की प्रतीक्षा। और इस बार तो आदेश मिला भी तो कितने उल्लास से।...कि दूर पर एक चीता इधर से कूद कर उधर चला गया।

जय हो माँ।...ऐसा हो तेरा आदेश तो, किस बात का इन्तजार?

तीन साधु थे इस बार यात्रा में साथ। एक बुजुर्ग और दो उसके चेले।

गणेश रामनारायण के साथ ही चल रहा है घोड़े पर। संग्राम का आदमी है। पर शेष लोगों से अलग ही लगता है। पढ़ा-लिखा भी लगता है। बल्कि कलाकार है।

'रास्ता लम्बा है रामनारायण, इतने चुप रहोगे तो कटेगा नहीं।'—आखिर गणेश ने ही पहल की है।

रामनारायण के लिए हालाँकि सामान्य यात्रा की जरूरतों का कोई मतलब नहीं है। वे समरस गति से बिना पलक झपकाये आगे जा सकते हैं।...क्या इसी संवेदनहीन यान्त्रिकता के साथ वे पटवारी का सफाया कर के वापस लौट सकते हैं?

गणेश समझ गया है कि उसे एकालाप ही करना होगा।

'...बहुत देर से भवानी के भक्त बने हो रामनारायण।...सब लिखा होता है।

'... तब भी, मुझसे तो बेहतर स्थिति में हो ही। रास्ता तुमने खुद चुना है। किसी ने मजबूर नहीं किया था। बल्कि अब जो वारदात होगी, वह तुम्हें बदला ले लिए जाने का अप्रतिम सन्तोष ही देगी। जख्म पर मरहम का एहसास देगी। वह मकसद पूरा करेगी जिसके लिए तुम आये हो।

' ...मेरे लिए तो ऐसा कोई मकसद भी नहीं है। मैं इस यात्रा में शामिल हूँ, क्यों कि मेरे सामने इसके अलावा कोई चारा ही नहीं है। इसलिए हर यात्रा के अन्त में मैं अवसाद में चला जाता हूँ।

'...इस पूरी यात्रा में हम दोनो ही अलग हैं शेष ठगों से। उनके लिए यह रोजमर्रा की बात है। साँस लेने जैसी स्वाभाविक। पीढ़ियों से चली आयी एक प्रथा मात्र।

'...बस, सहज भाव से गये, कत्ल किये और वैसे ही सहज लौट भी आये, मौसम और व्यापार की बातें करते हुए।'

सामने नजर आते पहाड़ों की परिचित आकृतियों ने उन्हें जता दिया है कि पारबतीपुर पास आ रहा है। पहाड़ों ने तो उन्हें पहचाना भी है, लेकिन उन्होंने ही मुँह फेर लिया है। क्रीड़ा-रत मेघ-शावको को उन्होंने जता दिया है कि उन्हें देख कर उनका यों मचल जाना उन्हें पसन्द नहीं है। वस्त्रों से खिलवाड़ करती हवाओं को उन्होंने बेरुखी से झटक दिया है।...यहाँ तक कि जब पास आती अमराई ने उनसे कहा कि क्या समझते हो रामनारायण, ये अजीबोगरीब वेशभूषा धारण कर के हमारी नजरो से बच जाओगे, तो रामनारायण को गुस्सा आ गया था।

तीनों साधु हारमोनियम और ढोलकियों पर भजन का अभ्यास करने लगे थे। बहुत संवेदनशील मामला है। किसी गलती की गुंजाइश नहीं है। अब शेष यात्रा पड़ाव डालेगी अमराई में। तीनों साधुओं को पारबतीपुर में जा कर पटवारी को बहला फुसला कर लाना है।

'... और तुम ध्यान से सुनो रामनारायण, तुम यहाँ नहीं रुकोगे। गणेश और तुम्हें सीधे निकल जाना है नरसिंगपुर के रास्ते पर।...तय करते चलना है कि कौन सी जगह सही रहेगी कोतवाल का काम तमाम करने के लिए। वहाँ तुम उसे दफनाने के लिए गड्ढा खोद कर तैयार रखोगे।...ध्यान रखना कि जगह रास्ते से एक-दो कोस

हट कर हो। सुनसान में। झाड़ियाँ घनी हों। साथ में जलधारा हो तो बेहतर। किनारे की रेत में गड्ढा खोदना आसान होता है।'

रामनारायण ने ऐड़ लगा कर घोड़ा दौड़ा दिया था। बहुत देर बाद पीछे मुड़ कर देखा तो गणेश आता दिखा। हाँफता हुआ। उसे पकड़ लेने की कोशिश करता हुआ।

गणेश साथ-साथ आगाह करता जा रहा था कि रास्ते में आते-जाते यात्री मिल ही जाते हैं। किसी को कोई सन्देह नहीं होने पाये।

'मुझे तो पहले ही वह जगह पता है रामनारायण। लेकिन मैं चाहता था कि तुम अपनी ओर से उस निर्णय पर पहुँचो।...वहाँ वह सब कुछ है जो संग्राम चाहता था।'—गणेश जैसे उन्हें ट्रेनिंग दे रहा था।

रामनारायण ने जैसे बात का सिरा पकड़ लिया—'कहीं तुम्हारे मन में भी वही बात तो नहीं है जो मेरे मन में है...भैरोंगढ़ की झाड़ियाँ?'

क्या खूब जगह बनाई है कुदरत ने भी वह, काली के भक्तों की सुविधा के लिए। न जाने कितने भक्तों का प्रसाद ग्रहण कर चुकी होगी अब तक काली माँ वहाँ, लेकिन कुल दो कोस दूर यात्रियों तक को पता नहीं चलता।

...वे मुख्य रास्ते से अलग हट कर झाड़ियों की तरफ मुड़ गये थे।

'बिल्कुल ठीक समझा है तुमने रामनारायण। मैं तो यों भी कभी भूल ही नही सकता उस जगह को। वहीं मेरी जिन्दगी बदल गयी थी।'—गणेश की आँखों के आगे फिर वही अतीत की एक रात गुजरने लगी थी।

'...उस रात अनायास ही मैं इधर आ निकला था। यात्रा भैरोंगढ़ के पास विश्राम कर रही थी। मुझे नींद नहीं आ रही थी। खूब खिली चाँदनी थी। कलाकार मन था। मैं अपनी धुन में टहलता हुआ इधर निकल आया। ...इस ओर आया तो मैंने झाड़ियों में से हाथापाई और दबी-घुटी चीख की आवाजें सुनीं। उत्सुकतावश पास जा कर देखा, तो मेरा खून जम गया।...मुझे तुरन्त भाग जाना चाहिए था। लेकिन भाग ही नहीं पाया।...मेरे सामने संग्राम किसी व्यक्ति के गले में फंदा कस रहा था। शेष दो व्यक्ति उसके हाथ-पैर दबोचे हुए थे।

उसका काम तमाम कर चुकने के बाद उन्होंने मुझे भी दबोच लिया।

'सुनो'—उसने भयावह आवाज में कहा—'यह ठीक नहीं हुआ कि तुम्हें हमारा भेद पता चल गया। अब हम तुम्हें छोड़ नहीं सकते। तुम्हारे पास अब दो ही रास्ते हैं—या तो तुम हमारे दल में शामिल हो जाओ, अन्यथा इसकी कब्र के साथ की दूसरी कब्र में सोने के लिए तैयार हो जाओ।'

तब से जिन्दगी बदल गयी। होते-होते मैं संग्राम का विश्वस्त साथी तक बन गया। लेकिन मन नहीं बदल पाया।...

हर बार जब सब ठगी पर निकलते तो मैं घुटता कि यह काम मुझसे जबरन करवाया जा रहा है। एक अनचाहा काम, जो मुझे करना पड़ेगा। जिस पर मेरा कोई बस नहीं है।

वे प्रस्थान की तैयारियाँ करते। माँ भवानी का संकेत ढूँढ़ते। मेरा दिल तेजी से धड़कता। नसों में अन्धाधुन्ध खून दौड़ता। शरीर का तापमान बढ़ जाता। हाथ-पैर काँपते।...पर मैं कुछ भी होने से रोक ही नहीं सकता था।...काँपते हाथों से सिर पर पगड़ी बाँधता। कमर में लपेटता पीला कपड़ा...और फिर यात्राएँ शुरू हो जातीं...कत्ल शुरू हो जाते...

शुरू हो जाती उनमें मेरी भागीदारी।

कब्रें भर दी जातीं। तब कहीं जा कर भीतर का उबाल ठंडा पड़ता। थरथराहट थमती। साँसें सामान्य रफ्तार से आने-जाने लगतीं।

वे मुझे जल्दी-जल्दी भागने को कहते। मुझमें उतनी भी ताकत शेष नहीं रहती। मैं उस कब्र के साथ ही लेट जाता। वे मुझे घसीट कर ले जाते।

फिर दिल-दिमाग सब शून्य हो जाते। मैं एक नीले सन्नाटे में तैरने लगता। एक गहरा अपराध भाव भीतर कुंडली मार कर बैठ जाता।

वे आपस में लूट का बँटवारा करते। मुझे नहीं चाहिए मेरा हिस्सा। मेरे भीतर कोई हिकारत से मुझे देखता। मेरा अपराध भाव मेरे चेहरे पर छपा होता।

...वे काली माँ की आरती करते। नाचते-कूदते-शोर मचाते। शराब की नदियों मे तैरते।

...मैं सिर्फ माँ के सामने हाथ जोडकर, आँखें मूँद कर, अपने गुनाह कुबूलता—...माफी के लायक हूँ या नहीं हूँ माँ, ये आपका निर्णय।...लेकिन आप जानती हैं ...कि ये अक्षम्य अपराध जो मैं लगातार किये जा रहा हूँ...ये मुझसे करवाये जा रहे है...मेरा कुछ भी बस नहीं है इन पर...

काली माँ की आँखें दप-दप दहकतीं...लाल जीभ बाहर निकाले वो अपना निर्णय सुनाती—'तुम्हारी जिरह स्वीकार। कमजोर आदमी। लेकिन दंड यह कि अब जिन्दगी भर झेलो अपना दोगलापन...।'

कब्र खुद गयी है।

'इतना गड्ढा पर्याप्त है'—गणेश मिट्टी के ढेर पर लेट गया है। रामनारायण पेड़ के तने से टिक कर ढह से गये हैं।

...सौगत भी यहाँ भैरोगढ़ तक ही दिखा था यात्रियों को। लेकिन वह तो इतना सीधा था कि संग्राम के बापू को उसे यहाँ तक लाने की जरूरत ही नहीं पड़ी। उधर

ही कहीं लेट गये थे वे बीमारी का बहाना बना कर। वहीं काम तमाम भी कर दिया था उसका।

उन्हें लगता है जैसे सौगत गड्ढे के पास आ गया है। झाँक कर देख रहा है।

'गड्ढा तो अच्छा खोद दिया है रामनारायण। ...हमारा काम तो इससे आधे में ही चल गया था।'

वे चौंक कर उठ बैठते हैं।

'कोई नहीं है रामनारायण।'—गणेश ने फिर आपबीती का सिरा पकड़ लिया है—'अच्छा, तुम्हें पता है उस यात्रा मे मैं कहाँ जा रहा था?...मैं बताता हूँ। मैं नरसिंगपुर से ग्वालियर के रास्ते पर था। मैं बड़ा सृजनशील कलाकार था। मेरे नाम के चर्चे थे शहर में।...जब ख्याति शहर की सीमा लांघ कर ग्वालियर पहुँची, तो सिंधिया महाराज ने राजा नरसिंगपुर को पैगाम भेजा, कि मुझे उनके दरबार में भेज दिया जाय। बड़ी सफलताएँ मेरा रास्ता देख रही हैं।

...वाइसराय साहब ग्वालियर तशरीफ लाने वाले हैं। शायद उनकी नजरें मुझ पर पड़ जायें।'

गणेश बोलते-बोलते बेमतलब हँसने लगा—'देख रहे हो ना रामनारायण? और मैं कहाँ से कहाँ पहुँच गया।'

फिर उसकी हँसी रुक गयी। एक भयानक हिंसा की चमक कौंध गयी उसकी आँखों में—'...लेकिन खतरा उठा कर भी...आज मैं कसम खा रहा हूँ रामनारायण तुम्हारे सामने...कि एक दिन...मैं जरूर पूरा बदला चुका लूँगा इस संग्राम से।'...

चार

उस सुबह पारबतीपुर के निवासी बेहद कर्णप्रिय भजनों की धुनों के साथ जागे। भोर की प्रथम आभा फैल रही थी गलियों-चौबारों, खेत-खलिहानों में।

कोई एक सन्त-महात्मा अपने दो शिष्यों के साथ घूम रहे थे गाँव में, मधुर धुन मे भजन गाते हुए। गले में टाँगे हारमोनियम-ढोलकियाँ।

...मेरी सुरति सोहागिन जाग रे
का सोवे तू लोभ-मोह में
उठ गुरु चरणों लाग रे...

दोनों नशेड़ी लड़के उनके साथ हो गये थे और सुर मिलाने की कोशिश कर रहे थे।

उन्हीं से उन्हें पटवारी के घर का पता चला था।

जब गाँव भर में भजनों की छटा बिखेर चुके, और जब सूरज ऊपर उठ चुका और धूप आ गयी, तो उन्होंने पटवारी के दरवाजे पर दस्तक दी।

पटवारी की स्त्री ने दरवाजा खोला। गाने वाले सन्तो को चौखट पर देख कर खुश हुई।

'तनिक प्यास बुझा दो, बेटी।'—महात्मा ने ओक से प्यास बुझाने का इशारा किया।

पानी पी कर तृप्त हुए। वहीं बैठ गये।

'चिन्तित लग रही हो बेटी।'—महात्मा ने निशाना साधा।

निशाना ठीक जगह लगा—'चिन्ता क्यों न हो महात्मा? पटवारी कल जा रहे हैं नरसिंगपुर। सरकारी खजाना है साथ में। लम्बा सफर है।...वक्त अच्छा नहीं है।'

'सद्गुरु की कृपा बनी रहे, बेटी। ला जरा एक कटोरी में पानी ला।'

वे कटोरी के पानी को कुछ देर देखते हुए मन ही मन कुछ बुदबुदाते रहे।

और फिर उन्होंने चमत्कार कर दिया। अपने पूरे हाथों वाले चोगे से दाहिने हाथ की उँगलियाँ निकाल कर पानी में डालीं...और लो...पानी में सिन्दूर तैरने लगा।

दोनों शिष्यों नें जयघोष किया—'जय हो...जय हो महात्मा की...'

महात्मा के चेहरे पर खुशी दमकने लगी—'...अक्षुण्ण रहेगा तेरा सिन्दूर, पटवारिन...कृपा है सद्गुरु की...।'

पटवारिन गद्गद् ...पाँव छूने झुकी। महात्मा ने पैर पीछे खींच लिए—'इस काया के पैर मत छू बेटी। इसमें कोई शक्ति नहीं है। ये तो कमजोरी का घर है।...ये सिन्दूर तेरी पतिव्रता-शक्ति से पैदा हुआ है...सब तेरी माया है।'

पटवारिन दोहरी गद्गद्।

...जय हो...जय हो महाराज की...

शिष्य हारमोनियम पर सुर लगाने लगे—

> ...सुगवा पिंजरवा छोड़ि भागा...
> इस पिंजरे में दस दरवांजा
> दस दरवाजे किवरवा लागा
> ...सुगवा पिंजरा छोड़ि भागा...

पटवारी के घर दोपहर के भोजन का निमन्त्रण उन्होंने पटवारिन के आग्रह का मान रखते हुए ही स्वीकारा था।...छत्तीस व्यंजन...खूब खातिरदारी।

पटवारी स्वयं साथ बैठे। विनम्रता की प्रतिमूर्ति।...

थालियाँ परोसीं खुद पटवारिन ने। महात्मा मौन बैठे रहे।

'कोई आज्ञा है महात्मा?'

'महात्मा की थाली के नीचे दस मुद्राएँ रख दो।'—चेलों ने आज्ञा दी।

पटवारी ने तनिक संशय से देखा।

सुबह के सिन्दूर प्रसंग से अभिभूत पटवारिन ने आज्ञा पालन में देर नहीं की।

भोजन पर बातचीत में चेलों ने बताया कि महात्मा भी नरसिंगपुर ही जा रहे हैं। वहाँ के राजा साहब के खास निमन्त्रण पर। अभी यात्रा के साथ आये हैं। यात्रा बाहर रुकी है अमराई में। महात्मा का नियम है कि यात्रा जिस गाँव में भी रुके, वहाँ जरूर भजनों का अमृत बरसाओ...किसी जरूरतमन्द की मदद कर दो...

पटवारिन खिल गयी। भगवान के भेजे हैं आप लोग तो। कैसा अद्भुत संयोग है। यात्रा में आपका साथ रहा तो और क्या चाहिए? वह भी ठेठ नरसिंगपुर तक।...

पटवारी भी इस अद्भुत संयोग से प्रसन्न-'महात्मा जी को लड्डू और दो भागवान...देखती नहीं?'

खूब छक कर भोजन हुआ। पटवारिन ने खुद हाथ धुलाये।

'अब थालियाँ उठा लो बेटी।'—महात्मा का आदेश।

पटवारिन ने उनकी थाली उठाई। आश्चर्य...थाली के नीचे से बीस मुद्राएँ निकलीं। बार-बार गिनीं। पूरी बीस थी।

उन्होंने महात्मा के चरणों में रख दीं महात्मा छिटक कर अलग हो गये— '...सन्तों को माया से क्या काम बेटी?...ये सब मुद्राएँ तुम्हारी हैं।'

...जय हो...जय हो महात्मा की...

...झीनी-झीनी बीनी चदरिया...
काहे के ताना काहे के भरनी
कौन तार से बीनी चदरिया
झीनी-झीनी बीनी चदरिया...

सब आनन-फानन में तय हो गया। कल सुबह पटवारी अपने माल-असबाब के साथ बैलगाड़ी में पहुँचेंगे अमराई। वहाँ यात्रा चलने को तैयार होगी। महात्मा स्वयं होंगे।...और क्या चाहिए?

लौटते समय वही दोनों नशेड़ी लड़के साथ थे। महात्माओं को वे भले लग रहे थे। चालाकी से दूर। निर्दोष।

'ऐसा करो, तुम कल हमारे साथ नरसिंगपुर चलो।'—उन्होंने कहा।

वे कुछ परेशान दिखे—'बात यह है महात्मा जी, हम जरूर चलते। लेकिन कल सुबह तो हमारा घर पर ही रहना जरूरी है।'

'ऐसा कौन जरूरी काम आ गया है तुम्हें?'

'बात यह है कि आज रात को गाँव मे कोई चोरी की वारदात होगी। कौन करेंगे, यह सब को पता है। लेकिन सबेरे वही लोग हमारे घर पर आयेंगे और हम पर चोरी का इल्जाम लगा कर हमें गाँव भर में घुमाएँगे। इसीलिए हमें हिदायत है कि हर हालत में हमें घर पर ही रहना है।'

महात्मा स्तब्ध—'मतलब?...क्या ऐसा पहले भी हुआ है तुम्हारे साथ?'

'हमेशा ही होता है। हर चोरी के बाद वे हमारे घर पर आते हैं। दो-चार थप्पड़ लगाते हैं लोगों के सामने। गले में 'मैं चोर हूँ' की तख्ती लटका देते हैं, और फिर धक्के देते हुए गाँव भर में घुमाते हैं।'

'क्या तुम उन्हें पहचानते हो?'

'क्यों नहीं? वे वही होते हैं, जो वारदात करते हैं।'

'कौन करवाता है यह सब?'

'खुद कोतवाल साहब...कोई उन्हें कुछ कह सकता है क्या? उन्होंने तो खुद रामनारायण तक के साथ यही कर दिया था।'

'कौन रामनारायण?'

'सबसे ज्यादा समझदार आदमी थे पारबतीपुर के। बड़े विद्वान। सब उनका आदर करते थे। लेकिन एक रात उन तक पर खून और डकैती का इल्जाम लगा कर सरेआम रस्से से बाँध कर पारबतीपुर में घुमा दिया।...तो फिर हम कहाँ लगते हैं?'

सन्तो ने चौंक कर एक-दूसरे को देखा।

महात्मा के चेहरे पर उनके लिए अफसोस झलक रहा था।...कितना तकलीफदेह होता होगा इन लोगों के लिए भी इसे अपनी तकदीर कह कर झेलते चले जाना...।

भोर की उजास फैलने लगी है। अमराई में परिन्दे चहचहा रहे हैं। बीच-बीच में एक टहनी पर कोयल कुहूक रही है। ठंडी, अपनत्व भरी हवा में वनांचल की आदिम गन्ध है।

यात्रा चलने के लिए तैयार है। आगे अश्वारोही संग्राम है। पीछे बैलगाड़ियों में तम्बू और अन्य सामान। उनके पीछे साधू और फिर शेष 'यात्री'।

पटवारी के आने का इन्तजार खत्म हुआ। हल्की-सी आशंका थी कि कहीं वह ऐन मौके पर यात्रा स्थगित नही कर दे । लेकिन उसने नहीं की। उसकी बैलगाड़ी में पर्दे लगे हैं। साथ में हमेशा साथ रहने वाले दो सहायक हैं।

'सहायकों को लौटा दो। अब हम तो हैं ना। आपकी सुरक्षा अब हमारा जिम्मा है।'—महात्मा ने उन्हें इतने अपनत्व के साथ आश्वस्त किया कि उन्होंने सचमुच उन्हें वापस लौटा दिया है।

चेले ने शंखध्वनि की और यात्रा चल पड़ी है।

पटवारी को तनिक भी सन्देह नहीं कि यह उसकी अन्तिम यात्रा है। कि यह सुबह जो वह देख रहा है, यह उसकी अन्तिम सुबह है।...कि यह दिन जो चढ़ रहा है, यह उसका आखरी दिन है।

वह बैलगाड़ी में है अपनी सन्दूक के साथ, जिसमें सरकारी खजाना है। उसे आश्वस्त करने के लिए महात्मा जी और दोनों शिष्य गाड़ी के साथ-साथ पैदल चलने लगे हैं। उन्होंने हारमोनियम और ढोलकी भी सम्भाल ली है...भजन गूँजने लगे हैं...

...दिन रात मुसाफिर जात चला
जिनका चलना रैन बसेरा
सो क्यों गाफिल रहत परा
दिन रात मुसाफिर जात चला ...
मात पिता सुत बन्धु बड़े
आड़ि न सके कोई एक पला
दिन रात मुसाफिर जात चला ...

'अच्छा महात्मा जी, आप वापस पारबतीपुर कब लौटेंगे?'—पटवारी ने जिज्ञासा प्रकट की है।

'पारबतीपुर से हमारा क्या काम पटवारी जी? वो तो ये साथ यात्रा का संयोग था तकदीर में। इसलिए उधर पैर मोड़ दिये थे प्रभु ने।...और नहीं तो हम तो ठहरे जोगी, जिधर कदम मुड़ गये, उधर को रास्ता, और जहाँ शाम हो गयी वहाँ विश्राम...'

'बात यह है कि वहाँ पारबतीपुर में अभी-अभी एक घर लिया है।'

'अच्छा हाँ,...नशेड़ी लड़के बता रहे थे एक घर की तरफ इशारा कर के कि पहले वो किसी रामनारायण का था, और अब पटवारी का है। लेकिन वह तो बिल्कुल उजाड़ था, जैसे बरसों से कोई रहा नहीं हो।'

'वो बात नहीं है। कब्जा मिलने के बाद रहने गये थे। लेकिन पहली ही रात को पटवारिन को महसूस हुआ कि जैसे घर में कोई है। ...एक साया था किसी का, जो लगता था जैसे आसपास मँडरा रहा है।'—पटवारी के चेहरे पर घबराहट साफ देखी जा सकती थी।

'होता है ऐसा। वहाँ पहले कोई रहती होगी। उसके साथ कोई अन्याय हुआ

होगा। अब वो छोड़ेगी नहीं।'

'पटवारिन का विचार था कि अगली बार आप पारबतीपुर आओ तो आप ही के हाथों पूजा-पाठ करवा कर शुद्धि करवा लेंगे।'

संग्राम सहज छेड़छाड़ करने लगा—'ये ...रामनारायण कौन था पटवारी?'

पटवारी का चेहरा खिंच गया है। संग्राम बात को मजाक में उड़ा रहा है—'ये आजकल की आत्माएँ बड़ी व्यावसायिक हो गयी हैं...आप तो खुद पटवारी हैं। कहीं दूसरी जमीन दिलवा दो आत्मा को। पक्के मालिकाना हक के कागजों समेत। तभी मानेगी वह। अन्यथा नहीं।'

जाहिर है, पटवारी को यह मजाक जरा पसन्द नहीं आया।

भैरोगढ़ के पास गणेश खड़ा दिखा। गठरी सिर पर लादे। जैसे यात्री हो। साथ हो लिया।

मौका पा कर संग्राम के कान में कह दिया कि जगह पक्की कर ली। वहीं झाड़ियों में। गड्ढा भी खोद दिया है। साथ में दस-बीस लोगों के बैठने लायक जगह भी है। साधुओं को भजन के लिए वहाँ बैठा देंगे। बाकी काम आपका।

संग्राम पटवारी को सलाह दे रहा है—'आप तो उधर से निकलते ही हैं। जानते है कि इधर कोई सराय नहीं है। होती, तब भी हम तो बाहर खुले में ही रात बिताना पसन्द करते हैं। कुछ तम्बू है हमारे पास।'

'और ये महात्मा?'

'ये हमसे कुछ दूर रुकते हैं हमेशा। इनके कुछ नियम है। लाख थके हों, पर सुबह चार बजे उठ कर भजन-पूजन में लग जाते हैं। इसलिए कुछ दूरी बनाये रखते हैं। ताकि शेष यात्रियों को असुविधा न हो।'

रात का पहला पहर बीतते-बीतते यात्रा भैरोगढ़ पहुँच गयी थी। पारबतीपुर की अमराई जैसी ही विश्राम की जगह। एक कुआँ था। लकड़ी की बल्लियों पर टिकी फूँस की छतें भी थीं।

यात्रा थम गयी। बैलगाड़ियाँ खुल गयीं। फिर जमीन पर पड़ कर सुस्ताते यात्री। पटवारी के लिए कुछ दुविधा के क्षण। लेकिन जैसे ही महात्मा आग़े बढ़ने को हुए, कि पटवारी ने उन्हें रोक लिया—'महात्मा, मैं तो आप लोगों के साथ ही रहूँगा। आपने यही वादा भी किया था।'

संग्राम खुश। ये तो मुँह माँगी मुराद मिल गयी।

कुछ ऊपरी ना-नुकुर के बाद महात्मा उसे साथ ले जाने को राजी हो गये।

'आप चलिए। हम भी कुछ देर में पहुँचते हैं वहीं। कौन इस चाँदनी में भीगना

नही चाहेगा भजनों की रिमझिम में?'—संग्राम चाह कर भी अपनी उतावली छिपा नहीं पा रहा था।

अर्धरात्रि का चन्द्रमा आकाश में खूब खुल कर छटा बिखेर रहा था, जब वे सब झाड़ियों में पहुँचे। समतल जगह पर उन्होने बड़ी-सी चादर बिछा दी।

पटवारी को बैठाया गया आदर सहित ठीक बीच में। मुख्य अतिथि की तरह। उनके ठीक सामने बैठे महात्मा और दोनों चेले। संग्राम अपने साथियों के साथ बैठ गया गोल घेरा बना कर।

महात्मा की उपस्थिति मे पटवारी स्वयं को इतना सुरक्षित और सहज महसूस कर रहा था कि उसे महसूस ही नही हुआ कि अँधेरे का फायदा उठा कर उसके ठीक पीछे कोई आ बैठा है, अपने हाथों मे पीले रूमाल का फंदा लिए।

महात्मा तन्मय हो कर गाने लगे—

कौन ठगवा नगरवा लूटल हो
चन्दन काठ के बनल खटोला
ता पर दुल्हिन सूतल हो
कौन ठगवा नगरवा लूटल हो...

पटवारी झूमने लगे।

भजन रुका तो संग्राम और उनके साथी पटवारी के दर्प को हवा देने लगे—'यो तो समझो, महात्मा जी की उपस्थिति के चलते पटवारी जी हमारे साथ बैठे हैं। ...नहीं तो कहाँ हम और कहाँ पटवारी...ये तो समझ लो राजा हैं पारबतीपुर के...'

पटवारी चढ़ गये चने के झाड़ पर—'आँख तो उठा कर देख ले कोई हमारी तरफ पारबतीपुर में...'

'अभी रास्ते मे बता रहे थे पटवारी, कि नये घर में किसी स्त्री की आत्मा से सामना हो गया था। होता कोई और तो अधमरा हो जाता। लेकिन हमारे पटवारी जी ने ललकारा कि सामने आ जा हिम्मत हो तो...। इसे कहते हैं मर्दानगी।'—संग्राम ने और हवा दी।

'अरे हमसे इजाजत लिए बगैर तो भूत-प्रेत भी पारबतीपुर में नहीं घुसते'—पटवारी पूरी तरह आत्ममुग्ध।

...चरम क्षण पास आता जा रहा था।

फिर भजन शुरू—

...उठो री सखी मोरी माँग सँवारो
दूल्हा मो से रूठल हो...
कौनो ठगवा नगरवा लूटल हो...

अचानक संग्राम बीच में बोल पड़ा—'अरे, कैसी सूखी महफिल चल रही है... जरा कोई तम्बाखू तो लाओ पटवारी साहब के लिए।'

बस, यही संकेत था।

सुनते ही पीछे तैयार बैठे रामनारायण ने छलाँग लगा कर अपने हाथों में पकड़ा पीले रूमाल का फंदा पटवारी की गरदन में कस दिया।

पटवारी को एक क्षण सँभलने तक का मौका नही मिला। इसके पहले कि वह कुछ भी समझ पाता, संग्राम और गणेश ने जमीन पर पटक कर उसके पैर दबोच लिए।

रामनारायण पूरी ताकत लगा कर फंदा कसते चले गये।

संत पूरी ताकत से हारमोनियम-ढोलकिया बजाने लगे और उँची आवाज मे गाने लगे—

...आये यमराज पलँग चढ़ि बैठे
नैनन आँसू छूटल हो...
...चारि जने मिलि खाट उठाइन
चहुँ दिसी धू-धू उठल हो...
कौन ठगवा नगरवा लूटल हो...

जल्दी ही पटवारी की देह निष्प्राण हो गयी।

रामनारायण उसे जमीन पर पड़ा छोड़ कर उठ गये। उनकी साँस धौंकनी-सी चल रही थी। वे पेड़ का सहारा लेकर ढह गये।

...शेष ठग देह को खोदे गये गड्ढे में दफनाने में व्यस्त हो गये थे।

पाँच

बुखार नहीं आया था रामनारायण को। बस ऐसा लगता रहा था। न कोई सुख, न कोई दुख। भावहीन, सपाट चेहरा। न कोई उनसे प्रश्न पूछ रहा था, न कोई उत्तर दे रहा था। आवाजों की पहुँच से दूर। चेतना जैसे किसी अन्य लोक में जा टँगी थी।

यात्रा को अब आगे बढ़ना था। ढाई-तीन महीनो का कार्यक्रम था। कई शिकार

करने थे। रामनारायण को उससे कोई मतलब नहीं था। उन्होंने मुरैना लौटने की इच्छा प्रकट की। संग्राम को भी यही उचित लगा। गणेश को साथ कर दिया। दोनों अश्वारोही।

लम्बे, सुनसान रास्ते पर समरस रफ्तार से घोड़े दौड़ते रहे।

गणेश का एकालाप जारी रहा—'अब तुम्हारे लिए वापसी के रास्ते बन्द, रामनारायण। ये मुरैना के आगे जंगलों में जो बागी होते हैं ना, वे अपने नये सदस्य के हाथों सबसे पहली वारदात में ही कत्ल करवा देते हैं। बस, अब कहाँ जायेगा भाग कर?'

पारबतीपुर के सामने से भी गुजर गये। अपने गाँव की एक आत्मा होती है। वह गाँव के आसपास कई कोस दूर तक के वायुमंडल में होती है। उस क्षेत्र में दाखिल होते ही वह आपसे संवाद करती है।...रामनारायण अब इन संवादों से परे जा चुके हैं। वे बिना उस ओर देखे सरपट निकल गये।

...मुरैना में वह उनकी पहली सर्दियाँ थीं।

ठंडी और अकेली सर्दियाँ। तमाम काली भक्त यात्रा पर थे । वे तीन महीने बाद आयेंगे। और किसी से कोई संवाद नहीं था। एक तरह का आत्मनिर्वासन। अधिक से अधिक वक्त मन्दिर के रख-रखाव और पूजा-अर्चना में गुजार देते थे।

गणेश काली माँ की नयी मूर्त्ति गढ़ता रहता। पैसा संग्राम के बापू लगा रहे थे। सफेद संगमरमर जबलपुर से मंगवाया था। एक टिन शेड के नीचे वह तन्मयता से मूर्ति गढ़ता रहता। छेनी-हथौड़ा लेकर।

बापू पालकी से उतरते। वहाँ सामने एक आरामदायक सोफे पर बैठे रहते धूप में। काम खत्म कर के रामनारायण भी आ बैठते अक्सर।

संवाद नहीं होता था आपस में। तीनो अलग-अलग। सर्दियों की कमजोर, गुनगुनी धूप के सैलाब में उग आये तीन द्वीपों की तरह।

वे महज द्वीप भी नहीं होते। ज्वालामुखी होते अपने आप में। अपना-अपना लावा समेटे हुए।...बापू के भीतर पश्चात्ताप का, रामनारायण के भीतर प्रतिशोध का और गणेश में बेबसी का। तीनों ही अपने-अपने चरम पर। लेकिन सिर्फ अपने भीतर। तीन द्वीप और सर्दियों की धूप का सैलाब...।

बापू कभी-कभी रामनारायण की ओर देखने लगते हैं। वह एक धारदार मौन संवाद होता है, जैसे कह रहे हों कि मुझे धोखे में रख कर तुमने स्वयं को ठगों के बीच मे स्वीकार करवा लिया...यह ठीक नहीं हुआ।

कभी-कभी गणेश भी रामनारायण की ओर देखता है, जैसे कहना चाह रहा हो

कि रामनारायण, किसी दिन जब मैं संग्राम से बदला लेने जा रहा हूँगा, तब कहीं ऐसा न हो कि तुम नाहक चपेट में आ जाओ।

रामनारायण किसी की ओर देखने और संवाद करने की स्थिति से ऊपर उठ चुके हैं। वे सिर्फ चाहते हैं कि जब संग्राम यात्रा पूरी कर के वापस लौटे तब तक प्रतिमा पूरी हो जाय।...यात्रा का स्वागत वे नयी प्रतिमा के साथ ही करना चाहेंगे। खूब धूम-धड़ाके से आरती होगी।...दरअसल वह पटवारी से प्रतिशोध का औपचारिक समापन होगा।

वही दूसरे प्रतिशोध की प्रक्रिया का औपचारिक आरम्भ भी होगा।

'गणेश, प्रतिमा बेहद खूबसूरत बन रही है। लेकिन इसका चेहरा इतना भावहीन क्यों लग रहा है?'—एक दिन बापू ने प्रतिक्रिया दी।

'मैं समझता हूँ यही सही है। क्योंकि जो दर्शक इसमे जैसा भाव देखना चाहे, अपनी भावना के अनुसार वैसा ही देखे।' गणेश ने छेनी चलाते हुए व्यस्त भाव से कहा।

'नहीं यह ठीक नही है। माँ का चेहरा वैसा ही भयावह होना चाहिए, जैसी जनमानस की धारणा है।'—रामनारायण अरसे बाद खुल कर बोले।

'मुझे कोई फर्क नही पड़ता। मैं तो मूर्त्ति के होठों के पास सिर्फ एक छेनी का वार करूँगा, और उस पर रौद्र भाव आ जायेगा।'

'माँ के चेहरे पर स्मिति और रक्षक का सौम्य भाव हो। मैं पूरी जिन्दगी बर्बाद करने के बाद इस नतीजे पर पहुँचा हूँ।' बापू ने सीधा प्रतिकार किया।

'अच्छा तो मैं मूर्ति के होठों के पास सिर्फ दूसरे ढंग से वार करूँगा, और उसके चेहरे पर सौम्य भाव आ जायेगा।...लेकिन छेनी सिर्फ एक बार चलेगी। और जो चल गयी, सो चल गयी। फिर बदलाव की कोई गुंजाइश नहीं होगी। इसलिए आप दोनों तय कर लो।'

उस दिन बापू और रामनारायण खुलेआम आमने-सामने आ गये और मन्दिर के आगे भीड़ इकट्ठा हो गयी।

सर्दियाँ खत्म होते-होते संग्राम लौटा, अपने भारी भरकम गिरोह और लूट के सामान के साथ। उसी सफल व्यक्ति की गरिमा के साथ, जिसे ओढ़ कर वह हमेशा शहर में प्रवेश करता था।

विशेष अवसर के लिए विशेष रूप से सज्जित मन्दिर में रामनारायण ने उसके लिए पूजा की। संगमरमर की नयी मूर्ति को देख कर संग्राम खुश हुआ। मूर्ति के मुखमंडल का रौद्र रूप उसे बहुत भाया।

वहीं धूम-धाम के बीच आरती का दीप घुमाते हुए रामनारायण को लगा कि वह रौद्र मुख उन्हें उकसा रहा है।...कि यह पूजा सिर्फ पिछली यात्रा के समापन की पूजा नहीं है रामनारायण, बल्कि तुम्हारे दूसरे प्रतिशोध का प्रस्थान बिन्दु भी है। ये तमाम ऊपरी उपक्रम चलने दो धड़ल्ले से। लेकिन पीछे आकार लेने दो अब अपनी दूसरी योजना को।

और तुम्हें तो पता है कि इस घी-लोबान वाले धुएँ के पीछे बहती शराब और पशुबलि में उड़ते खून के छींटों के पीछे, आखिर तो अदृश्य रूप से वही पीले रंगों के कपड़े फड़फड़ाते हैं, जिनके फंदे एक बार किसी की गरदन मे कसे जाने के बाद कभी धोखा नहीं देते।

शाम को राजमहल में गये। माहौल हमेशा जैसा ही था वहाँ। गहमा-गहमी और दर्प में चूर। राजा साहब दरबार में विराजमान थे। दरबारियों-चाटुकारों से घिरे।

राजकुमार का विवाह तय हो गया था। तैयारियों का जायजा लिया जा रहा था। वे पहुँचे तब आमन्त्रित मेहमानों की सूची बनाई जा रही थी। कोई फर्क नहीं पड़ा था राजा साहब के सनकी व्यवहार में। एक घड़ी नाराज हो जाते, तो दूसरी घड़ी किसी बात पर खुश हो कर अपना बड़ा सा पेट पकड़ कर हो-हो करने लगते और हमेशा की तरह पगड़ी उनके मुँह पर आ जाती।

अनायास ही एक दरबारी की शामत आ गयी। उसने अति उत्साह में रंगपुरी के राजा साहब को आमन्त्रित करने की पेशकश कर दी। उसे ख़याल ही नहीं रहा कि दोनों खानदानों की पुश्तैनी दुश्मनी है।

राजासाहब के तो चेहरे का रंग ही बदल गया। चुप्पी छा गयी दरबार में। वे सिंहासन से उठ गये। गुस्से में घूमने लगे इधर से उधर। पलटे, दरबारी की ओर उँगली उठाई, और सजा सुना दी—दस कोड़े लगाओ कमबख्त को...अभी...

दरबारी को काटो तो खून नहीं। 'रहम-रहम'—याचना के स्वर गूँजने लगे दरबार में। भांड-चारन तक ने रहम की याचना की, लेकिन राजा साहब ठहरे कि किसी कीमत पर मानने को तैयार ही नहीं। आखिर ऊपर की गैलेरी में बैठी रानी सहिबा ने बाँदी के हाथों रुक्का भिजवाया कि क्यों नाहक खुशी के मौके पर अपशगुन किये दे रहे हो—तब कहीं जा कर वापस सिंहासन पर बैठे वे। फिर भयभीत दरबारी का मजाक उड़ाने लगे।

तब जा कर उनकी संग्राम और रामनारायण पर नजर पड़ी। पास आने का इशारा किया। संग्राम ने तीन बार आदाब बजाने के बाद वही पुराने जुमले दोहरा दिये कि राजासाहब की मेहरबानी के कारण ही उस जैसी नाचीज की हिम्मत हुई नजराना पेश करने की...वरना उसकी औकात ही क्या थी, वगैरह।

राजासाहब ने रजत मंजूषा को खोल कर देखा। बेशकीमती मोती और स्वर्णाभूषण भरे पड़े थे। वे प्रसन्न हुए। मंजूषा को छू कर उसे कुबूल फरमाया।

रामनारायण का दिमाग तेजी से काम करने लगा। उन्होंने राजासाहब से गुजारिश की कि अगर वे आदेश दें तो क्या वे भी अपनी ओर से एक मेहमान का नाम पेश कर सकते हैं?

'तुम्हें आदेश की क्या आवश्यकता है रामनारायण? पुजारी हो काली मन्दिर के। सम्माननीय हो। जिसे भी कहोगे, ससम्मान आमन्त्रित किया जायेगा।'

'तो कृपया पारबतीपुर के कोतवाल साहब को निमन्त्रण भेज दें। इससे न सिर्फ उनकी, बल्कि पारबतीपुर की शान में भी इजाफा होगा।'

संग्राम कनखियों से उन्हें देख कर मुस्कराया। सही निशाना साधा है रामनारायण ने। कोतवाल अब यकीनन आयेगा। और आयेगा, तो किसी के साथ लौटेगा भी।

...शेष काम उनका।

वह लौटते हुए भी खुश था—'देखो रामनारायण, अब यह होता है माता का आशीर्वाद। उसकी इच्छा हुई तो ऐसी स्थिति बन गयी, जिसके बारे में हम कभी सोच भी नहीं सकते थे।...अन्यथा ऐसे धूर्त्त व्यक्ति को किसी बहाने पारबतीपुर से निकाल कर लाना, और अपनी किसी यात्रा में शामिल करवा लेना—क्या यह सम्भव भी था?'...

कोतवाल आये विवाह के लिए, और पूरी शानो शौकत के साथ आये।

उत्सवधर्मी शहर अपने हर मेहमान के लिए पलक-पाँवड़े बिछाये था। अपनी पूरी सज-धज के साथ। जगह-जगह बने फूलों के स्वागत द्वारों के साथ।

फिर कोतवाल तो जिस पहले स्वागत द्वार पर प्रकट हुए, वहाँ स्वागत के लिए संग्राम खुद उपस्थित था। राजसी सम्मान के साथ अगवानी की गयी उनकी। रास्ते के दोनों ओर खड़ी ललनाओं ने उन पर गुलाब जल और पंखुड़ियाँ बरसाईं।...कोतवाल तो नगर प्रवेश करते ही अभिभूत। राजमार्ग पर, हर स्वागत द्वार के पास रोक-रोक कर स्वागत किया जाता रहा।

रास्ते के दोनों ओर नगरवासी इस भ्रम में रहे कि हैं कहीं के कोई महाराज। झंझट हुई सिर्फ राजमहल पहुँच कर। संग्राम ने उन्हें विशिष्ट अतिथियों के लिए आरक्षित महल के प्रवेश द्वार पर ला खड़ा किया। वहाँ तैनात द्वारपालकों ने आपत्ति की। वह महल सिर्फ राजा-महाराजाओं के लिए आरक्षित था।

संग्राम तुरन्त मृत्युंजय की तरह अश्व से नीचे कूदा—और ललकारने लगा कि हरगिज बर्दाश्त नहीं करेगा वह पारबतीपुर का अपमान।

बात बढ़ी। भीड़ बढ़ी। मुख्य स्वागत अधिकारी दौड़ कर आया। राजासाहब के साथ संग्राम के सम्बन्धों को देखते हुए उसने झुक कर माफी माँगी कोतवाल साहब से। स्वयं उन्हें भीतर ले गया महल के और विशेष कक्ष की व्यवस्था की उनके लिए।

'ठीक हुआ कि मामला यहीं सुलझ गया, वरना बात राजा साहब तक जाती।'—संग्राम ने विजयी दर्प के साथ घोषणा की।

कोतवाल साहब तो इस मेहमान नवाजी पर पानी-पानी।

'जब तक आप हमारे मेहमान हैं, खाकसार खिदमत में हाजिर रहेगा आठों पहर।'—इससे बेहतर शुभरात्रि के वचन और क्या होते कोतवाल के लिए?

लेकिन अन्ततः आश्चर्य का धक्का तो लगना ही था। और वह लगा अगले ही दिन। पूरी ताकत के साथ।

राजपरिवार और अति विशिष्ट मेहमान गये थे मन्दिर। विशेष काली पूजा के लिए। कोतवाल साथ थे। अवसर के अनुरूप ही पूजा भी भव्य थी।

रामनारायण का मुँह मूर्ति की ओर था। दीपक वाला हाथ गोलाई में घूम रहा था। हमेशा की तरह धुआँ-धुआँ माहौल। प्रार्थना का कोरस। और नयी प्रतिमा भवानी की।

फिर आरती खत्म हुई। खत्म हुआ शोर शराबा। और रामनारायण अतिथियों की तरफ घूम गये।

...अरे...रामनारायण...!

कोतवाल को जैसे कोई अदृश्य शक्ति धक्का देते हुए निकल गयी। वे स्तब्ध खड़े...रह गये। रोहिणी के दाह संस्कार के बाद रामनारायण के अचानक गायब हो जाने पर वे तिलगिला कर रह गये थे।...कि गलती की ऐसे खूनी को छोड़ कर।...भलमनसाहत का तो जमाना ही नहीं रहा। जहाँ-जहाँ सम्भव था, अपने अनुचरों को भेज कर पता लगाने की कोशिश की।...उनके खाली हाथ लौटने पर जमीन आसमान एक भी कर दिया—अबे तो क्या जमीन निगल गयी उसे?...उड़ कर गायब हो गया आसमान में?...

पूरी ताकत झोंक दी अपनी। लेकिन नहीं सुराग मिला रामनारायण का तो नहीं ही मिला।...

और अब इतने अर्से बाद अनायास यहाँ...!

कन्धे पर किसी ने हाथ धरा तो चौंके।...संग्राम था।

'मुझे पता था, आप पुजारी को पहचान लेंगे। रामनारायण हैं। आपके पारबतीपुर के ही हैं। बड़े विद्वान हैं। ज्ञानी पुरुष। राजासाहब मुरैना तक उनकी इज्जत करते हैं।'

कोतवाल को अनायास एक आशंका ने धर दबोचा। बिल्कुल काले कपड़े पहन कर उड़ती हुई उस आशंका ने उनके इर्द-गिर्द चक्कर लगाये, और अपने विशाल डैनों में जकड़ लिया उन्हें...कहीं ऐसा तो नहीं कि रामनारायण ने संग्राम को सच बता दिया हो।

'क्या कभी उन्होंने...मेरा मतलब है, क्या कभी उन्होंने मेरा जिक्र किया तुमसे?'—कोतवाल हकलाने लगे थे।

'हरगिज नहीं।'—संग्राम ने तसल्ली दी—'अरे, हम तो उन्हें कुरेद-कुरेद कर थक जाते है। वे किसी को झाँकने ही नहीं देते अपने अतीत में।'

कोतवाल ने पसीना पोंछा। एक क्षण को लगा कि जब उन्होंने इसे कत्ल के इल्जाम में गिरफ्तार किया था, तभी फाँसी पर लटका देना चाहिए था।

लौटते हुए उन्हें लगता रहा था जैसे अब तक ओढ़ी गयी गरिमा पर्त्त—दर-पर्त्त चेहरे पर से उतरने लगी है। आप से आप। और यह संग्राम अगर भाँप रहा हो, तो भाँपता रहे।...देखने दो उसे कोतवाल पारबतीपुर का वास्तविक चेहरा। पता तो चले उसे कि उनकी मिचमिची लाल आँखों में कैसे कौंधती है हिंसा की चमक। आक्रोश में स्याह हुए चेहरे पर होठों के कोने कैसे वक्र हो जाते हैं आप से आप।

बड़ी तकदीर से रामनारायण हाथ आया है कोतवाल, इस बार नहीं बचना चाहिए।

'कुछ तबियत नासाज है कोतवाल साहब?'—संग्राम ने छेड़ा।

'अबे किस की तबियत खराब है?'—वे कहते-कहते रुक गये—'तबियत तो अब रामनारायण की सँभालना। ये कोतवाल पारबतीपुर तो मामूली चोरी-चकारी करने वालों की चमड़ी तक उधेड़ देता है...फिर यह तो...।'

लेकिन प्रत्यक्ष में उन्होंने बड़े जतन से अपने आपको सँभाले रखा। सायास मुस्कराये। एक मुस्कान, जो अभी-अभी सामने आये उनके वास्तविक चेहरे पर पैबन्द बन कर चिपक गयी।

'कोई खास बात नहीं संग्राम। अर्से बाद दिखे परिचित को देख कर मन थोड़ा डगमगा गया था। रामनारायण ठहरे विद्वान पुरुष...अपने अतीत से पूर्णतः जुदा हो सकने की क्षमता रखने वाले। हम तो नहीं हैं ना? हमें तो उन्हें देखते ही याद आ गये पारबतीपुर की अपनी युवावस्था के वे मस्ती भरे, सुनहरे दिन।'

'हुजूर ने बेहद भावुक दिल पाया है'—संग्राम ने उकसाया।

कोतवाल के दिमाग में बेहद शातिर योजनाएँ करवट बदलने लगी हैं—'संग्राम, मन नहीं मान रहा। किसी तरह क्या रामनारायण को नहीं मनाया जा सकता सिर्फ

एक बार पारबतीपुर चलने के लिए ?'

'क्यों नहीं ? बल्कि मुझे तो पूरा यकीन है कि वे आपकी इच्छा का सम्मान करेंगे।'

'अगर तुमने उन्हें मना लिया तो मैं ही नहीं, पूरा पारबतीपुर तुम्हारा आभारी रहेगा। और पुरस्कार तो मैं तुम्हे अपनी ओर से दूँगा।'

'वाह कोतवाल साहब।...इसे कहते हैं भावनाओं से भरा एक बड़ा दिल। ये बड़े लोगों के पास ही होता है। अब शेष आप मुझ पर छोड़ दें। मैं यकीन दिलाता हूँ कि रामनारायण पारबतीपुर आयेंगे। मैं स्वयं उन्हें लेकर आऊँगा। और वह भी अभी, आपकी इस वापसी यात्रा के साथ ही।'

कोतवाल को लगा कि उनका मुरैना आना सार्थक हो गया।

संग्राम को लगा कि कोतवाल को मुरैना बुलाना सार्थक हो गया।

एक अघोषित लड़ाई, जिसमें प्रत्येक पक्ष खुश था कि दूसरा पक्ष उसकी चाल में फँस गया है।

रामनारायण ने सुना। अवश्य, भवानी सब देख रही है ऊपर से। धागे भी वही चला रही है। अन्यथा क्या यह सपने में भी सम्भव था कि अपनी यात्रा में उन्हें शामिल होने का आग्रह स्वयं कोतवाल करे ?

...तब भी, यात्रा के बीच भी, आसान तो नहीं होगा उसका शिकार करना। वह स्वयं जिन्दगी भर ठगों के गिरोह का सरपरस्त रहा है। उनके हर तौर तरीकों से वाकिफ रहा है।...यहाँ तक कि सांकेतिक भाषा से भी।

...न वह किसी के बहकावे में आ कर किसी एकान्त स्थल में ही आयेगा, न आँखें मूँद कर किसी का विश्वास ही करेगा रास्ते में।

अगर हमें ऐसी कोई भी गलतफहमी हो तो बेहतर है कि चलते समय हम उसे मुरैना में ही छोड़ दें।...बल्कि हमारी अपनी हर गतिविधि पर बारीक गिद्ध दृष्टि रहेगी उसकी।

यह एक अजीब यात्रा रहेगी जिसमें ऊपर-ऊपर से खूब अपनत्व जताते हुए दोनों ही पक्ष भीतर-भीतर अपने-अपने मोहरे चलते रहेंगे सावधानी से।

इसलिए तय तो सिर्फ इतना है कि उसका शिकार बिल्कुल गैर-परम्परागत तरीके से करना होगा।...शायद चलते-चलते रास्ते में कहीं...कोई सही जगह और सही वक्त देख कर, जहाँ घना जंगल हो, रास्ता सुनसान हो, और वह अपनी सतर्कता में जरा-सी ढील दे दे।

कैसे ?...कोई उपाय है भी ?

है ना ...जोहरा जो है...

उस रात राजकीय मेहमानों के लिए जो महफिल सजी, उसमें जोहरा ने तो बिजलियाँ गिरा दीं।

संग्राम आग्रह कर के कोतवाल को साथ ले गया। आज तो जोहरा का शृंगार भी विशेष था, अवसर के अनुरूप। यों तो सामान्य महफिलों में ही उसकी अदाएँ, विभिन्न मुद्राएँ, हाव-भाव, सब कुछ इतने कातिल होते थे कि श्रोता पलकें झपकाना भूल जाते। फिर आज तो कुछ विशेष था ही। वैसे भी आम महफिलों की मद्धिम रोशनी में जब उसकी मखमली आवाज हवा की पर्तों में तैरने लगती, और साथ देने के लिए लम्बे बालों वाला तबलची और बूढ़ा सारंगीवादक जान लगा देते, तो कौन परवाह करता अपने होशो-हवासों की ? फिर आज तो एक खास मेहमान भी था।

उसका चक्कर लेते हुए मेहमानों तक पहुँचना, और नक्काशीदार सुराही से मेहमानों के प्याले भरना तो अपने आप में ही नशीला होता था। फिर आज तो एक खास प्याला भरा जाने वाला था।

हालाँकि तमाम राजे महाराजे विराजमान थे मसनद-तकियों के सहारे। लेकिन कोतवाल को संग्राम ने ऐसी जगह बैठा दिया था कि जोहरा की नजरों के ठीक सामने भी हों, और विशिष्ट भी लगें।

जोहरा ने फिर जो गाया तो सुध-बुध खो कर गाया।

...सौतन घर ना जा
ओ रे मोरे सैंया...

बीच-बीच में हौसला अफजाई के लिए देखती तो सिर्फ कोतवाल को देखती। कोतवाल गद्‌गद्।

इतनी बार उसने कोतवाल का प्याला भरा कि उन्हें एक की जगह तीन-तीन जोहराएँ नजर आने लगीं।

...अरे, ना जा मोरे सैंया ...
विनती करत हूँ तोरी
और पड़ूँ...तोरे पैंया ...
न जा...न जा...न जा
न जा मोरे सैंया...

देर तक बिजलियाँ गिरती रहीं महफिल में। यहाँ तक कि उपस्थित कुछ मेहमानों को बुरा भी लगा, जब उसने खास कोतवाल की ओर मुखातिब हो कर कहा कि जरा गौर फरमाएँ ये टुकड़ा खास आपकी पेशे-खिदमत है—

...उड़-उड़ कागा ले जइयो संदेसवा
पंख लगा के आ जा
...अब के सावन
...ओ रे परदेसी सैंया...

राजाओं ने तो गले से मोती के हार तोड़ कर उछाल दिये। सिक्कों से भरी थैलियाँ बिखेर दीं।

कोतवाल ने समझदारी से अपना पत्ता खेला। सुरूर के बावजूद। ऐसे कि राजाओं की शान भी बनी रह गयी, और उनकी बात भी—'सुनो जोहरा बी...जिस महफिल में चाँद-सितारों से जगमग राजे-महाराजे हों, वहाँ पारबतीपुर के इस नाचीज की हैसियत ही क्या है?...बस इतना ही कहना है कि कभी भी हमारी जरूरत हो तो झिझकना नहीं।

इसी का इन्तजार था जोहरा को।

'जरूरत तो सिर्फ इतनी है हुजूर कि इस विवाह के तुरन्त बाद हमें सफर करना है पारबतीपुर के रास्ते पर। महफिल सजानी है एक गाँव में। गुजारिश है कि यात्रा में हमें साथ ले लें तो मेहरबानी होगी।'

फिर स्वयं ही मोहक अदा से कटाक्ष करते हुए बोली कि माफ करें हुजूर, एहसान तो हम किसी का भी नहीं लेते। आप हमें हिफाजत देंगे, तो हम भी आपका दिल लगाये रखेंगे अपने गानों से।'

कोतवाल को तो सूझ ही नहीं रहा था कि इस मुँह माँगी मुराद के मिल जाने का शुक्रिया अदा कैसे करें?

ऐसी शादी मुरैना में कभी नहीं देखी गयी।

बारात निकली, तो सड़कें छोटी पड़ गयीं। आतिशबाजी क्या हुई कि शहर मुरैना का आकाश छोटा पड़ गया। खुशी क्या हुई कि राजासाहब की पगड़ी सिर पर से खिसक कर मुँह पर आ गयी।

आगे-आगे दूल्हा राजकुमार। पीछे-पीछे राजासाहब, राजपरिवार और अन्य राजा-महाराजा। उन्हीं के साथ संग्राम ने कोतवाल साहब की भी व्यवस्था कर दी थी, जिससे वे अत्यन्त प्रसन्न थे।

संग्राम स्वयं अश्व पर सवार, आगे-पीछे दौड़ कर निरन्तर व्यवस्था देख रहा था। बारात जगह-जगह रुकती रही। आतिशबाजियाँ हुईं। बाराती जम कर नाचते रहे, और हवा में अपनी दुनालियों से फायरिंग करते रहे।

संग्राम बीच-बीच में कोतवाल के साथ चलता रहा।

'रामनारायण को पारबतीपुर आने के लिए मना लिया?'—उसने संग्राम से पूछा।

संग्राम ऐसे शान से मुस्कराया, कि इसमें ऐसी कौन-सी बड़ी बात थी?

'तो रामनारायणं को एक लालच और देना।'

'लालच?'

'हाँ, उससे कहना कि पारबतीपुर में कोतवाल साहब उसके तमाम अपराध क्षमा कर देंगे।'

'जी?...अपराध? ...रामनारायण और अपराध?'

कोतवाल संग्राम के पास सरक आया। चौकन्ना हो कर आसपास देखा, जैसे कोई बड़ा भेद खोल रहा हो—'अरे, खूनी है ये...खूनी...बड़ा पंडित बना फिरता है ...।'

तभी बारात में शोर-शराबा हो गया। किसी की दुनाली से छूटी गोली किसी की बाँह में लग गयी। उसे तुरन्त वहाँ से हटा दिया गया। कुछ फर्क नहीं पड़ा।

धूम-धड़ाका, नाच-फायरिंग, सब वैसे ही चलते रहे। इतनी सी बात से राजाओं की बारात नहीं रुकती।

संग्राम अब रामनारायण के साथ चल रहा है।

'सब ठीक चल रहा है...जोहरा ने कोतवाल के साथ जाने की जुगाड़ बैठा ली है।'

रामनारायण का चेहरा सख्त है और भावहीन।...जैसे यह बारात नहीं...बल्कि पारबतीपुर के रास्ते पर आरम्भ हो चुकी यात्रा है।...शिकार जाल में फँस चुका है...

बारात के शोर-शराबे के साथ षड्यंत्र के अदृश्य तार जुड़ रहे हैं, इधर से उधर। बैंड-बाजे-शहनाई और आतिशबाजी के पर्दे में। स्त्रियों के हुजूम में जोहरा है। ...संग्राम साथ चलता है।

'कोई परेशानी तो नहीं है?'

'कुछ नहीं...बस यह बताओ संग्राम, कि यात्रा में हमारे लिए वाहन की क्या व्यवस्था है?'

'अच्छी बैलगाड़ी होगी...भीतर सोने की व्यवस्था भी।'

'नहीं, हमारे लिए एक पालकी का इन्तजाम करो।...एक खूबसूरत पालकी ...कहार उठायेंगे।'

संग्राम समझता है।...

बारात चल रही है। लेकिन उसमें कुछ दिमाग बारात के साथ नहीं चल रहे।... वे किसी जंगल के सुनसान रास्ते पर हैं।...घात लगाने की कोशिश जारी है।

चौराहे पर आदिवासी नर्तकों ने स्वागत के लिए बारात रोक ली है। वे तीर-कमान लिए हैं। दो ऊँचे मृदंगों पर थाप दी जा रही है। भयावह चेहरों वाले मुखौटे लगा कर अजीब-अजीब आवाजें निकालते हुए नाच रहे हैं।

राजासाहब पेट पकड़-पकड़ कर हँस रहे हैं।

हो गया विवाह समारोह खत्म। मेहमान लौट रहे हैं। विनम्रता की प्रतिमूर्त्ति बने राजा साहब स्वयं मेहमानों को बिदा कर रहे हैं। यहाँ तक कि कोतवाल पारबतीपुर को भी। वे खुश हैं कि कोतवाल के निमन्त्रण पर रामनारायण पारबतीपुर जा रहे हैं। इतना ही नहीं, साथ में संग्राम और जोहरा भी है।

'हमें क्यों छोड़ दिया?'—राजासाहब ने मजाक किया।

'राजासाहब वह दिन तो पारबतीपुर के इतिहास में सोने के अक्षरों में लिखा जायेगा, जब आप वहाँ तशरीफ लायेंगे।'

...और अब यात्रा चल पड़ी है। संग्राम के साथ सिर्फ उसके अत्यन्त विश्वस्त साथी हैं।

दोपहर तक मुरैना की बस्ती क्षितिज पर नजर आती है। बाद में वही अपने वनांचल। रास्ता सँकरा है और ऊबड़-खाबड़ भी। अभी दूर-दूर तक पसरी झाड़ियाँ हैं। जंगल दूर हैं। वे कल शुरू होंगे...।

रामनारायण गणेश के साथ हैं। उन्होंने कोतवाल से एक निश्चित दूरी बना रखी है। जिसने कत्ल के झूठे इल्जाम में फँसा कर रस्सियों में बाँध कर पारबतीपुर में सरे आम घुमाया हो, जिसने कारावास की असहनीय यातनाएँ दी हों, उसके साथ संवाद की भला क्या सम्भावना हो सकती है?

यात्रा चल रही है ...कोतवाल और रामनारायण, दोनों अपने-अपने शिकार को लेकर निश्चिन्त हैं।

निश्चिन्त संग्राम भी है और उसके साथी भी। उन्हें तजुर्बा है उम्र भर का। वे न कभी उत्तेजित होते हैं न चिन्तित। शान्त मन:स्थिति में होते हैं, अपने ठीक बीच में शिकार को फँसा पा कर भी। एक शिकन नहीं आने देते चेहरे पर। जरा शक नहीं होने देते किसी को। सवाल ही नहीं उठता जल्दबाजी का। दिनोंदिन चलते रहेंगे शिकार के साथ, जब तक बिल्कुल सही मौका नहीं मिले। और मौका आ भी जाय, तो प्रतीक्षा करेंगे भवानी के आदेश की। उसका आदेश मिला, तभी कसेंगे पीला रूमाल। अन्यथा फिर किसी अगले अवसर तक।

वारदात की जगह? किसी भी बस्ती के इतने पास भी नहीं कि कोई खबर पहुँचने के बाद वहाँ के सिपाही ही पीछे दौड़ पड़ें।

कोतवाल साहब फिलहाल सबसे महत्त्वपूर्ण यात्री हैं। वे जहाँ चाहते हैं, वहाँ यात्रा रुकवा देता है संग्राम। किसी पोखर के नजदीक पहुँच कर उन्हें नहाने की इच्छा हो रही है, तो पहले संग्राम देखेगा कि पानी नहाने लायक है या नहीं? किसी फलों

से लदे पेड़ के नीचे वे फलाहार करना चाहें, तो पहले संग्राम चख कर देखेगा। सराय में तो हरगिज नहीं ठहरायेगा। क्यों ?...अरे कोई सराय साहब के स्तर की तो हो।

दिल लगाये रखेगा उनका दुनिया भर की बातों में।

'अर्ज है कोतवाल साहब कि आपने जो राजासाहब को पारबतीपुर आने का न्योता दिया, वह खतरनाक है।'

'खतरनाक ?...मतलब ?'—कोतवाल चौंके।

'मतलब यह कि राजा साहब को रात में नींद में चलने की आदत है। अब हमें नहीं पता कि नींद में चलता हुआ आदमी सोया हुआ होता है अथवा जागा हुआ ? क्योंकि अगर वह सोया है, तो चल कैसे रहा है ? और अगर जागा हुआ है, तो आसपास किसी को देख क्यों नहीं पा रहा है ?...

...लेकिन सुनते हैं कि वे आधी रात के बाद बिस्तर से उठते हैं। राजमहल के लम्बे गलियारों से होते हुए बगीचे में चले जाते हैं। वहाँ पेड़ पर चढ़ कर आम तोड़ लेते हैं। और ध्यान देने की बात यह है कि जागी अवस्था में उन्हें पेड़ पर चढ़ना नहीं आता।...

'तो उसमें परेशानी क्या है संग्राम ? पारबतीपुर में भरपूर पेड़ हैं आम के।'—कोतवाल साहब खुश होते।

'...बात वहीं तक होती तो हरकत नहीं थी। लेकिन बीच-बीच में ऐसा देखा गया कि वे नींद की हालत में हाथ में एक पीला कपड़ा लेकर इधर-उधर घूमते है, जैसे किसी को ढूँढ़ रहे हों। पकड़ने की जुर्रत उन्हें कोई कर नहीं सकता।

...ऐसे में राजमाता को जगा कर लाया जाता है। अब उन्होंने सख्त हिदायत दी है कि ऐसी अवस्था में कोई भूल कर भी राजासाहब के सामने नहीं पड़े। अन्यथा हम जिम्मेदार नहीं उसकी जिन्दगी के।'

संग्राम इतना कह कर कोतवाल के चेहरे के भाव पढ़ने की कोशिश करता। अदब के साथ दरख्वास्त करता कि हुजूर के माथे पर कुछ पसीना-सा नजर आ रहा है, तो क्या वह उनके सोने का इन्तजाम कर दे ?

...अथवा क्या जोहरा से कहे कि कुछ गाना सुना दे ? यूँ तो वह इतनी आसानी से गाने वालों में है भी नहीं। लेकिन कोतवाल साहब की बात अलग है। उन्हें तो खुद ही उसने वचन दिया था, और बदले में अपनी सुरक्षा का आश्वासन लिया था।

...यात्रा चल रही है। मैदानी इलाका पीछे छूट गया है। अब घने जंगल शुरू हो गये हैं। ऊँचे सघन वृक्षों के बीच से रास्ता बना कर जमीन तक पहुँचने को तरसती सूरज की किरणें।

अब तो जमीन भी समतल नहीं है। ऊबड़-खाबड़ है। रास्ता कभी पगडंडी बन जाता है, कभी गायब हो जाता है दूब में। रफ्तार कम हो गयी है।

संग्राम चौकन्ना हो गया है। कोई छठी इन्द्रिय उसके भीतर सचेत हो गयी है और कुरेदने लगी है कि जिस अवसर की उसे प्रतीक्षा है, वह बहुत पास आ गया है। ... सतर्क हो जाओ और आरम्भ करो अन्तिम प्रहार की प्रक्रिया।

अभी आधा कोस भी नहीं चले होंगे कि काली माँ की ओर से शुभ संकेत भी आ गया। एक नीलकंठ पक्षी दाहिनी ओर से उड़ कर आया और उस पालकी पर बैठ गया, जिसमें जोहरा थी।

संग्राम का तो जैसे पूरा अस्तित्व ही झनझना गया।...सिर-आँखों पर तेरा आदेश माँ...जय हो...जय हो...।

...लेकिन प्रकट में उसने स्वयं को शान्त रखा।

दुर्गम रास्ते पर कहारों को बेहद कठिनाई हो रही थी पालकी ढोने में। स्वयं कोतवाल भी थकने लगे थे।

यह पूरा परिदृश्य माँ का सजाया हुआ है—उसे विश्वास हो गया और उसने आगे बढ़ कर उस अवसर को थाम लिया।

वह पालकी तक गया। जोहरा पर थकान हावी थी। निढाल पड़ी थी तन्द्रा में।

उसने धीरे से हिलाया... 'सुनो जोहरा...एक नीलकंठ पक्षी अभी तक तुम्हारी पालकी के ऊपर बैठा है। ये कितना शुभ अवसर है...उसे व्यर्थ मत गँवाओ। आज कुछ ऐसा गीत गाओ, कि आवाज माँ के कानों तक पहुँच जाय...तुम समझ रही हो ना मुझे?'—उसने अर्थपूर्ण दृष्टि से जोहरा को देखते हुए कहा।

उनींदी जोहरा ने तुरन्त बात का संकेत पकड़ लिया। सँभल कर बैठ गयी, और थोड़ी ही देर में उसकी स्वर-लहरी गूँजने लगी—

...आवो सजन तुम हमरे द्वारे
सारा झगरा खतम हुई जाय...

एक बार जो संगीत की निर्झरणी बही, तो संग्राम हुलस कर कोतवाल के पास पहुँच गया—'हुजूर...ये गीत खास आपकी पेशे खिदमत है। जरा आगे बढ़ कर पालकी के साथ चलें, तो जोहरा की हौसला अफजाई होगी।'

कोतवाल पालकी के साथ चलने लगे तो जोहरा ने गाने के साथ-साथ अपनी सर्वश्रेष्ठ भंगिमाएँ उन पर निछावर कर दीं। कोतवाल स्वयं इस कदर मन्त्रमुग्ध हुए कि पता ही नहीं चला कि कब चलते-चलते उन्होंने जोहरा का हाथ अपने हाथ में ले लिया।...

...तुम्हारी याद आँसू बन के आयी चश्मे वीरां में

जहे किस्मत के वीरानों में बरसातें भी होती हैं...

अब बिल्कुल सही वक्त है व्यूह रचना का। संग्राम ने आवाज दी—'पास आ जाओ रामनारायण...जोहरा गा रही है।'

रामनारायण ने एक पल भी नहीं गँवाया। गणेश को खींचते हुए आनन-फानन में पालकी के पास पहुँच गया।...मन्त्रमुग्ध कोतवाल को पता भी नहीं चला कि कब वे दोनों उसके ठीक पीछे सही स्थिति में चलने लगे हैं।

रामनारायण ने पीला कपड़ा कमर से निकाल कर चलते-चलते ही उसका फंदा भी बना लिया, और कोतवाल को भनक तक नहीं मिली।

...प्रेम की भिक्षा माँगे भिखारिन

लाज हमारी रखियो साजन...

संग्राम ने एक उड़ती नजर से अन्तिम सर्वेक्षण किया। सब कुछ बिल्कुल सही था। सब तैयार थे।...अब विलम्ब नहीं हो।

उसने आगे जा कर कहारों को घुड़का—'सँभाल कर चलो कहार। कोतवाल साहब को धक्का नहीं लगे। मैं तब तक जोहरा के लिए पान लगाता हूँ।'

...लाना...जरा पान तो ले आना...

बस, फिर एक क्षण का भी विलम्ब नहीं हुआ। पान का शब्द सुनते ही कहार ने साथ चल रहे कोतवाल के पैरों में टँगड़ी अड़ा दी।

कोतवाल सन्तुलन खो कर सामने की ओर गिरने को हुए। पीछे से रामनारायण ने झपट कर उनकी गरदन में पीले रूमाल का फंदा कस दिया। कोतवाल को कोई मौका नहीं मिला। साथ चल रहे गणेश और संग्राम ने उन्हें जमीन पर पटक कर उनके हाथ-पैर दबोच लिए।

कोतवाल इतना कमजोर नहीं था। संघर्ष उसने अन्तिम साँस तक किया। यहाँ तक कि फंदा कसने में रामनारायण की सहायता के लिए भी एक अन्य ठग को आना पड़ा। बल्कि छटपटाते हुए भी उसने किसी तरह छुरी निकाल कर हवा में घुमा दी, जो गणेश के हाथ में घाव करती हुई निकल गयी।

...पर उसका यह अन्तिम संघर्ष बहुत जल्दी खत्म हो गया।

रास्ते पर उसकी निर्जीव देह पड़ी थी।

पालकी आगे निकल गयी थी।

अन्य वारदातों के विपरीत, यह दिन-दहाड़े हुआ था। न रात के अँधेरे में, न वीराने में, न घनी झाड़ियों में। वहाँ पहले से गड्ढा खोद कर तैयार रखा गया होता था।

...वह घने वन-प्रान्तरो के बीच कहीं अटकी एक सुनसान दोपहर थी।...चार-छह लोग, एक कच्चे रास्ते से कुछ हट कर जल्दी-जल्दी एक गड्ढा खोद रहे थे।

बीच–बीच में सतर्कता के साथ इधर–उधर देख लेते थे कि कहीं कोई अन्य यात्री न आ जाय।

गड्ढे के पास एक निर्जीव देह पड़ी थी। एक शख्स की, जिसके आतंक के आगे पारबतीपुर में एक पत्ता तक नहीं हिलता था।

वे अभी उसे दफना देंगे और आगे बढ़ जायेंगे। पीछे मुड़ कर नहीं देखेंगे कि काली माँ अपना प्रसाद ग्रहण करने के लिए आयी है या नहीं ?...वह वैसे भी रात के अँधेरे में निकलती है, आँखे फाड़ें, लाल जीभ लटकाये और हाथों में खड्ग–नरमुंड घुमाती हुई। सियारों को भी पता होता है कि वह रात में ही आयेगी। इसलिए वे रात में ही रोते हैं उसे देख कर, घने जंगलों में।

लेकिन अभी तो दिन है।

रामनारायण अब किसी प्रक्रिया में शामिल नहीं हैं। वे अब अलग हट कर अकेले बैठ गये हैं, एक पेड़ से टिक कर। भावशून्य आँखों से ऊपर की ओर ताकते हुए, जहाँ परिन्दे अभी तक सहज नहीं हो पाये हैं कुछ देर पहले हुई हलचल के बाद। ...जहाँ हिल तक नहीं रहे हैं सहमे हुए स्तब्ध पत्ते।...और हवा शायद उनमें सरसराते हुए वही जोहरा का गीत प्रतिध्वनित कर रही है...

...सारा झगरा खतम हुई जाय...

नकाब-बेनकाब

यह सब मैं बता रहा हूँ-विजेन्द्र नारायण-रामनारायण की आठवीं और कैप्टन सुमेर सिंग की सातवीं पीढ़ी का वंशज।

पारबतीपुर में हमारी पुश्तैनी जायदाद है—एक कोठी, जो रामनारायण की थी, और जिसे पुजारी ठग की कोठी के नाम से जाना जाता है। अब वह खँडहर है। लेकिन दो पीढ़ियों पहले तक पारबतीपुर आने वाले सैलानियों के लिए गेस्ट हाउस थी।

रामनारायण और सुमेर सिंग के किस्से अब भी कोठी से जुड़े हैं। किस्सा यह है कि एक बार मुरैना के नजदीक कहीं दोनों बाप-बेटे, जो एक-दूसरे को जान से ज्यादा प्यार करते थे, दुनाली तान कर आमने-सामने आ गये थे। तब कहते हैं कोई आकाशवाणी वगैरह हुई थी और कोई देवी भी बीच-बचाव के लिए प्रकट हुई थी। ...पिछली पीढ़ी तो इन बातों पर यकीन भी करती थी। हालाँकि अब नयी पीढ़ी वैसा नही सोचती। जमाना बदल गया है।

एक किस्सा यह भी है कि एक बार जोर-जबर्दस्ती कर के गाँव के एक पटवारी ने इस कोठी को हड़प लिया था। लेकिन जब भी वे इसमें रहने जाते, तो एक स्त्री का साया रात को इधर से उधर डोलता नजर आता था। पटवारी के देहान्त के बाद उसके परिवार वालों ने सुमेर सिंग को कोठी लौटा दी।

सर विलियम हेनरी स्लीमेन स्वयं अपनी पत्नी मैडम फोंटेन के साथ कभी इस कोठी में ठहरे थे।

उन दिनों पारबतीपुर एक बेहद खूबसूरत गाँव हुआ करता था। मैडम फोंटेन ने गली-गली घूम कर इसका आनन्द उठाया था। उन्होंने तभी यह स्वीकार किया था कि यह बस्ती उनके शहर पेरिस से कहीं ज्यादा खूबसूरत है। या कम से कम उतनी तो है ही। उन्होंने बताया था कि वहाँ एक मोनालिसा नामक तस्वीर है। उसमें बनी एक स्त्री आपको देख कर सचमुच में हँसती है। लेकिन साथ ही यह भी माना कि यहाँ की गोबर लीपी दीवारों पर सफेद मिट्टी से बनी देवियाँ उससे कम सुन्दर नहीं हैं।...उन्होंने बताया कि वहाँ सेन नामक एक नदी है, जिसकी सतह पर सफेद परिन्दों के झुंड उड़ते हैं और कुहासा मँडराता है। लेकिन पारबतीपुर की नदी देख कर

तो भूल गयी वो सेन नदी को। नोत्रे डेम नामक एक बड़े चर्च की बात कर रही थी, जो इतना ऊँचा था कि समझो आकाश से एकाध हाथ ही नीचे रह गया था। पर यहाँ का शिव मन्दिर देखा तो आकार में छोटा होने के बावजूद अभिभूत हो गयी।...न जाने किस पेरिस की सड़क की बात कह रही थी कि वह तो बिल्कुल सपना है। पर इस शाम जब इधर की गली में उठता धुआँ देखा, और उड़ती धूल के बीच लौटते हुए बैलों की घंटियों का संगीत सुना, तो कहने लगी कि अरे सपना तो यह है।

पारबतीपुर के किनारे सात-आठ सौ साल पुराने खँडहर हैं। पुरातत्त्व विभाग ने जब से उनके महत्त्व को समझा है, तब से सैलानियों की संख्या बहुत बढ़ गयी है। खास कर वहाँ स्थित एक चबूतरे के कारण। कहते हैं वहाँ अगर चुनरी वगैरह चढ़ा कर मन्नत माँगो तो जरूर फलती है।

...खँडहर में राजा का महल था। उसकी रानी को प्रेम हो गया था मुरैना के एक डाकू से। वह चाँदनी रात में घोड़े पर चढ़ कर आता था, उड़ता हुआ सा। झरोखे में रानी इन्तजार करती थी।...एक दिन राजा ने रंगे हाथों पकड़ा। डाकू को वहीं पुराने बरगद पर लटका दिया।...रानी उसकी चिता में कूद कर सती हुई। वहीं पर वह चबूतरा है—सती का चबूतरा।

लेकिन बात कुछ और है। पंडित रामनारायण की पत्नी रोहिणी का वहाँ कत्ल हुआ था। बहुत सम्माननीय थी गाँव में। गाँव वालों ने ही उसकी याद में वह चबूतरा बनवाया था। इतिहासकार मित्र डॉ. विनय भी इसकी पुष्टि करते हैं।

जो भी हो, मन्नत माँगने वालों और सैलानियों का आवागमन बढ़ा, तो पारबतीपुर फलने-फूलने लगा। दुकानें-धर्मशालाएँ बनीं। हमारे पुरखों ने हमारी हवेली को भी धर्मशाला में तब्दील कर दिया।

खँडहरों से लग कर एक प्याऊ है जो अब बहुत जीर्ण—शीर्ण अवस्था में है। इसका निर्माण सन् 1875 में, हमारी सातवीं पीढ़ी के पूर्वज कैप्टन सुमेर सिंग की वृद्धावस्था में मृत्यु के पश्चात, उनकी धर्मपत्नी स्व. श्रीमती विनोदिनी देवी ने उनकी पुण्य स्मृति में कराया था। प्याऊ की दीवार पर अब भी इस आशय का पत्थर लगा है।

पुरानी अमराई अब शहर की सीमा में ही आ गयी है। सागर-जबलपुर की ओर से मुरैना-ग्वालियर की ओर जाने वाले राजमार्ग पर स्थित होने के कारण वहाँ मुख्य बस स्टैंड है। शानदार है और बहुत व्यस्त रहता है। पुराने समय में यहाँ अमराई होती थी और यह यात्रियों का विश्राम स्थल होता था।

ऐसा ही होता है। बल्कि भैरोगढ़ की झाड़ियों की जगह एक बेहद खूबसूरत 'पिकनिक स्पाट' बना दिया गया है। जलधारा थी ही वहाँ। अब एक सुन्दर तालाब भी बना दिया गया है, जहाँ नौका विहार की सुविधाएँ उपलब्ध हैं। अवकाश के दिन

रौनक देखते ही बनती है।

लाला केसरीमल के वंशजों ने पारबतीपुर में बड़ा कारोबार फैलाया। उन्होंने मुझसे भी पेशकश की है कि अगर पुरानी हवेली मैं उन्हें बेच दूँ, तो वे वहाँ पर एक बड़ा शापिंग माल बना देंगे।

पहले ही पारबतीपुर का यह मशहूर सिनेमा उन्हीं का है, जिसमें हम और डॉ. विनय 'पानसिंग तोमर' फिल्म देखने गये थे।

तब बाहर आ कर उन्हीं ने कहा था कि तुम्हारे पूर्वज पंडित रामनारायण अपने समय के पानसिंग तोमर ही थे—एक बेहद समर्पित, सीधे, विद्वान पुरुष, जिनके हाथों में वक्त ने अन्ततः बन्दूक थमा दी।

एक

कि एक कोई चार हाथों वाली विकराल देवी है, जो रात को घूमती है विन्ध्याचल के सघन वनों में—यह सुन कर मजाक में हँसने वाले लन्दन के गौरांग प्रभु अन्ततः गम्भीर हुए।

कि चलो वैसी कोई देवी नहीं होगी, यह माना, लेकिन देवी की आड़ में निर्दोष यात्रियों का कत्ल करने वाले नृशंस लुटेरों के अस्तित्व को और कब तक झुठलाते रहेंगे वे गर्वोन्मत्त प्रशासक?

'चीयर्स।'—नरसिंगपुर की कचहरी में अधिकारियों ने जाम टकराये और स्लीमेन को बधाई दी—'सर, यह महज आप और आप जैसे मुट्ठी भर सही सोच वाले अधिकारियों की लगातार कोशिशों का नतीजा है।'

कचहरी के एक विशेष कक्ष के बाहर बोर्ड लग गया था—'केन्द्रीय ठगी उन्मूलन प्राधिकरण' और बतौर मुखिया नियुक्त हुए स्लीमेन को बधाइयाँ दी जा रहीं थीं।

चुनौती भी उन्हें पहले दिन ही मिल गयी।

अभी बधाई का दौर खतम भी नहीं हुआ था कि खिड़की से एक पत्थर में लिपटा कागज ठीक मेज के बीच में आ गिरा।

खोल कर पढ़ा तो उस पर टेढ़े-मेढ़े अक्षरों में लिखा था—'हम भी तैयार हैं'।

सनसनी फैल गयी। चारों तरफ सिपाहियों को दौड़ाया गया तत्काल। कोई नहीं मिला। लेकिन इससे एक बात तो साफ हो गयी कि कितनी गहरी पैठ है उनकी, और किस हद तक बढ़ी है उनकी हिम्मत, कि वे सत्ता के केन्द्र में जा कर

धमकी दे सकते हैं, और वह भी शिखर पुरुष को। वह भी दिन–दहाड़े और वह भी सुरक्षा के घेरे को तोड़ कर।

लेकिन स्लीमेन खुश थे और विश्वास से भरपूर।

...कि अब स्वयं उनके पास विशेष रूप से प्रशिक्षित दस्ते होंगे, जो ठगों की रीढ़ तोड़ देने की क्षमता रखते होंगे।...

...कि प्राधिकरण रियासतों की सीमाओं को लाँघ कर अब किसी भी स्थान पर किसी भी समय उन पर आक्रमण कर सकेगा।

...न वे समस्याएँ आड़े आयेंगी, कि रास्ते तो कई–कई रियासतों से होकर गुजरते हैं। एक वारदात कर के वे दूसरी रियासत में चले जाते हैं। तो फिर किस जगह का कानून लगे उन पर?

...न अब किसी थाने का बहाना चलेगा कि वरदात वाले थाने की रियासत ही दूसरी है।

...न अब कोई मजिस्ट्रेट इस बहाने की आड़ में छिप सकेगा कि वह तो अपनी रियासत के कायदे–कानून के अन्तर्गत ही सुनवाई करेगा। बल्कि उसे अन्य मजिस्ट्रेट से सूचनाएँ तक साझा करनी होंगी।

...नरसिंगपुर के केन्द्र से उन पर सीधे कार्यवाही भी की जा सकेगी। और उन्हें फाँसी पर लटकाने के लिए सागर की जेल में विशेष फाँसी घर भी होंगे।

...और यह भी कि कोई ताकतवर अफसर, धनाढ्य व्यापारी अथवा राजघराना भी, अपने निहित स्वार्थों की पूर्त्ति के लिए उन्हें संरक्षण देने की हिमाकत न करे ...अन्यथा वे सख्त दंड के पात्र होंगे।

प्राधिकरण को प्रदत्त ऐसी तमाम ताकतों से लैस स्लीमेन ने उस कागज को सहज ढंग से टुकड़ों–टुकड़ों में फाड़ कर हवा में उड़ा दिया और अपने मजबूत इरादों का संकेत दे दिया।

जोरावर पर इसकी दो प्रतिक्रियाएँ एक साथ हुईं—पहले वे खुश हुए और फिर उदास हो गये।

खुश स्वभावत: इसलिए कि जिन सकारात्मक परिस्थितियों के बनने का सपना वे उम्र भर देखते रहे थे, वे अब साकार हो रही थीं। उदासी इस कसक की कि जब वे लड़े, तो बिल्कुल अकेले लड़ते रह गये थे। इतने बड़े नृशंस तन्त्र के विरोध में, एक अकेली, व्यक्तिगत लड़ाई, और वह भी अपनी ही सरकार के नकारात्मक रवैये से जूझते हुए, क्योंकि सत्ता उस तथ्य को स्वीकार करना नहीं चाहती थी, और गैर–सत्ताधारी शक्तिशाली लोग स्वयं ही अपराधियों से मिले होते थे।

जान जोखिम में डाल कर वे किसी ठग को पकड़ते और पुरस्कार-स्वरूप पाते उनकी अपमानजनक फटकार।

'तुम्हें पता है, इस एक जिन्दगी में इतनी अपमानजनक फटकारें सुन चुका कि दो जिन्दगियों का कोटा पूरा हो गया।'—वे एक उदास हँसी हँसते।

वह रात का पहला पहर होता। खाना खा चुकने के बाद टहलने का वक्त। उन्हें लगातार यह बात कचोटती कि क्यों उनकी जिन्दगी में ऐसा सकारात्मक माहौल उन्हें नहीं मिला?

'मत सोचो बापू। अब यह जो सकारात्मक माहौल बना है इसके पीछे आप जैसों की कुरबानियाँ ही हैं। ऐसे ही नहीं बन गया यह।'—विनोदिनी उन्हें हौसला देती।

लेकिन वे अपनी रौ में बहते रहते—'...गुड फ्राईडे था उस दिन जब उस बड़े ठग अनवर खाँ को मैं अकेला पकड़ लाया था। खुशी में फूला हुआ पहुँचा कमिश्नर की कोठी पर। सोचा था कि पहले मुबारकबाद दूँगा उन्हे, फिर सुनाऊँगा खुशखबरी।

लेकिन खबर उन तक पहले ही पहुँच गयी थी। बस मुझे देखा और जैसे आसमान फट पड़ा। मैं तो जैसे बुत की तरह खड़ा रह गया।

'तुम्हारे घर का कानून है क्या कि जिसे चाहा उसे पकड़ लिया?'

'सर...वो इस इलाके का कुख्यात ठग है।'

'किसने कहा तुमसे? बेचारे शरीफ आदमी को पकड़ लाये।'

'सर, लेकिन वो ठगों का उन्मूलन...।'

'पहले यह बताओ कि किसके आदेश से किया यह तुमने? मैं तुम्हें इसी समय बर्खास्त कर सकता हूँ उस निहायत गैर-जिम्मेदाराना हरकत पर।'

'सर...लेकिन...।'

'अभी रिहा करो उसे बाइज्जत। गेट लॉस्ट...।'

'यही होता रहा सालों साल। उपलब्धियाँ हासिल करो और अपमान झेलो। कौन होगा कचहरी में जिसके हाथों अपमान नहीं झेला होगा मैंने?'

तब सुमेर उन्हें उस अवसाद से बाहर निकालने की कोशिश करता—'...चाचा, क्या बात कर रहे हैं आप? पारबतीपुर के लोग तो आपकी तारीफ में कसीदे पढ़ते हैं अब तक। कि बारह साल का लड़का था जोरावर। रात को, जंगल के अँधेरे में, जब उस हिंसक शेर की आँखें चमक रही थीं दूर पर, और भयभीत ग्रामवासी छिप गये थे बन्द दरवाजों के पीछे, तब अकेला कूद पड़ा था वह दुनाली लेकर...।'

जोरावर को तसल्ली मिलती।

'सुमेर, तुम्हें पता है ना नागपुर के उस मजिस्ट्रेट का किस्सा, जिसने ठगों को बाइज्जत बरी कर के उनके शिकार यात्रियों को ही जेल में ठूँस दिया था? मैं उस

दिन नागपुर में था। मुझसे नहीं हुआ सहन। संतरी ने मुझे मजिस्ट्रेट से नहीं मिलने दिया, तो मैं पीछे के रास्ते से कूद कर उनके कमरे में घुस गया।

वे चौंक पड़े। मेरा तर्क सुनने की बात तो अलग रही, वे गुस्से में हकलाते हुए बार-बार यही दोहाराते रहे कि तुम यहाँ घुसे कैसे?...किसने घुसने दिया तुम्हें?'

'सर, कुछ जरूरी बात थी।'

'अबे, जरूरी काम से तो यहाँ कमिश्नर भी नहीं घुस पाता।'—उनका क्रोध सँभाले नही सँभल रहा था।'

अगले पल उनका चपरासी मुझे कॉलर पकड़ कर खींचते हुए बाहर ले जा रहा था।

'...हो जाता है बापू। जिन्दगी में अक्सर ऐसा हो जाता है कि अपमान के चरम क्षण भी झेलना पड़ जाते हैं। खास कर उन्हें, जो सत्य का पक्ष लेने का जोखिम उठाते है।'—एक बार फिर विनोदिनी की उन्हें सँभालने की कोशिश।

सुमेर उठ खड़ा होता है, कि रात ज्यादा हो रही है। लेकिन वे अपनी जिन्दगी के अँधेरों से बाहर ही नहीं आ पाते। विनोदिनी की बातों से उन्हे इतनी भर तसल्ली मिलती कि वे अगले अँधेरे में प्रवेश के पहले दो घड़ी सुस्ता लेते।

और तब उन्हें कचहरी का एक ऊँचे-पूरे कद का खूब मोटा-ताजा अधिकारी याद आता, जिसके जबड़े इतने चौड़े थे कि एक बड़ी रोटी एक ग्रास में उसके मुँह में समा जाती थी।

एक रात उसने सन्देश भेज कर घर बुलाया।

'देखो जोरावर, मोकलाल अभी-अभी एक लम्बी यात्रा के बीच नरसिंगपुर में ठहरा है। तुरन्त उसकी सराय पर जाओ। हमारे लिए वह उपहार देगा। चुपचाप ले आना। किसी को सन्देह नहीं हो।'

मैं स्तब्ध...'लेकिन सर, वह ठीक आदमी नहीं है। मुझे शक है कि वह ठग है।'

'यह पड़ताल करना तुम्हारा काम नहीं है। तुम्हारा काम सिर्फ वह है जो मैंने कहा है। कि माल सराय से उठा कर यहाँ पहुँचा दो। बस।'—वे भड़क उठे।

'सर, यह मेरी जिम्मेदारी नहीं है। न मैं इसे मानने के लिए बाध्य हूँ।'—मैंने भी आवाज उठा दी।

फिर तो वे क्रोध में ऐसे अनाप-शनाप बकने लगे, कि उन्हें ख़याल ही नहीं रहा कि ठगों से अपने जिन सम्बन्धों को वे छिपाने की बात कर रहे थे, उन्हें ही चीख-चीख कर जग जाहिर कर रहे हैं—न सिर्फ अपने परिवार, बल्कि पड़ोसियों तक के आगे।

उन्होंने स्पष्ट शब्दों में धमकी दी कि उस गुस्ताखी का नतीजा मुझे भुगतना पड़ेगा।...और इस धमकी को उन्होंने बाद में पुरजोर निभाया भी।'

जोरावर वे बातें बताते-बताते जैसे मानसिक रूप से फिर वही यातनाएँ झेलने लग जाते। और उन्हें बार-बार समझाना पड़ता कि यह सब वक्त की बात है। कि दुर्भाग्य आपका यह रहा कि आप उस वक्त से जूझते रहे, जो उस समस्या के प्रति संवेदनशील था ही नहीं।...पर अब जो वक्त बदला है बापू, वह आप जैसों की कुर्बानियों के चलते ही बदला है।

वक्त सचमुच बदलने लगा था। उसने इस बार जोरावर के साथ अन्याय भी नहीं किया। बल्कि एक दिन उनके हाथ में एक नायाब मौका थमा दिया।...और जोरावर चूके भी नहीं।

वह मौका मिला उन्हें सुनार की दुकान पर, जहाँ वे विनोदिनी के साथ गये थे आभूषण खरीदने।

जोरावर लक्ष्य कर रहे थे कि सुमेर के आने के बाद से विनोदिनी अपने बनाव-शृंगार पर विशेष ध्यान देने लगी थी। उन्हें खुशी होती थी।

दरअसल पिछली रात सुमेर और विनोदिनी टहलते हुए दूर निकल गये थे। खूब खिली चाँदनी थी। शीतल हवा के झोंकों में खुशबू थी रजनीगंधा की। साफ-सुथरे आकाश में दशमी का चाँद टँगा था, और सितारों को भी झिलमिलाने का समुचित अवसर मिल ही गया था।

टहलते-टहलते उन्हें ध्यान ही नहीं रहा कि वे कब से एक-दूसरे का हाथ थाम कर चलने लगे हैं...कब जमीन से ऊपर उठ कर, साथ-साथ हवा की पर्तों में तैरने लगे हैं ऊपर-नीचे।

वहाँ सुमेर ने विनोदिनी को सुझाव दिया था कि अगर वह कानों में झुमके पहने तो और सुन्दर लगेगी।

...तो अगले दिन वह अपने बापू जोरावर के साथ गयी थी सुनार की दुकान पर।

उन्होंने बाहर से ही देखा था कि एक व्यापारी-सा लगने वाला व्यक्ति दुकान में बैठा है, और अपने बक्से में से आभूषण निकाल कर उन्हें वहाँ बेचने की पेशकश कर रहा है।

पैर वहीं ठिठक गये। उस व्यक्ति की पीठ जोरावर की ओर थी। लेकिन चेहरे का कुछ भाग नजर आ रहा था।...पूरी देह एकबारगी झनझना गयी उनकी।...वे गलती नहीं कर सकते। ये शख्स वही है निश्चित रूप से। वही कुख्यात ठग अनवर खान, जिसे वे एक बार अकेले पकड़ कर ले आये थे नरसिंगपुर।...

ज्यादा सोचने का वक्त नहीं था। अगर वह पलट कर उन्हें देख लेता तो यह अप्रतिम मौका हाथ से निकल जाता।

इसके पहले कि कुछ ऐसा हो, जोरावर ने छलाँग लगा कर उसे पीछे से दबोच लिया।

हड़कंप मच गया दुकान में। ठग ने बेतरह छटपटा कर छूटने की कोशिश की। इस उठा-पटक में उसके आभूषण बिखर गये। सुनार की मेज उलट गयी। लेकिन जोरावर ने एक बार जो पकड़ा, तो बार-बार गिरने-उठने के बावजूद ज़रा पकड़ ढीली नहीं होने दी।

बाद में तो सुनार और उसके कर्मचारी भी सहायता के लिए आ गये। पूरे सर्राफा बाजार में सनसनी फैल गयी। रस्सी से बाँध कर ले जा रहे थे उसे तो भीड़ साथ-साथ चल रही थी।

सुनार ने स्लीमेन के सामने बयान दिया कि उसे भी पहले ही शक हो गया था। क्योंकि ये आभूषण उसी की दुकान के बने थे, तथा पिछले महीने ही एक ग्राहक को विशेष रूप से बना कर बेचे गये थे। ग्राहक को तत्काल ग्वालियर के लिए निकलना था।

ठग की सूचना के आधार पर चुंगी नाके के नजदीक की सराय से उसके सात अन्य साथियों को भी फरार होने के पहले ही दबोच लिया गया।

सकते की हालत में वे तमाम ठग एक-दूसरे पर दोषारोपण कर रहे थे—'...मैंने कहा था कि अभी इस यात्री का शिकार मत करो, क्योंकि ठीक उसी समय जंगल में सियार रोया था...बहुत गलत संकेत था। मना किया था भवानी माँ ने...पर तुमने जिद कर के किया...अब भुगतो नतीजा।'

स्लीमेन की इस धमकी का खासा असर पड़ा कि या तो अन्य ठगों की सूचनाएँ दो, उनके पते दो, अथवा तैयार हो जाओ फाँसी पर झूलने के लिए।

...तब उन्होंने एक बड़े ठग की जानकारी दी थी, जिसका नाम था—फिरंगिया।

'तुम लोग फिरंगिया को कैसे जानते हो?'—स्लीमेन ने पूछा था।

'पहले हम उसके गिरोह में थे।'

'उसे क्यों छोड़ दिया?'

'बँटवारे में हिस्सा कम देता था।'

'क्या उसका बड़ा गिरोह है?'

'बहुत बड़ा। कोई ढाई सौ लोगों का।'

'क्या वह सबसे बड़ा गिरोह है?'

'सबसे बड़ा बहराम है। वह अब तक एक हजार हत्याएँ कर चुका है।'

'फिरंगिया क्या पूरे गिरोह के साथ घूमता है?'

'नहीं, पाँच-छह टोलियाँ होती हैं पचास-साठ की।'

'कहाँ जाते हैं?'

'अलग-अलग दिशाओं में। एक राजपुताना की तरफ, दौसा-भरतपुर-जोधपुर वाले रास्ते पर, दूसरा दक्षिण जाता है, नागपुर-अमरावती-हैदराबाद हो कर। लेकिन सबसे बड़ा समूह इधर ही घूमता है, नर्मदा और चंबल की घाटियों में।...फिरंगिया अक्सर इसी के साथ होता है।'

'परिवार है इसका?'

'माँ, पत्नी और बेटी है गाँव में। समृद्ध परिवार है। बड़ी इज्जत है गाँव में। खुद राजासाहब के यहाँ आना-जाना है।'

'खानदानी ठग है?'

'पिता ने इसे ठगी में डाला था। परिवार वैसे राजपुताने का है। वहाँ के किसी राजघराने की रिश्तेदारी है। खुद अंग्रेजी हुकूमत का मुलाजिम भी रहा है। हरकारों को सुरक्षा दे कर गाँव-गाँव ले जाता था।'

'क्या इसकी बीवी को पता है कि यह ठग है?'

'शायद नहीं। अक्सर ठगों की बीवीयों को यह पता नहीं होता।'

'कौन गाँव की है?'

'पक्का तो पता नहीं है। पर सुना है कि किसी राजा की महफिल में गाती थी। वहीं से उठा लाया था।'

'अच्छा अब एक बात सच-सच बताओ। सच बताओगे तो फाँसी के फंदे पर झूलने से बच जाओगे।...आजकल वह कहाँ है?'

कुछ देर वे असमंजस में रहे। एक-दूसरे का मुँह ताकते। बतायें या नहीं बतायें? लेकिन शीघ्र ही उन पर फाँसी का खौफ हावी हो गया, और उन्होंने उगल दिया—'...वह अगले महीने रंगपुरी के आगे होगा, आगरा के रास्ते पर।'

स्लीमेन ने सुमेर की ओर देखा। यह एक अत्यन्त महत्त्वपूर्ण सूचना थी।

वे उठ खड़े हुए—'तो सुमेर सिंग, आपरेशन फिरंगिया अब तुम्हारे जिम्मे। सबसे कुशल और जाँबाज सैनिक लो।...जो मदद चाहिए, बेझिझक लो।...मुझे ...फिरंगिया चाहिए...।'

'फिरंगिया...आपको...मिलेगा।'—कुशल घुड़सवारों ने कतारबद्ध खड़े हो कर स्लीमेन को आश्वस्त किया तो वे गद्‌गद् हो गये।

...वह पचास-साठ के समूह में होगा। तुम महज दस-बारह। इसलिए बहुत

सोच-समझ कर रणनीति बनाना...

...बेहतर तो यही होगा कि तुम सामान्य सरकारी कर्मचारियों की वेशभूषा में ही रहो। फाइलों के गट्ठर सँभाले। आपसी बातचीत, व्यवहार, सब वैसा ही हो...

...कोई बात ऐसी न होने पाये जिससे उन्हें शक हो। वे शातिर हैं और खूँखार भी।

...उसे जीवित पकड़ कर लाना है। लेकिन उससे भी ज्यादा जरूरी है तुम सब का जीवित लौटना। इस बार सही मौका हाथ नहीं लगा तो मिशन को अगली बार के लिए स्थगित कर देना...

...मैं, विलियम हेनरी स्लीमेन, सुपरिंटेंडेंट, सप्रेशन ऑफ ठगी अथारिटी, और मिसेस फोंटेन तुम्हें शुभकामनाएँ देते हैं...और तुम सभी में अपना पूर्ण विश्वास व्यक्त करते हैं...मे गॉड ब्लेस यू...।

धन्यवाद मिस्टर एंड मिसेज़ स्लीमेन...हम आपके विश्वास की रक्षा करेंगे ...अपने प्राणों की बाजी लगा कर भी।...

दो

...दूसरा दिन यात्रा का।

झाड़ियों के पीछे झाड़ियाँ...जंगलों के पीछे जंगल...पहाड़ियों के पीछे पहाड़ियाँ...कच्चा, धूल भरा, मुश्किल रास्ता।

वे सब अश्वारोही हैं। बैलगाड़ी में जरूरत का सामान, और गाड़ियों के नीचे छिपी रायफलें...

सब सामान्य सरकारी कर्मचारियों की वेशभूषा में। अगर कोई अन्य यात्री आसपास हो तो बातें भी वैसी ही—अपने अधिकारियों की आलोचनाएँ, तरक्की नहीं मिलने के असन्तोष,...तनख्वाह कम होने का रोना...बस, कुछ नहीं, ऐसे ही, जरूरी फाइलें लेकर ग्वालियर जा रहे हैं...।

कोई कमी न रह जाय, सोच कर पिछली रात विनोदिनी ने गले में लपेटने के लिए एक गुलूबन्द और साथ में पान की एक डिब्बी भी दे दी थी। वह पिछली रात सोई नहीं थी। कुछ न कुछ सोच कर उसके बैग में कोई न कोई जरूरी चीज रखती जा रहीं थी। रात के तीसरे पहर खाना बनाने बैठी, और उसके जाने तक डिब्बा भी तैयार कर दिया।

कल रात हल्की बौछार पड़ी थी, जब नरसिंगपुर गहरी नींद में सो रहा था।

सिर्फ उसके कमरे में लालटेन की रोशनी थी, और सिर्फ उसके बरामदे में बार-बार परछाइयाँ हिलडुल रहीं थीं।...सिर्फ उतने भाग की हवा में कुछ व्यग्रता थी।...सिर्फ उसकी दीवार पर रेंग रहे थे कुछ अस्पष्ट चिन्ताओं के साये, जो बार-बार प्रतिबिम्बित होने लगते थे विनोदिनी की आँखों में।

उसे हल्की सी झपकी आने लगी थी। अचानक आँख खुली तो देखा कि सामने बैठी विनोदिनी उसे एकटक देख रही थी। और तब उसे लगा था कि उसे आँखें नहीं खोलना चाहिए थी।...उसे हर्गिज नही झाँकना चाहिए था उसकी उदासी के उन पलों में, जो सिर्फ और सिर्फ उसके अपने थे।...कोई हक नहीं था उसे उनका अतिक्रमण करने का...।

लेकिन तब यह ख़याल भी नहीं आया था कि कल, एक दुर्गम यात्रा के बीच कहीं, अनायास उसे ये क्षण याद आयेंगे, और तब वह समझेगा कि दुश्मन से लड़ने के लिए सिर्फ बारूद ही ताकत नहीं देती, बल्कि उससे ज्यादा ताकत देती हैं वे उदास आँखें, जिनमें अनायास उसने झाँक लिया था पिछली रात को।...

पिछली रात को वह निकला था जाने के लिए तैयार हो कर, जब कि जोरावर चाचा खड़े थे उसकी ओर पीठ किये, सुनसान, धुन्ध भरे आकाश में टकटकी बाँध कर कुछ खोजते हुए...लेकिन तन कर, पुराने फौजी की तरह।

उसके जाते हुए कदमों की आहट सुन कर थोड़ा सा मुड़े थे और शान्त, गम्भीर आवाज में बोले थे—'देखो सुमेर, तुम फिरंगिया को पकड़ कर नहीं भी ला सके, तब भी मुझे अफसोस नहीं होगा। क्योंकि यह संघर्ष है एक शातिर दुश्मन के साथ। ...लेकिन याद रहे कि अगर तुम उससे डर कर भाग आये, तो मुझे शर्म आयेगी तुम्हे अपना भतीजा कहने में।'

दुर्भाग्य ने दस्तक दी ठीक रंगपुरी की सीमा पर। सुमेर के घोड़े के आगे से एक बड़ा साँप रास्ते को पार कर गया। घोड़ा बिदक कर एकदम से सुमेर को उछालता हुआ भाग निकला। सुमेर सतर्क नहीं था। वह एक पेड़ के तने से टकराता हुआ जमीन पर आ गिरा।

क्या करें अब? उसे गाड़ी में डाल कर रंगपुरी ले आये। भाग्य से एक सैनिक बलवीर की वहाँ रिश्तेदारी थी। घर के युवा लड़के का अभी-अभी विवाह सम्पन्न हुआ था। घर अभी तक उसी माहौल में था। न अभी तक घर से झंडियाँ उतरी थीं, न दुल्हन के हाथों से मेहँदी।

सब जुट गये समीर की तीमारदारी में।

...बरामदे के साथ वाले कमरे में उसे लिटा दिया गया है। खिड़की के पास

अमलतास है। शाम ढल गयी है। अमलतास पर परिन्दे चहचहा रहे हैं।

लड़का वैद्य जी को बुलाने चला गया है। दुल्हन फलों का रस लेकर हाजिर है। हँसमुख है। ज्यादा घूँघट वगैरह के फेर में नहीं है। उसे भैया कहती है।

वैद्य जी देर तक पड़ताल करते हैं। आश्वस्त करते हैं कि सब ठीक है। कोई अन्दरूनी चोट नहीं है। बाहरी चोटें भी गम्भीर नहीं हैं। लेकिन तीन दिन पूरा आराम करना होगा।

'तीन दिन?'...समीर उठ बैठता है। क्षणिक चक्कर आ जाते हैं। कमरा गोलाई में घूमता है उसके इर्द—गिर्द।

दुल्हन और लड़का सहारा दे कर लिटाते हैं।

वैद्य जी हँसते हैं। बार-बार तसल्ली देते हैं कि चिन्ता की कोई बात नहीं।

कैसे कोई बात नहीं चिन्ता की?...पूरे तीन दिन स्थगित करना पड़ेगा अभियान।

'वो तो करना ही पड़ेगा।'—बलवीर समझाता है—'जिससे मुकाबला करने निकले हो, उससे क्या इस हालत में मुकाबला करोगे?'

वह करवट बदलता है। ये लोग ठीक कह रहे हैं। पूरे शरीर में दर्द है।

लड़के के पिता बापू जैसे लगते हैं। माथे पर हाथ धर कर कहते हैं कि इसे अपना ही घर समझो।

...अपना घर?...एकाएक पारबतीपुर का घर उसकी आँखों के सामने चमक कर बुझ जाता है। दर्द की एक लहर सी पूरे वजूद को सराबोर करती हुई निकल जाती है।

'बेचैनी लग रही है?'

'नहीं, थोड़ा पानी दे दो बस।'

पिता कुछ सोचते-सोचते एकाएक अतीत का एक सिरा पकड़ लेते हैं—'क्या बताया तुमने? पारबतीपुर के हो?'

सुमेर हाँ में सिर हिलाता है।

बलवीर पिता के कान में कुछ कहता है। वे एकदम से खिल उठते हैं 'अरे, तो ये पहले ही बता देते ना कि पंडित रामनारायण के बेटे हो।'

'जी...आप जानते हैं उन्हें?'

'बरसों पहले गये थे बेटा। लेकिन अभी तक उनकी विद्वत्ता और सरल स्वभाव की छाप मन पर है। पारबतीपुर जाओ तो उन्हें मेरी याद दिलाना।'

पिता गद्‌गद्‌ हैं। सुमेर क्या उत्तर दे?

'और तुम्हारी माँ ने कितने स्नेह से जलपान कराया था हमें। पवित्र आत्मा है। ईश्वर उन्हें लम्बी उम्र दे।'

इस बार अपने आप को सँभालने की भरसक कोशिश में सुमेर मुस्कराया है—एक मुस्कान, जो दर्द से सीधे उपजती है।

आधी रात के बाद लगा कि कोई आहिस्ता से थपकी दे कर जगा रहा है। चेतना साफ हुई तो देखा कि दुल्हन थी। दवा पिलाने आयी थी।

वैद्य जी ने कहा था रात को दवा जरूर पिला देना। कमाल है। यह बेचारी उसे दवा पिलाने के लिए इतनी रात तक जागी हुई है। उसके हाथ से पानी का गिलास लेते हुए अचानक लगता है कि सामने विनोदिनी खड़ी है...हूबहू वही। वह धोखा नहीं खा सकता।...छेड़छाड़ कर रही है...बड़े मजबूत होने का दावा करते थे तुम तो सुमेर। क्या हुआ? जरा सी चोट में जान निकल गयी ?...चलो अब ज्यादा नखरे मत करो...चुपचाप दवा पी कर लेट जाओ।

'जिन्दगी भी कैसी अबूझ पहेली है'—वह सोचता रहा—'वहाँ विनोदिनी, और यहाँ यह दुल्हन। एक तरह से देखो तो किसी का भी उससे कोई रिश्ता नहीं है। लेकिन दोनों ही उसके लिए रात-रात जाग रही हैं... ।'

लड़का भी आ गया है। दोनों उसे देख कर मन्द-मन्द मुस्करा रहे हैं। बड़े रहस्यमय तरीके से।

'क्या बात है?'

'बात तो कुछ नहीं भैया। पर ये ...विनोदिनी कौन है? अभी-अभी आप नींद में बार-बार उसका नाम ले रहे थे?'

वह एक हवादार कमरा था, जिसमें हवा का झोंका बाहर से खुशबू ला कर बिखेर देता था। एक निहायत अजनबी शहर की रात भी इतनी खूबसूरत हो सकती है क्या?

'है एक...उतनी ही अच्छी, जितनी तुम हो। मुझे तो लगता है कि यहाँ जो तीन दिन तुम्हारे साथ गुजरेंगे, वे जिन्दगी भर याद रहेंगे।'

लड़का यह सुन कर कुछ गम्भीर हो गया—'चाहते तो यही थे हम कि तीनों दिन यहाँ आप के साथ ही रहते। लेकिन मजबूरी यह है कि कल ही हम दोनों को यात्रा पर निकलना पड़ेगा। इसे मायके छोड़ना है। इसकी माँ की तबियत खराब है। इसका तुरन्त पहुँचना जरूरी है।'—लड़के ने जैसे क्षमा माँगते हुए कहा।

सुमेर उठ कर बैठ गया—'नहीं-नहीं, तुम दोनो इस तरह अकेले बिल्कुल नहीं जाओगे। तुम जानते हो कि रास्ता खराब है। बिल्कुल भी सुरक्षित नहीं है। दो-तीन दिन रुक जाओ। फिर हमारे साथ ही निकल जाना। तुम्हें घर तक छोड़ देंगे।'

दोनों ने उसे सहारा दे कर लिटा दिया है।

'रुक नहीं सकते ना भैया। तबियत ज्यादा खराब है उनकी। कल को कुछ

ऊँच-नीच हो गया तो जिन्दगी भर के लिए कहने को हो जायेगा।'—दोनों उसे समझा रहे हैं।

'तो फिर मैं तुम्हारे साथ ही चलता हूँ। कोई बात नहीं। ऐसी कोई खास चोट नहीं है मुझे।'—सुमेर जिद पर अड़ा है।

बेटा और बहू भरसक यकीन दिला रहे हैं कि हमारी चिन्ता मत करो। देखा-भाला रास्ता है। कई बार आये गये हैं। हम बिल्कुल सुरक्षित पहुँच जायेंगे।

हर तरह से उन्हें रोकने की कोशिश सुमेर द्वारा, और हर तरह से उनकी जिद कि जाना तो है ही। फिर दवा अपना असर दिखाने लगी और वह नींद में डूब गया।

सुबह नींद खुली तो सूरज ऊपर चढ़ चुका था। बल्कि एक पहर दिन भी गुजर चुका था। लड़का और दुल्हन कभी के जा चुके थे। महज एक रात का उनका साथ रहा था और उसे हैरानी हुई कि इतनी सी दोस्ती क्या इतनी प्रगाढ़ भी हो सकती है कि उनके जाने से मन उदास हो जाय।

स्वस्थ हो कर जब उसने आगे की यात्रा शुरू की, तब एक नितान्त अपरिचित परिवार से मिले अप्रत्याशित स्नेह की मधुर स्मृतियाँ उसके साथ थीं।

पर अब एक कठिन लक्ष्य है आगे। एक दुर्दान्त ठग के साथ आसन्न संघर्ष की सम्भावनाएँ। वे बीहड़ वनांचलों में छिप कर कहीं इन्तजार कर रही होगी उसका।

अब इरादे फौलादी हों और रफ्तार सधी हुई।

इलाका वही है रंगपुरी का। यहीं कहीं फिरंगिया के होने की सूचना थी। लेकिन न जंगल खत्म हो रहे हैं, न पगडंडियाँ, न इन्तजार। फिर अनायास ही अभियान में पड़ा यह तीन दिनों का खलल। कहीं ऐसा तो नहीं कि जानबूझ कर गोटियाँ बैठा रही हो नियति?

शायद सचमुच यही हो रहा था।

सामने से तीन-चार घुड़सवारों को आते देख वे चौंके। सतर्क हुए। लगते तो रियासत के सिपाही थे। लेकिन कौन जाने? ठगों का तो धन्धा ही वेश बदलने पर चलता है। पास आने पर उनमें से एक को सुमेर ने पहचाना। एक बार वह फौज में नौकरी पाने की इच्छा से नरसिंगपुर आया था। अर्थात थे तो वे सिपाही ही।

लेकिन जो सूचना उन्होंने दी, वह स्तब्धकारी थी।

उन्हें खबर मिली थी कि तीन कोस दूर, एक तालाब के किनारे दो शव पड़े मिले हैं...किसी नवविवाहित जोड़े के लगते हैं।...

यही...यही डर कहीं बैठा था मन में कुंडली मारे, जब से वह लड़का और दुल्हन

निकले थे। बार-बार बहलाने के बावजूद, सिर उठा कर मन पूछने लगता था—कहीं कुछ भयावह घट तो नहीं जायेगा?

कुछ नही...कुछ नहीं होगा—वह मन को समझाता था। बल्कि एक दिन वह उन दोनों को नरसिंगपुर बुलायेगा। जोरावर और विनोदिनी, दोनों खुश होंगे उनसे मिल कर।

वे सरपट तालाब की ओर दौड़े जा रहे थे। मन को पूरी तरह से ढँक लिया था आकुलता ने। फिर भी भीतर कहीं उसने एक उम्मीद जगाये रखी थी—क्या पता, ये वे दोनों नहीं हों...।

तालाब नजर आने लगा था। कुछ तामाशबीन दूर हट कर खड़े थे समूह बना कर।

दो शव पड़े थे एक-दूसरे से थोड़े फासले पर। दोपहर के उस उजले सन्नाटे में। उस सुनसान जगह, एक ठहरे हुए वक्त में।

वे ही थे...वे ही थे दोनों।

लगता ही नहीं था कि ये मासूम चेहरे अब कभी नहीं बोलेंगे। लड़की की खुली आँखें उसे देख रही थीं। जैसे समझने की कोशिश कर रही थी कि यह सब हुआ कैसे? और क्यों हुआ उन्हीं के साथ?

उसने पास जा कर आहिस्ता से उसकी पलकें मूँद दीं। सिर झुका कर कुछ देर खड़ा रहा। और फिर भारी कदमों से मुड़ गया। अब कोई क्षीण उम्मीद नहीं थी मन में। बहुत से अलग-अलग एहसासों से मिल कर बना एक अबूझ धुँधलका था मन पर, जैसे सर्दियों की सुबह, पारबतीपुर से नजर आता था दूर की पहाड़ियों पर।

...गाँव के लोगों ने सुबह ठगों को देखा था। तब वे सम्भवतः गड्ढा खोद कर शवों को दफनाने की कोशिश में थे। उन्हें देख कर, बिना दफन किये भाग खड़े हुए।

'उधर...उस दिशा में भागे थे।'

'तब तो अभी ज्यादा दूर नहीं गये होंगे। तुरन्त पीछा करो।'

'कोई विशेष पहचान? कोई खास वेशभूषा?'

'हाँ, एक ठग जो उनका मुखिया लग रहा था, ऊँचा-पूरा था आकर्षक व्यक्तित्व वाला। वह घुड़सवार था। अन्य कई लोग पैदल भी थे। लेकिन उनमें एक के पैर में चोट थी। वह भागते हुए लँगड़ा रहा था।'

गाँव वालों के वर्णन से स्पष्ट था कि वह ऊँचा-पूरा, आकर्षक व्यक्तित्व वाला मुखिया और कोई नहीं, फिरंगिया ही था। नरसिंगपुर में उस ठग ने भी इन दिनों उसके इसी इलाके में होने की सूचना दी थी।...बिल्कुल वक्त नहीं था गँवाने के लिए।...इस जख्मी ठग को अभी पकड़ा जा सकता है।

...फिलहाल और किसी के हाथ आने की सम्भावना नहीं है। फिरंगिया घुड़सवार है। वह तो न जाने कहाँ पहुँच चुका होगा अब तक। शेष लोग भी दूर निकल गये होंगे। कोई भी इस जख्मी ठग के लिए खतरे में नहीं डालेगा स्वयं को। इसके पहले कि वह भी दूर निकल जाय, उसे धर दबोचना होगा तुरन्त। बाद में उसकी सूचना पर फिरंगिया की तलाश की जायेगी।

बहुत मुश्किल नहीं पड़ी। शाम होते-होते उसे दबोच लिया गया। बुरी हालत में था। लँगड़ा रहा था। उन्हें देख कर भागने-छिपने की अन्तिम, असफल कोशिश कर रहा था।

सिर्फ हवा मे एक गोली चला कर उसे समर्पण करने की चेतावनी दी गयी, तो वह झाड़ियों के बाहर आ गया, दोनों हाथ ऊपर उठा कर।

जब उससे पूछताछ की गयी तो वह जरा भी विचलित नहीं था। उसके चेहरे से आभास तक नहीं हो रहा था कि उसे अपने किये का कोई पछतावा भी है। जैसे सामान्य ढंग से रोजमर्रा का कोई काम निपटा कर आया हो।

'तुम्हें पता है कि तुमने दो निर्दोष बच्चों की जान ले ली?'

'हमारा क्या दोष है? ऐसा होना ही था। क्योंकि भवानी माँ की ऐसी ही इच्छा थी।'—उसने कुछ ऐसे अक्खड़पन से उत्तर दिया कि सुमेर अपने आप को रोक ही नहीं सका। कस कर झापड़ जमा दिया उसके मुँह पर।

उसका होंठ कट गया और खून आने लगा। वह फिर भी अविचलित ही रहा।

'बल्कि साहब, इस बार तो भवानी की कृपा से दोनों मेरे कारण ही फँस गये। वे चाहते तो हम से बच सकते थे। पर्याप्त मौका था उनके पास। लेकिन न जाने क्यों, मुझे तकलीफ में देख कर उन्हें मुझ पर रहम आ रहा था। लड़का तो कई बार मुझे सहारा दे-दे कर आगे चला रहा था। मेरा हौसला बनाये रखने के लिए हल्की-फुल्की बातें बनाता जा रहा था। वे कह रहे थे कि तुम्हें इस तकलीफ में छोड़ कर हम जा कैसे सकते हैं?'

सुमेर सकते में आ गया—'तालाब के पास कैसे लाये उन्हें?'

'वे खुद लाये थे मुझे। लड़की कहने लगी कि घाव को ठीक से धो कर पट्टी कर देगी। हम बैठे तालाब के किनारे। उसने बड़े एहतियात के साथ मेरा घाव धोया कि मुझे तकलीफ नहीं हो।...वो जब उस पर पट्टी बाँध रही थी तब दबे पाँव हमारे लोग उनके पीछे आ कर बैठ गये। हाथों में पीले रूमालों के फन्दे लेकर। दोनों अपने काम में इतने तल्लीन थे कि उन्हें एहसास तक नहीं हुआ।...इससे अच्छा मौका और क्या होता?

मैंने ऊँची आवाज में संकेत दिया कि पट्टी करने के लिए जरा नया कपड़ा तो लाओ।

बस, उन्होंने सुना और उछल कर दोनों के गले में फंदे कस दिये।

सुमेर की इच्छा हुई कि इस आदमी के गले में फाँसी का फंदा डाल कर इसे अभी इसी समय पेड़ से लटका दे।

लेकिन इस बार हमसे बड़ी गलती हो गयी साहब। हमारा नियम है कि हम स्त्रियों की हत्या नहीं करते। लेकिन लालच में आ कर हमने की। क्योंकि एक तो उसने इतने आभूषण पहने थे। नयी-नयी दुल्हन थी ना।...और दूसरे, अगर सिर्फ लड़के को मारते, तो वह चश्मदीद गवाह बन जाती।...भवानी माँ इसीलिए हमसे नाराज हुई। इसीलिए उन्हें दफनाते समय गाँव वालों ने देख लिया। और इसलिए आखिर मैं आपकी गिरफ्त में आ गया।'

'और इसलिए अब, तुम्हारे माध्यम से, हम फिरंगिया को भी धर लेंगे।'—सुमेर ने उठ कर उसे ठोकर लगाते हुए कहा।

वे आगे चल पड़े हैं। पकड़े हुए ठग को बैलगाड़ी में डाल दिया है। उसे बता दिया गया था कि अगर फिरंगिया तक पहुँचा देगा तो उसकी जान बख्श दी जायेगी। शर्त्त स्वीकार करने में उसे तनिक भी संकोच नहीं हुआ।

अब उसके दिशा निर्देश पर सब आगे बढ़ रहे हैं।

बावजूद इसके वे सतर्क हैं। कहीं वह उन्हें किसी जाल मे नहीं फँसा रहा हो।

वे कुटिल होते हैं। जिनका व्यवसाय ही दूसरों को विश्वास में लेकर कत्ल करना हो, उनकी किस बात का भरोसा?

इसलिए वे रास्ते में मिले अन्य यात्रियों से पूछते चल रहे हैं—क्या इस रास्ते पर, इस-इस तरह के यात्रियों को जाते देखा है, जिनका मुखिया एक आकर्षक व्यक्तित्व वाला घुड़सवार था?

यात्री बताते हैं कि उन्होने ऐसा एक दल जाते देखा है। ठीक है। अर्थात यह झूठ नहीं बोल रहा है। शाम होते-होते उसनें उन्हे एक गाँव तक पहुँचा भी दिया है।

'अब भीतर जा कर ढूँढ़ना काम आपका।'—ठग की हेकड़ी बरकरार है।

एक उनींदा गाँव। इतने घुड़सवार अधिकारियों को आते देख कर चौपाल पर बैठे लोग चौंके। सोचा आये होंगे लगान वसूलने।

'अभी-अभी तो वसूल कर के गये हैं दूसरे लोग। पूरा लगान चुका दिया है। कुछ भी बाकी नहीं है हम पर।'

सुमेर ने अपना घोड़ा कुछ आगे बढ़ा दिया।

'फिरंगिया कहाँ है?'—उसने कड़क कर पूछा।

शेष लोगों ने अपनी रायफलों के मुँह उनकी ओर घुमा दिये।

वे अब डरे—'फिरंगिया?...कौन फिरंगिया?...हमने तो कोई ऐसा नाम नहीं सुना।'—उनकी घबराहट छिपाये नहीं छिप रही थी।

सुमेर समझ गया कि इनसे कुछ हासिल नहीं होगा। कुछ ही पलों मे तमाम घुड़सवार गाँव की गलियों में धड़धड़ाने लगे।

...और अब जहाँ-जहाँ शक हो, दरवाजे खुलवा-खुलवा कर तलाशी ली जा रही है। सख्ती बरती जा रही है।

गाँव भर में अफरा-तफरी है।...कुत्ते भौंक रहे हैं। उन्हें कुछ बहुत असामान्य घटता हुआ लग रहा है। चीखते-चिल्लाते बच्चों को गोद में खींच कर माँओं ने दरवाजे बन्द कर लिए हैं। धूल के गुबार में इस गली से छलाँग लगा कर उस गली में उतर रहे हैं अश्वारोही।

एक पहर रात बीत गयी है। कुछ हाथ नही आ रहा। सुनसान में सिर्फ घोड़ों की टापें धड़धड़ा रही हैं।

...और न जाने कौन यह एक अकेला आदमी बार-बार घोड़ों के आगे आये जा रहा है बेधड़क—'कुछ नहीं मिलेगा...कुछ भी नहीं मिलेगा...।'—वह जोर से चिल्ला कर एक ओर हट जाता है—'राजासाहब से पूछ लो। वे भी पता नहीं बता पायेंगे। फिरंगिया को ढूँढ़ रहे हो...कोई मजाक है?'

'चप्पा-चप्पा ढूँढ़ लिया। कुछ हाथ नहीं आया।'

'सामने के दरवाजे से ढूँढ़ने निकले हो? अरे वह पीछे के दरवाजे से निकल नहीं जायेगा?'—पागल की हँसी लगातार पीछा कर रही है।

वे बेरंग लौट गये हैं उस गाँव से।

'मैं भी यहीं तक उसका रास्ता बता सकता था। आगे का मुझे कुछ पता नहीं। वैसे भी अगर उसे आप लोगों की भनक लग गयी, तो अब तो उसे ढूँढ़ना सम्भव ही नहीं।'—जख्मी ठग ने हाथ खड़े कर दिये।

'तो फिर अब दूसरा रास्ता पकड़ेंगे।'—हाथ से शिकार निकल जाने की कसक बलवीर के चेहरे पर तिलमिला रही है—'हमारे इलाके में...हमारे बच्चों का कत्ल कर के चला जाये और हम मुँह देखते रह जायें...तो लानत है हम पर...।'

'तुम्हारा दर्द मेरा दर्द भी है बलवीर। धीरज रखो। हम उसे लेकर जायेंगे।'—सुमेर उसे ढाढस बँधाता है।

'अब हमें मत बहलाओ सुमेर भाई। सीधी उँगली से घी नहीं निकल सकता,

तो अब उँगली टेढ़ी कर के घी निकालेंगे।'—बलवीर ने अपना मन्तव्य साफ कर दिया।

'मतलब?'

'मतलब यह कि अगर वह हमारे हाथ नहीं आया तो हम उसके बीवी-बच्चों को उठा लेंगे।'

सुमेर स्तब्ध—'लेकिन...लेकिन यह जायज नहीं है बलवीर।'

'तो फिर नाजायज ही सही। और नृशंस हत्यारों से लड़ाई में क्या जायज और क्या नाजायज?'

बलवीर ने अपनी रायफल निकाली और जैसे निर्णय की घोषणा करते हुए दुनाली आकाश की ओर उठा कर तीन-चार फायर झोंक दिये।

पूरे वन-प्रान्तर का सन्नाटा भरभरा कर ढह गया।

सुमेर ने अन्य सदस्यों की ओर देखा—सब बलवीर से सहमत दिख रहे थे। उसने जैसे समर्पण कर दिया—'तो ठीक है। पर ध्यान रहे कि उसके बीवी-बच्चों के साथ कोई बदसलूकी न हो।'

...फिर यात्रा और यात्रा। अजनबी रास्तों पर। और अन्ततः फिरंगिया का गाँव। गाँव की सबसे आलीशान कोठी। इसे फिरंगिया की कोठी कहते हैं। इसके आसपास झर-झर फव्वारों वाले बाग बगीचे हैं। सेवक भीतर बाहर आ-जा रहे हैं। चप्पे-चप्पे पर उसकी समृद्धि का रुतबा नजर आ रहा है।

आगे-आगे पकड़े गये ठग को रखा गया है। उससे फिरंगिया का परिवार परिचित है। दस्तक उसी ने दी है मुख्य द्वार पर। दरवाजा जिस स्त्री ने खोला है वह फिरंगिया की पत्नी है।

उसने ठग को सामने खड़ा देखा। अभिवादन किया।

उसके पीछे-पीछे सुमेर और बलवीर बैठक में दाखिल हो गये हैं।

योजनानुसार ठग ने बधाई दी—'कमिश्नर नरसिंगपुर इस बार जिन गण्यमान्य व्यक्तियों को सम्मानित करेंगे ना भाभी, उनमें फिरंगिया भी एक है। उसी का निमन्त्रण लेकर ये दोनों सरकारी अधिकारी आये हैं। कमिश्नर साहब की इच्छा है कि आप, माताजी और बेटी भी वहाँ पधार कर समारोह को गरिमा प्रदान करें। इससे स्वयं फिरंगिया भी खुश होंगे। वे सीधे नरसिंगपुर पहुँच रहे हैं। आपको साथ ले चलने के लिए ही हम लोग आये हैं।'

कमाल है। इस ठग ने इतनी सहजता से सन्देश दे दिया कि हवेली में तो खुशी की लहर दौड़ गयी।

जलपान लेकर जो लड़की आयी, वह दस-बारह वर्ष की उसकी बेटी थी। आग्रह कर-कर के जलपान कराने वाली विनम्र वृद्धा उसकी माँ थी।

'हमें खुशी है कि आपके पति आज इस मुकाम तक पहुँचे। क्या आप बता सकेंगी कि उनका व्यवसाय क्या है?'—सुमेर ने सावधानीपूर्वक पत्नी को कुरेदा।

'व्यवसाय यही है कि हर साल दो-तीन बार व्यापार के सिलसिले में बाहर चले जाते हैं। इधर से बहुमूल्य मणि-मोती, आभूषण और महँगे वस्त्र लेकर दूर-दराज के शहरों में जाते है। वहाँ अच्छे दामों में बेचते है। फिर वहाँ से कुछ और खरीदी कर के इधर लाते हैं।'

'सचमुच यह तो बड़ी मेहनत और हुनर का काम है।'

'उसी का नतीजा तो यह समृद्धि है। आज क्या नहीं है हमारे पास? धन-दौलत, इज्जत-शोहरत है। राजाओं के साथ उठना बैठना है।'

'उन्हें डर नहीं लगता सैकड़ों मीलों तक फैले जंगलों मे इतना माल-असबाब लेकर सफर करने में?'

'खुद दिलेर हैं। और फिर काली माँ की कृपा है ना।'

'जी बहुत अच्छा लगा आप लोगों से मिल कर।'—सुमेर ने कहा—'आप लोग यात्रा की तैयारी कीजिए। हमारे कुछ सरकारी अधिकारी बाहर हैं। वे आपको साथ ले जायेंगे। निश्चिन्त रहें। आपकी सुविधा का पूरा ख़याल रखा जायेगा। मुझे बहुत खुशी होती आपके साथ चल कर। लेकिन आगे कुछ सरकारी काम निपटाने ग्वालियर तक जाना है।...अच्छा, अब हमें इजाजत दें।...ईश्वर आपकी यात्रा सकुशल सम्पन्न करे।'

तीन

शाम की आरती खत्म हुई। मन्दिर परिसर में डोल रहा है हल्का सा मखमली अँधेरा। श्रद्धालु लौट गये हैं। बाहर का एकान्त बह रहा है भीतर। रामनारायण किसी गम्भीर विमर्श में व्यस्त हैं संग्राम के साथ।

दरवाजे पर दस्तक हुई। सोचा गणेश होगा। लेकिन दरवाजा खोलते ही संग्राम चौंक गया। सामने ऊँचे-पूरे डीलडौल वाला शख़्स खड़ा था कपड़े से चेहरा ढँके।

उसने संग्राम को चुप रहने का इशारा किया। चेहरे से कपड़ा हटाया, और उसे बाहुपाश में भर लिया।

...फिरंगिया था।

हैरत की बात थी। मुरैना में वह ऐसे नहीं आता था रात के अँधेरे में छिप कर। शान से आता था सड़कों पर घोड़ा दौड़ाते हुए। खुले आम और दिन दहाड़े। लोग रास्ते से हट जाते और अभिवादन करते।

'मुश्किल से पहुँच पाया हूँ छिप कर। नरसिंगपुर के सैनिक लगातार पीछा कर रहे हैं। साँस नहीं लेने दे रहे।...रंगपुरी के उन्हेल गाँव में तो दबोच ही लिया था। मुश्किल से चकमा दे पाया उन्हें।'—उसने साँस सँभालते हुए कहा।

रामनारायण देख रहा था उस शख्स को, जो सैकड़ों मीलों तक जंगलों में ठगों का बेताज बादशाह था। जिसे स्वयं याद नहीं अपने किये गये कत्लों की गिनती।

...यकीन नहीं आता कि वह जान बचा कर भागता फिर रहा है।

'दरअसल उस दिन सब गलत ही होता चला गया। हमने एक नव-वधू की हत्या कर दी, जो भवानी के गुस्से का कारण बनी। बल्कि ऐसा करते वक्त दूर जंगलों से सियारों के रोने की आवाजें भी आयी थीं, जिसे हमने अनसुना कर दिया। ...नतीजा यह होना ही था।'

जब माँ के आदेशों की ही अवहेलना की गयी, तो संग्राम भी अब क्या कर सकता था? फिर भी...शायद कोई रास्ता निकल आये।

फिर शुरू हुआ मद्यपान का दौर, और फिरंगिया अपने रंग में आ गया। भूल गया कि सैनिक पीछे पड़े हैं। भूल गया कि वह छिपता फिर रहा है।

'...पाँच सौ कोस पूरब से पश्चिम, और पाँच सौ कोस उत्तर से दक्षिण ...फिरंगिया की सत्ता चलती है।...मजाल है कोई चुनौती दे दे?...राजा-महाराजा साथ उठते-बैठते हैं।'

बार-बार उसकी नजर रामनारायण के चेहरे पर अटक जाती। शायद उसे अखर रहा था कि यह सामने बैठा आदमी उससे झुक कर बात क्यों नहीं कर रहा है? लगातार टेढ़ी नजर से देख रहा है उसे। वह भी एक भावशून्य चेहरे के साथ।

'दादा, यह वही है जिसका जिक्र मैंने आप से किया था। मेरे बचपन का मित्र। हमारे साथ तो देर से आया। लेकिन माँ काली का आशीर्वाद है इस पर। जहाँ हाथ डालता है, सफल हो कर निकलता है। भैरोगढ़ की झाड़ियों में इसी ने नरसिंगपुर के पटवारी को काली की भेंट चढ़ाया था...एकदम सही जगह...।'

'मुझे पता है वह जगह। बिल्कुल सुरक्षित है। लेकिन उससे भी ज्यादा सलीके से पारबतीपुर के ही कोतवाल को भेंट चढ़ा दिया। वह तो ऐसी सुरक्षित झाड़ियों वाली जगह भी नही थी।...वह जगह तो बीच रास्ते में थी, घने जंगलों में।'

'मुझे मेरे लोगों ने इसकी जानकारी दे दी थी संग्राम। बल्कि उधर से गुजरते

हुए एक दिन वह जगह बता भी दी थी...बहुत शानदार तरीका था। ऐसे ही भक्तों पर कृपा होती है भवानी माँ की।'

फिर क्रमशः सुरूर में वह होश खोने लगा। बातचीत का क्रम टूट गया। वह अपने आप से ही वार्त्तालाप करने लगा। टूटे-फूटे वाक्य शराब की गन्ध से भरे कमरे में छितराने लगे।

...वह बीच-बीच में हवा में हाथ-पैर ऐसे उछालने लगा जैसे किसी से लड़ रहा हो। इसी झोंक में उठ कर, दरवाजे की ओर जाने की कोशिश में वह लड़खड़ा कर गिर पड़ा और बेहोश हो गया।

संग्राम ने उसे चादर ओढ़ा दी।

'ध्यान रखना रामनारायण। सैनिक इसका पीछा करते हुए यहाँ तक नहीं पहुँच जायें। इसकी जिम्मेदारी हमारी है।'

जिम्मेदारी थी इसीलिए रामनारायण सो नही पाये। बाहर खुले मे आ गये जहाँ रात का अँधेरा पसरा था।

और तब, अचानक वे इस ख़याल से बेचैन हो गये कि पीछा करते सैनिकों में सुमेर भी तो हो सकता है।...यहीं कहीं आसपास...महज कुछ कोस दूर। क्या उनका नेतृत्व वही कर रहा होगा?

अगर वह आसपास ही कहीं है, जान हथेली पर लिए, फिरंगिया जैसे ठगों के खिलाफ संघर्ष करता हुआ...तो स्वयं उन्हीं के सपनों को साकार करने के लिए ना? ...और वे यहाँ पहरा दे रहे हैं उसी अपने बेटे के दुश्मन को अपने ही घर में पनाह दे कर, उसकी सुरक्षा के संकल्प के साथ!

अगर अभी वह यहाँ पहुँच ही जाये, तो क्या करेंगे वे?

उन्होंने सिर झटक दिया है...नहीं, अब कोई द्वन्द्व नहीं है।

दूर से अश्वारोहियों की आवाज सुन कर वे एकदम सचेत हो गये हैं। दुनाली हाथ में उठा ली है। वे तुरन्त अपने कमरे की ओर बढ़ गये हैं। दरवाजे पर तन कर खड़े हो गये हैं। आदमी तो क्या, परिंदा भी भीतर नही जा सकता उन्हे पार कर के।

लेकिन घुड़सवार बजाय इधर आने के, सँभवतः सीधे आगे निकल गये हैं। उनके जाने की आवाजें मन्द होते-होते अब सन्नाटे में गुम हो गयी हैं।

चलो एक बड़ी दुर्घटना टल गयी।

अगर सुमेर सामने आ जाता, तो वे बिल्कुल सपाट, भावहीन चेहरे के साथ उसे कहते कि तुम तुरन्त लौट जाओ सुमेर।

क्या वे अपनी दुनाली उस पर तान देते? और वह भी अपनी दुनाली से उन पर

निशाना साध लेता?

यह उनकी पहली मुलाकात होती, उनकी जिन्दगियों पर से वे तमाम भीषण-भयद् भूकम्प गुजर जाने के बाद।

अपने बेटे पर निशाना साधे हुए, शायद वह सिर्फ एक देह होती यन्त्रचालित, बिना किसी दिल के, बिना किसी दिमाग के, बिना किसी भावातिरेक के, जिसका अगर कोई अंश होता, तो इतना, और सिर्फ इतना कि इस सामने खड़े आततायी पर—अगर इसने भीतर घुसने की कोशिश की, तो—सीधे गोली दाग देनी है। भले ही इसका नाम सुमेर हो या कुछ और... !

परिवार की गिरफ्तारी की सूचना फिरंगिया को वहीं मिली थी। वह हतप्रभ रह गया था।

'ये...ये कैसे हुआ?...ये हो ही कैसे सकता है—जैसी टुकड़ा-टुकड़ा बातों के अलावा उसके गले से कोई और आवाज ही नहीं निकल रही थी। यह उसके लिए कल्पना से परे था।

परे था उसकी कल्पना से कि विन्ध्याचल के विस्तृत वन-प्रान्तर थरथराते थे जिसके नाम से, उसी के घर की माँ-बेटियों को कोई गिरफ्तार कर के ले जाय।

वह बौखला गया। बौखलाहट में उग्र हो गया।

तलवार खींच कर मन्दिर के द्वार के सामने खड़ा हो गया। चिल्लाने लगा—'बुझदिल विलियम हेनरी स्लीमेन...आमने-सामने मुकाबला करता तो फिरंगिया को भी मजा आता...इतना कायर निकला तू?...अभी आ सामने...ये देख, मैंने खींच ली है तलवार... ।'

भीड़ लग गयी। सब हैरान। फिरंगिया जैसा ताकतवर इंसान...इस हालत में? न संग्राम के सँभाले-सँभले रहा था, न रामनारायण के।

बिल्कुल बेकाबू।

आखिर संग्राम के बापू ने आ कर सँभाला। तब कहीं होश में आया। और तब जो पहला विचार चक्रवात सा घूमता हुआ उससे टकराया, वह यह था कि उसकी पत्नी और बेटी और माँ को पता चल गया होगा...कि वह ठग है... ।

इतने वर्षों से उनके सामने एक आदर्श पुत्र, पति और पिता की गरिमा की जिस उजास में वह जीता रहा, उसे शर्म की तमस मे बदलते देखने की त्रासदी... ।

कितनी मौतों की पीड़ा एक साथ झेल ली होगी उसके परिवार ने इस खुलासे के साथ।

'क्या उन्हें किसी जेल में रखा गया है?'

'हाँ, जबलपुर की जेल में हैं।'

'क्या उन्हें यातनाएँ दी जा रही हैं?

'खबर तो यही है।'

वे सब उसकी चीत्कार सुन रहे थे। एक घायल पशु की चीत्कार—'कैसे झेल रही होंगी वे सब उन यातनाओं को...वे जिन्हें फूलों पर चलने की आदत है...।'

वह, जिसके लिए मासूमों की हत्याएँ रोजमर्रा की बात थी, अपने बीवी-बच्चों की प्रताड़ना की कल्पना मात्र से कैसा छिन्न-भिन्न हो कर बिखर रहा है...।

राजासाहब के पास उसे संग्राम के बापू ले गये थे। ब्रिटिश हुकूमत पर असर है उनका। शायद कोई रास्ता निकल आये।

दरबार लगा था। राजासाहब मस्ती में थे। उन्हें यह किस्सा खासा मनोरंजक लगा कि फिरंगिया की बीवी को अंग्रेजी हुकूमत ने अगवा कर लिया। उन पर बेसाख्ता हँसी का दौरा पड़ गया। वे पेट पकड़ कर हँसने लगे, और उनकी पगड़ी मुँह पर आ गयी।

पास खड़े वजीर ने कानों में फुसफुसा कर उन्हें सावधान किया। क्योंकि मौका मजाक का नहीं था और फिरंगिया गुस्से में था।

'संग्राम के बापू ने कहा, इसलिए यहाँ आ गया था राजासाहब। वरना फिरंगिया में अभी इतना हौसला है कि ब्रिटिश सिपाहियों के बीच से अपने बीवी-बच्चों को उठा कर ला सकता है।'—शुरुआती झटकों से उबर कर फिरंगिया फिर अपने रंग में आ गया था।

राजासाहब ने कुछ गम्भीर हो कर वजीर से मशविरा किया—'इसने ऐसा कुछ किया तो खून-खराबा हो जायगा। क्यों?'

'हुजूर रहम करें इस पर। इसे तो यह भी नहीं पता कि यह ऐसी हालत में बच भी पायेगा कि नहीं?'

'तुमने कहा तो हमें इस पर रहम आ गया वजीर। अच्छा तुम क्या कह रहे थे कि अगर यह समर्पण कर दे तो इसके बीवी-बच्चों को रिहा कर दिया जायेगा?'

'खबर तो यही है हुजूर।'

'ठीक है फिरंगिया।'—राजा साहब अब उसकी ओर मुखातिब हुए—'हमारी सलाह है कि तुम समर्पण कर के अपने बीवी-बच्चों को आजाद करवा लो।...बाद में तुम्हारी रिहाई के लिए हम खुद उनसे बात कर लेंगे।'

'समर्पण...?' फिरंगिया के कानों में तो यह शब्द पिघले शीशे की तरह उतर गया। वह बिफर गया।

'समर्पण?...क्या कह रहे हैं राजासाहब? हमें तो इसका मतलब तक नहीं पता।'—उसने अकड़कर कहा।

राजासाहब गुस्से में सिंहासन से उतर कर घूमने लगे। इधर से उधर।...भरे दरबार में हमारी तौहीन...।

'वजीर।'—वे गरजे—'तो फिर पैगाम भिजवा दो स्लीमेन साहब को कि जरा भी कोताही नहीं करें वे इसके बीबी-बच्चों को तकलीफ देने में। कि उनके जिस्म पर जख्म हों तो मरहमपट्टी नहीं की जाय...कि उन्हें रखा जाय भूखा। और जो प्यास से सूख कर होठों पर पपड़ी जम जाय तो पानी की एक-एक बूँद को तरसा दिया जाय।'

सन्नाटा छा गया दरबार में।

तब संग्राम ने बात सँभाली कि हुजूर, फिरंगिया नामक यह नादान शख्स इस कदर सदमे में है कि पाला पड़ गया है इसकी अक्ल पर। कि इसमें अब इतना समझने की ताकत भी नहीं है कि हुजूर की दी गयी सलाह ही एकमात्र रास्ता है, जिससे इसके बीवी-बच्चे मुक्ति पा सकते हैं नरक की यातनाओं से।...अभी होश में आते ही यह हुजूर की सलाह की अहमियत समझेगा और शुक्रगुजार होगा ऐसे राजा साहब का, जिन्होंने अपनी दरियादिली के चलते इसे यह सलाह दी। वरना इस जैसों की तो औकात ही क्या है हुजूर से नजरें मिलाने तक की।...

राजासाहब खुश हुए।

'वजीर...अंग्रेज सैनिकों से सम्पर्क कर के फिरंगिया के समर्पण की जगह और तारीख तय करो।'

तो अब समर्पण। तय जगह रंगपुरी के पास। ताकि वहाँ के निवासी देख लें कि उनके बच्चों का कातिल कैसे घुटने टेकता है सैनिकों के आगे।

सुमेर और अन्य सैनिक अब सरकारी मुलाजिमों की वेशभूषा में नहीं हैं। वे चुस्त सैनिक वेशभूषा में है, दुनालियाँ सँभाले, तैयार।

रंगपुरा के निवासी एकत्र हैं। वे आक्रोश में हैं।

तभी कत्ल हुए लड़के के पिता सुमेर की दुविधा भाँपते हैं।

सुमेर को लग रहा है कि इस तरह फिरंगिया को पकड़ने में कौन सी बहादुरी है? यह अनैतिक है।

वे समझाते हैं कि सुमेर, तुम मुक्त हो जाओ इस दुविधा से। क्योंकि यह एक युद्ध है जो तुम लड़ रहे हो...इस धरती के सबसे नृशंस और चालाक हत्यारों के खिलाफ। इसमें कुछ भी नाजायज नहीं।

महाभारत के युद्ध में कृष्ण ने खुद कहा था... 'अश्वत्थामा मर गया...नर अथवा

हाथी'। जब वे ऐसे युद्धों में कूटनीति का सहारा लेकर शत्रुओं का विनाश कर सकते हैं, तो तुम्हें क्या दुविधा है सुमेर ?...उठो, और तैयार हो जाओ फिरंगिया के समर्पण के लिए।'

...वह दूर, पगडंडी पर से आता दिखा था। घुड़सवार। अकेला। वनांचलों का बेताज बादशाह।...दुर्दान्त फिरंगिया।

उसे देखते ही गाँव वाले भड़क उठे हैं। उन्हें फिरंगिया नहीं, उसका सिर चाहिए।

वह पास आया। हेकड़ी अभी भी बरकरार। अश्व पर से ही गर्वोक्ति करता हुआ उतरा कि मर्द थे तो आमने-सामने लड़ कर गिरफ्तार करते।

दुनाली सुमेर को सौंपने के बाद अभिवादन के लिए झुका भी नहीं। बल्कि तन कर खड़ा रहा—झुकना हमें नहीं आता।...

तभी एक अप्रत्याशित घटना घट गयी।

पुत्र की हत्या से पूरी तरह टूट चुके बूढ़े, बीमार पिता आये। फिरंगिया के सामने सीधे खड़े हुए। उसकी आँखों में हिकारत से देखा, और कस कर एक तमाचा उसके मुँह पर जड़ दिया।

...समर्पण खत्म।

चार

शहर नरसिंगपुर उलट-पुलट हो रहा था। स्लीमेन के सैनिक दुर्दान्त फिरंगिया को पकड़ कर लाये थे चंबल की उपत्यकाओं से।

शहर की सीमा पर वह अड़ गया—भीतर तभी जायेगा जब उसके परिवार को मुक्त कर के उसके सामने प्रस्तुत किया जायेगा।

उसकी इच्छा पूरी की गयी। कुछ ही देर में एक बग्गी में उसकी माँ, पत्नी, और पुत्री को उसके सामने प्रस्तुत कर दिया गया। वह हैरान रह गया यह देख कर कि उनकी देह पर तो खरोंच तक नहीं है।

'तुम्हें यातनाएँ दी गयीं ?'—उसने पूछा।

तीनों ने इनकार में सिर हिला दिया।

'किसी तरह की कोई मारपीट ? ...प्रताड़ना ?'

फिर से इनकार।

'भूखा-प्यासा रखा जाता था ?'

'नहीं। हरगिज नहीं। अच्छे से रखा गया। कोई तकलीफ नहीं दी गयी। पूरा ध्यान रखा गया। एक बार तो खुद मिसेज़ फोंटेन आयी थी।

उसने गहरी निः श्वास ली।

...प्रताड़ना तो अब हो रही है उन्हें, मूर्ख आदमी। तुझे इस तरह रस्सियों में बँधा देख कर। तू है उनकी तकलीफों और दर्द का कारण। हजार मौतें तो वे अभी मरे हैं तुझे इस हालत में देख कर।

...प्रताड़ना तो अब उनकी शेष जिन्दगी में तूने भर दी है, अहंकारी फिरंगिया। पूरे गाँव के सामने शर्मिंदगी की पीड़ा, तुझे फाँसी पर लटकाये जाने की पीड़ा, तू है उन तमाम पीड़ाओं का जनक।

...प्रताड़ना तो उन्हें यह देख कर हो रही है कि शर्म तुझे अब भी नहीं आ रही।

शर्म उसे तब भी नहीं आ रही थी जब रस्से से बाँध कर घुमाया जा रहा था नरसिंगपुर की सड़कों पर।

...घोड़े पर सुमेर सिंग सवार है। घोड़ा दुलकी चाल से चल रहा है। उसके हाथ में रस्सी का एक सिरा है। दूसरे से दोनों हाथ बँधे हैं फिरंगिया के। वह घोड़े के साथ पैदल चल–दौड़ रहा है।

शहर में अफरा–तफरी है। उन्हें यकीन नहीं आ रहा। उनका पूरा हुजूम फिरंगिया के पीछे दौड़ रहा है।

कुछ काली भक्त मन्दिर पर इकट्ठा भी हो गये हैं। वे गुस्से में हैं—'हरगिज माफ नहीं करेगी काली माँ इस अंग्रेज को। कहर बरपा देगी शहर में इस बरस। अब देखना इस जेठ में कैसी आग बरसेगी आसमान से। बरफ जम जायेगी कार्तिक महीना आते ही। इस सावन में देख लेना बाढ़ में बह जायेगा शहर।...काली माँ का शाप खाली नहीं जायेगा।'

...कचहरी उस दिन खुले प्रांगण में लगाई गयी। स्लीमेन साहब बीच वाली कुरसी पर। उनके बायीं ओर मैडम फोंटेन। दोनों ओर पदाधिकारी।

'मुजरिम फिरंगिया को हाजिर किया जाय...।'

उसके हाथ खोल दिये गये।

'मुजरिम फिरंगिया, तुम पर आरोप है कि तुमने न सिर्फ नर्मदा के वन–प्रान्तरों में, बल्कि सुदूर राजस्थान, और सुदूर दक्षिण तक में वर्षों–वर्ष निर्दोष यात्रियों का कत्ले आम किया। स्वीकार है तुम्हें?'

'अस्वीकार करने का कोई कारण ही नहीं है श्रीमान्। माँ काली की ऐसी ही इच्छा थी। ऐसा ही आदेश था उनका। मैंने सिर्फ आदेश का पालन किया।'

'क्या तुम बता सकते हो कि तुमने कितने कत्ल किये होंगे अब तक?'

'सैकड़ो किये होंगे। लेकिन कृपया उन्हें कत्ल नहीं कहें। वे माँ की भेंट थे। वह स्वयं आती थी बाद में उन्हें स्वीकार करने।'

'तुम पर आरोप है कि तुमने स्त्रियों को भी नहीं बख्श। रंगपुरी के तालाब के पास एक नवविवाहिता की जान ले ली।'

'मजबूरी थी श्रीमान। उसके सामने अगर सिर्फ लड़के को मारते, तो वह चश्मदीद गवाह बन जाती।...फिर उसके शरीर पर इतने आभूषण भी तो थे।'

'कि तुमने छोटे-छोटे मासूम बच्चों को अपने साथ ले जा कर ठगी में लगा दिया।'

'यात्रा में उनके अभिभावकों के हमारे हाथों मारे जाने के बाद और चारा ही क्या था?'

'क्या तुम्हें महसूस ही नहीं होता कि जो निर्दोष यात्री तुम पर पूरी तरह विश्वास करते रहे, उन्हीं की तुम इतनी निर्दयता से हत्याएँ करते रहे।'

'जो पूरी तरह विश्वास करे, उसका कत्ल...इसका लुत्फ पता है आपको सर?'...

इतने सवाल-जवाब। और उसके चेहरे पर एक शिकन तक नहीं। रंचमात्र भी अपराध-भाव नहीं। कुछ भी, कहीं भी गलत करने का एहसास तक नही। जैसे सब सामान्य दिनचर्या का भाग हो।...ऊपर से गर्व कि काली माँ ने उसे चुना अपनी इस सेवा के लिए।

'इस अपराध की सजा जानते हो फिरंगिया?'

'इसे बार-बार अपराध नहीं कहें श्रीमान। फिर भी अगर इसकी कोई सजा हो आपके कानून में, तो तय करें आप।'

'तो बेशक तुम्हें मृत्युदंड दिया जायेगा।'—स्लीमेन ने साफ-सख्त आवाज मे कहा और कचहरी में सन्नाटा छा गया।

और फिर यह हुआ कि इतनी देर से चेहरे पर ओढ़ी गयी हेकड़ी के रंग पर्त्त दर पर्त्त उतरने लगे। और कुछ देर में तो वह निढाल हो कर फर्श पर बैठ गया। जिन्दगी भर अपने पीले रूमालों में निर्दोषों के लिए मृत्यु बाँध कर घूमने वाले निर्दयी के आगे जब स्वयं की मृत्यु लहराने लगी तो उसके माथे पर पसीना चमकने लगा।

'क्या हुआ फिरंगिया? क्या तुम जानते नहीं थे कि तुम्हारे कृत्यों की सजा यही और सिर्फ यही होगी?'

फिरंगिया कुछ भी बोल नहीं पा रहा था। एक शब्द भी नहीं। लेकिन जिस कातर दृष्टि से उसने स्लीमेन को देखा, उसमें दया की असंख्य याचिकाएँ फड़फड़ा रही थीं।

स्लीमेन ने भाँप लिया और अगला दाँव भी फेंक दिया—'जिन्दगी चाहते हो फिरंगिया ?'

फिरंगिया ने सिर झुका लिया।

'तो ठीक है। एक रास्ता है। तुम अन्य ठगों के विषय में हमें जानकारी दो तो हम तुम्हारी जिन्दगी बख्श देंगे।'

फिरंगिया फिर संशय ग्रस्त।क्या करे, क्या नहीं करे ?

'हाँ या ना ?'—स्लीमेन ने कड़कती आवाज में पूछा। कचहरी मे सन्नाटा छा गया।

'मुझे तय करने के लिए कुछ वक्त दें हुजूर।'

'हर्गिज नहीं। जवाब मुझे अभी चाहिए।...हाँ या ना!'

स्लीमेन ने एकाएक उस पर दबाव बढ़ा दिया—'नहीं मानते तुम ?...तो मैं... विलियन हेनरी स्लीमेन...कमिश्नर ठगी दमन अभियान...अपने विशेष अधिकार का प्रयोग करते हुए...हुक्म देता हूँ कि सैकड़ों हत्याओं के अपराधी मुजरिम फिरंगिया को...प्राण निकलने तक फाँसी पर लटका दिया जाय...।'

'रुकिए...रुकिए श्रीमान।...मुझे दूसरा विकल्प मंजूर है।'—फिरंगिया की काँपती हुई आवाज आयी और वह वहीं फर्श पर औंधा पड़ गया, जैसे किसी ने शरीर की पूरी ताकत निचोड़ ली हो।

अच्छे परिणाम जल्दी ही सामने आने लगे थे। कुछ वक्त जरूर लगा फिरंगिया को बदली परिस्थितियों के अनुरूप मानसिक सन्तुलन बनाने में, और जेल की ऊँची दीवारों का अभ्यस्त होने में। लेकिन फिर उसने एक-एक कर के अन्य ठगों की जानकारियाँ देना शुरू कर दीं। उनके कार्यक्षेत्र ही नहीं, उनके पते भी बताने लगा।

'लेकिन क्या इसकी बातों पर आँख मूँद कर भरोसा किया जा सकता है ? कैसे पता कि यह सच कह रहा है ? महज फाँसी के फंदे से बचने के लिए झूठमूठ किस्से गढ़ रहा हो तो ?'—स्लीमेन उस पर तब तक यकीन नहीं करना चाहते थे जब तक कि वह प्रमाण नहीं दे दे।

'फिर तो यही किया जा सकता है कि इसे इसकी बताई हुई वारदातों की कुछ जगहों पर साथ लेकर चला जाये। वहाँ कब्र खुदवा कर यकीन कर लिया जाये, और वारदात करने वाले की पूरी जानकारी भी ले ली जाय साथ ही।'—यह मिसेज फोंटेन का सुझाव था।

सुझाव सर्वमान्य हुआ और सुमेर सिंग को आदेश मिला कि तैयारी करो यात्रा की।

...और अब यह एक अलग किस्म की यात्रा, जिसमें शामिल हैं विलियम हेनरी

स्लीमेन, मिसेज फोंटेन, कैप्टन सुमेर सिंग, बलवीर, अन्य घुड़सवार सैनिक और गिरफ्तार फिरंगिया स्वयं। साथ है कब्र खोदने वाले मजदूरों का एक समूह।

स्लीमेन का आदेश है कि फिरंगिया ने अगर चालाकी की और भागने की कोशिश की तो उसे तुरन्त गोली मार दी जाय।

फिरंगिया स्वयं अश्वारूढ़ है। कई दिनों तक जेल की दीवारों के पीछे रहने के बाद, एक बार फिर वन-प्रान्तरों की खुली हवा में साँस लेते ही उसमें नयी ऊर्जा का संचार हो गया है। कभी-कभी तो वह स्लीमेन के साथ चलने लगता है।

'अब तो हम जंगल में हैं, सर। यहाँ हमारा राज चलता है।'

स्लीमेन उसकी बातों से अन्दाज लगाते हैं कि वह बहुत आश्वस्त है।

'आमने-सामने गिरफ्तार करते सर, तब मानते आपको।'—वह हेकड़ी से कहता है। उसमें अभी भी अकड़ शेष है।

स्लीमेन उसकी गर्वोक्तियों पर प्रतिक्रिया नहीं दे रहे।

फिरंगिया स्वयं अच्छी तरह जानता है कि अगर वह सही जगह पर कब्र खुदवा कर अपनी बात प्रमाणित नहीं कर पाया, तो वापस लौटने पर नरसिंगपुर में उसे फाँसी का फंदा तैयार मिलेगा।

अगले दिन की शाम। यात्रा भैरोगढ़ पहुँच गयी है।

'अब यहाँ से मुख्य मार्ग को छोड़ कर दो कोस बायीं ओर को चलेंगे।'—फिरंगिया व्यग्र हो रहा है।

बांयी ओर रास्ता नहीं है। सिर्फ ऊबड़-खाबड़ जमीन है। मुश्किल से धीरे-धीरे आगे बढ़ा जा रहा है।

सुमेर के मन में संशय उठता है—सौगत को भी भैरोगढ़ तक ही देखा गया था। क्या सचमुच ठगों की कोई पसन्दीदा जगह होगी आसपास?

अँधेरा है। अमावस है। चाँदनी का सहारा भी नहीं।

फिरंगिया को घेर कर चल रहे हैं सैनिक। कहीं यह इसकी भाग निकलने की कोई योजना नहीं हो।

कोई एक पहर रात बीते वह एक जगह पहुँच गया है।...घनी झाड़ियाँ हैं। झाड़ियों में एक सोता कल-कल बहता है। साथ में थोड़ी समतल जमीन है।

'जगह तो यही है सर। लेकिन इतने अँधेरे में खुदाई सम्भव नहीं है। आप यहीं अपने तम्बू गाड़ लें। सुबह होते ही खुदाई शुरू कर देंगे।'—फिरंगिया सलाह देता है।

...रात धीरे-धीरे सरक रही है। कुछ सो गये हैं। कुछ सो नहीं पा रहे। फिरंगिया अलग हट कर अकेला बैठा है। आँखें मूँदे। जरूर काली माँ का ध्यान कर रहा होगा।...ऐसी ही अमावस की रातों में, ऐसे ही सुनसान बीहड़ों में...वह

अन्धाधुन्ध घूमती है। ऐसा ही हो रहा होगा, क्योंकि दूर पर सियार उसे देख कर रो भी रहे हैं।

अचानक सन्नाटा बिखर गया है। सोता हुआ एक कब्र खोदने वाला मजदूर नींद में चिल्ला कर उठ बैठा है।...वह घबराया हुआ है। टुकड़ों-टुकड़ों में कह रहा है कि अभी काली माँ आयी थी। पूछ रही थी कि किसने इजाजत दी है कब्र खोदने की?

वह डरा हुआ है। बार-बार उठ कर भाग रहा है। बेहद मुश्किल से उसे काबू किया जा सका है।

सुमेर सो नहीं सकता। वह फिरंगिया पर नजरें गड़ाये है।

तीसरा पहर। स्लीमेन साहब के तम्बू का पर्दा हिलता है। मिसेज फोंटेन बाहर आती है। आँखें नींद से बोझिल। सुमेर को देख कर पास आ बैठती है।

'तुम्हारा पारबतीपुर यहाँ से कितनी दूर होगा सुमेर?'

'यही शायद...दो-तीन दिन का रास्ता होगा।'

'हो सके तो रुक जायेंगे। तुम कहते थे ना कि पेरिस से भी ज्यादा खूबसूरत है?'

'पेरिस से भी ज्यादा खूबसूरत पारबतीपुर मेरी बचपन की स्मृतियों में बसा हुआ है मैडम। उसे सिर्फ मैं ही देख सकता हूँ।...हरेक के बचपन का एक गाँव होता है—पेरिस से अधिक खूबसूरत।'...

'क्या तुम्हारे बापू अब तक लौट आये होंगे? कुछ पता चला उनका?'

'नहीं...वे नहीं लौटे। कुछ पता भी नहीं अब तक।'

'तुमने क्या नाम बताया था उनका?'

'रामनारायण...।'

'वो देखो सामने। पूरब के आकाश पर लाली बिखर गयी है। सुबह होने को है।'

अब फैलते उजाले में फिरंगिया साफ देख सकता है आसपास की जमीन। वह किसी से बात नहीं कर रहा। एकाग्र हो कर निरीक्षण कर रहा है। जमीन के किस टुकड़े पर कब्र बनी होगी?

कब्र खोदने वाले मजदूर फावड़ा-कुदाली लेकर प्रतीक्षा में हैं। वह जहाँ कहेगा, वहाँ खोदना शुरू कर देंगे।

कैम्प में अब गहमागहमी है। स्लीमेन स्वयं तैयार हो कर बाहर आ गये हैं। फिरंगिया ने एक जगह चिन्हित की। उस पर बैठ कर भवानी के शुभ संकेत का इन्तजार कर रहा है। देर तक कोई संकेत नहीं मिलता।

वह उठ कर दूसरी जगह चिन्हित करता है। इस बार घनी झाड़ियों के पीछे है। किसी की नजर तक नहीं पड़ सके ऐसी कठिन जगह।

इस बार जगह तय करते ही एक तोता शोर मचाते हुए उड़ गया। फिरंगिया गद्गद् हो गया। मिल गया भवानी माँ का संकेत।...यहाँ खोदो...यहाँ...। खुदाई शुरू हो गयी है। गड्ढा बनता जा रहा है। मिट्टी का ढेर बनता जा रहा है।

मिसेज फोंटेन तम्बू के भीतर चली गयी है चाय बनाने।

स्लीमेन साहब अपनी डायनासोर वाली पुस्तक के पन्ने उलट रहे हैं। यही जगह थी करोड़ों वर्ष पूर्व।...डायनासोर अब किताबों के पन्नों पर जीवित हो कर उत्पात मचा रहे हैं पूरे वन-प्रातन्र में।

सुमेर स्वयं परिणाम जानने को उत्सुक है। इधर से उधर घूम रहा है।

...वे उत्पात मचा रहे हैं और उन्हें पता भी नहीं कि करोड़ों मील दूर से, आकाश की अनन्त गहराइयों से, एक बड़ा उल्का-पिंड पृथ्वी ग्रह की ओर बढ़ा आ रहा है भीषण वेग से।

गड्ढा गहरा खुदता चला जा रहा है।...स्लीमेन की किताब के पृष्ठों पर डायनासोर उत्पात मचा रहे हैं। उन्हें उल्का पिंड की कोई खबर नहीं है।

फिरंगिया नाखून काट रहा है। सुमेर गड्ढे की ओर बढ़ रहा है। स्लीमेन ने जैसे ही पृष्ठ पलटा कि अगले पृष्ठ पर उल्का पिंड धड़ाम से पृथ्वी पर टकरा गया है। ...तमाम डायनासोर नष्ट!

कब्र खोदने वाले मजदूर चीख कर पीछे हट गये हैं। शव निकल आया है। एकदम से हलचल मच गयी है।

मारे खुशी के फिरंगिया हवा में हाथ-पैर फेंक कर जय-जयकार करने लगा है भवानी माँ का।

मिसेज़ फोंटेन चाय लेकर आ गयी है। फिरंगिया के हावभाव विजेता जैसे हैं। सुमेर समेत अन्य सैनिकों को यह अखर रहा है। वे शुरू से ही इस मत के रहे हैं कि फिरंगिया जैसे बड़े ठग को फाँसी तो मिलनी ही चाहिए। वह अन्य ठगों की सूचना दे या न दे।

लेकिन यहाँ घने जंगल में, स्लीमेन के इर्द-गिर्द एकत्रित इस समूह में, फिरंगिया का बर्त्ताव ऐसा है जैसे बाजी उसने जीत ली हो।

सुमेर के कुछ पास सरक कर वह अजीब शातिर नजरों से उसे देख रहा है— 'क्यों सुमेर भाई, बहुत शौक से हमारा समर्पण करवाया था ना?...तो चलो अब की बाजी हमारी सही...।'

सुमेर के सामने उसका मन्तव्य अभी तक स्पष्ट नहीं है।

'पारबतीपुर के हो?'—फिरंगिया ने फिर उसी अन्दाज में पूछा है। फिर

एकाएक खड़े हो कर गर्वोक्ति भी करने लगा है—'स्लीमेन सर, अब कृपया मुझे बताने की अनुमति दें कि यह किस अभागे का शव है?'

'अनुमति क्यों चाहिए फिरंगिया? तुम्हारी तो जान ही इसके लिए बख्शी गयी है।'

'तो कृपया ध्यान से सुनें सर। यह शव ग्राम पारबतीपुर के पटवारी का है।'

...सुमेर के हाथ से चाय छलक गयी।

अनेक प्रश्नवाचक निगाहें अनायास उसके चेहरे पर टिक गयीं। वह बेहद असहज हो गया...पारबतीपुर का पटवारी... ?

जब स्लीमेन और फोंटेन उठने लगे तो फिरंगिया ने फिर उनसे रुकने का आग्रह किया—'अभी खुलासा पूरा कहाँ हुआ है सर? मुख्य भाग तो अभी बाकी है। अभी मैंने उस ठग का नाम तो बताया ही नहीं जिसने यह कत्ल किया है।'

फिर वह जानबूझ कर इधर-उधर की दूसरी बातों में समय नष्ट करता रहा ताकि उत्सुकता चरम पर पहुँचे। वह गड्ढे के पास चला गया और शव को गाड़ देने की हिदायतें देने लगा। अच्छा काम करने के लिए मजदूरों की पीठ थपथपाने लगा। बल्कि वहाँ से लौटते समय जानबूझ कर सुमेर को हल्का-सा धक्का देते हुए आया।

'तो ध्यान दीजिए, सर। उस ठग का नाम है—पंडित रामनारायण। वह पारबतीपुर का रहने वाला है।'...

फिर शरारत से सुमेर की ओर देख कर बोला—'लेकिन मुझे पता नहीं कि आपके इन कैप्टन सुमेर सिंग से उसका क्या सम्बन्ध है? ...लेकिन इतना और बता दूँ कि वह बहुत देर से ठगी के व्यवसाय में आया, और है इतना तेज तर्रार कि एक बार जिस पर निशाना साधा, उसका काम तो बस तमाम हुआ ही समझो।'

देर तक सन्नाटा छाया रहा। कोई कुछ नहीं बोला।

सुमेर बिल्कुल हतप्रभ। कुछ दूर पर शव को गड्ढे में रखे जाते देखता रहा। जैसे स्वयं उसी का शव रखा जा रहा हो।

कई आँखें उसके चेहरे पर एक साथ ठहरीं और फिसल गयीं। पता नहीं उनमें महज जिज्ञासा थी या संशय की स्याह परछाइयाँ?...कई होंठ उससे कुछ पूछने के लिए खुले। लेकिन सिर्फ हिल कर रह गये।...कई अव्यक्त प्रश्न इर्दगिर्द टँगे रहे देर तक।

फिरंगिया की जहरीली, कटाक्ष भरी नजरें भेदती रहीं—...बापू से मिलने की खुशी दी है तुम्हें सुमेर सिंग...तनिक एहसान तो मानो हमारा... ।

उसने कभी सोचा भी नहीं था कि खुशी का कोई क्षण इतना दारुण भी हो सकता है, और साथ ही इतना क्रूर। उसे समझ में नहीं आया कि उसे बापू के जीवित होने की सूचना मिली है या उनके मर जाने की?

फिर एक अव्यक्त अनाम चीख उसके भीतर से भड़भड़ाती हुई उठी और गले में आ कर फँस गयी। उसे तब याद आया कि यह वैसी ही चीख थी जो उस दिन पारबतीपुर में उसके मुँह से निकली थी, जब वह वहाँ की धूल भरी गलियों में सरपट घोड़ा दौड़ाते हुए पहाड़ी पर जा कर रुका था और आकाश की ओर मुँह कर के चीखा था।

पहले मिसेज फोंटेन उठी और बिना उसकी ओर देखे तम्बू में चली गयी। फिर एक-एक कर के सब चले गये उसे अकेला छोड़ कर। उसे कुछ भी समझ में नहीं आया।...वही, सिर्फ वही क्यों अभिशप्त हुआ एक चीख से दूसरी चीख तक का सफर तय करने के लिए।

स्लीमेन सबसे अन्त में उठे। तम्बू में गये। और जो कुछ भी अभी-अभी घट गया था, उस पर से ध्यान हटाने के लिए वही अपनी डायनासोर वाली पुस्तक पढ़ने लगे।...करोड़ों वर्ष पहले...जब डायनासोर प्रच्छन्न घूमते थे घाटी में...तब आकाश के अनन्त से एक विशाल उल्का-पिंड तूफानी रफ्तार से बढ़ता हुआ आया...और धड़ाम से पृथ्वी ग्रह से टकरा गया...पृथ्वी पर जीवन समाप्त...।

...यात्रा चल पड़ी है आगे। अपने अगले मुकाम की तरफ। अब पारबतीपुर के पास पहुँच रही है। दूर से उसकी खपरैलें नजर आने लगी हैं। सामान्यत: यात्राएँ यहाँ रुकती हैं। ठहरने के लिए यहाँ की अमराई बहुत उपयुक्त जगह है। घनी और छायादार। कुँआ है जिसमें हमेशा शीतल जल होता है। खाना पकाने की बेहतरीन सुविधाएँ हैं।

लेकिन सुमेर ने स्वयं मिसेज फोंटेन से आग्रह किया है कि पड़ाव यहाँ नहीं डाला जाय।

फोंटेन ने कृपापूर्वक आग्रह स्वीकार कर लिया है। वह जानती है कि जिन्दगी कभी-कभी ऐसे मोड़ पर ला कर खड़ा कर देती है, जहाँ आप उस चीज से बच कर निकल जाना चाहते हैं, जिसे आप सबसे ज्यादा चाहते हैं, और जिसे पाने की चाहत बरसों से मन के किसी कोने में सँजोए रहते हैं।

यात्रा के इस चरण में वह वैसे भी अकेला चल रहा है। शेष दल से कटा-कटा। अलग-अलग। क्या करे? अनायास एक ऐसा क्षण आ जाता है जो अब तक इतने जतन से सहेजे गये सपनों और सम्बन्धों की एकबारगी धज्जियाँ उड़ा कर रख देता है। एक तरह से आपके अब तक के सम्पूर्ण अस्तित्व की भी। कहना बड़ा आसान है कि चलो अब नये सिरे से जिन्दगी शुरू करेंगे। अरे, ऐसा होता है कभी?

अब तक की जिन्दगी का एक चरम क्षण उसने मन में सँजोए रखा था कि एक

दिन वह एक सफल व्यक्ति की तरह पारबतीपुर लौटेगा, बापू के उस सपने को साकार कर के, जिसे वे ठगों को मिटा देने के सन्दर्भ में देखते आये थे।...वह बड़े दर्प के साथ अश्वारोहण करता हुआ बापू के सामने आ खड़ा होगा...लो बापू, मैं आ गया आपका सपना साकार कर के।...यही चाहते थे ना आप?...

पता नहीं...बापू के सामने तो अब बदले सन्दर्भ में भी वह जायेगा ही। वैसे ही अश्वारोहण करता हुआ। विडम्बना यह होगी कि वह भी बापू के सपने का ही साकार रूप होगा। लेकिन उसके हाथ में हथकड़ियाँ भी बापू के लिए ही होंगी।

उसकी इच्छा हुई कि रायफल उठा कर उद्घोषणा करे कि यह लो बापू आपकी दी हुई ताकत और विश्वास के बूते, सिर्फ आपके सपने साकार करने की खातिर, पेश हैं आपकी सेवा में ये मजबूत हथकड़ियाँ।...

इस पड़ाव के लिए फिरंगिया ने रात होने का इन्तजार नहीं किया। भरी दोपहर को आ गयी वह जगह। लेकिन जंगल वहाँ इस कदर घना था कि सूरज की किरणें तक जमीन पर नहीं पहुँच रही थीं। और पूरा इलाका बिल्कुल सुनसान। यह पारबतीपुर और मुरैना के बीच का दुर्गम इलाका था।

न जाने उसने कैसे भाँप लिया कि अगली कब्र यहीं मिलेगी। यात्रा रुक गयी। तम्बू तन गये। लोग बिखर गये। खोदने वाले फिरंगिया के निर्णय का इन्तजार करने लगे। खुद फिरंगिया ने इधर-उधर घूम कर अन्दाज लगाया। वह बार-बार एक जगह लौट कर आ रहा था। अन्ततः उसने वहीं खुदाई करने का आदेश भी दे दिया।

न इस बार वह पहले की तरह उत्तेजित था, न भयभीत। बल्कि बार-बार सुमेर की तरफ व्यंग से देख रहा था। खुदाई मजदूर भी जैसे कोई रोजमर्रा का काम निपटा रहे थे।

बिल्कुल सही निकला इस बार भी उसका अन्दाजा। कुछ ही देर में इस कब्र में दफन शव भी बाहर निकल आया था।

'किसका शव है?'—स्लीमेन ने कब्र के पास जाते हुए पूछा।

'सर, यह तो सुमेर सिंग भी बता सकता है।'—फिरंगिया अजीब ढंग से हँसा।

'क्यों, क्या यह शव भी किसी पारबतीपुर वासी का है?'

'सही अन्दाज है सर आपका। इस बार यह शव पारबतीपुर के कोतवाल का है।'

'तब तो... ?'

'जी, कत्ल करने वाला ठग भी वही है—पंडित रामनारायण, निवासी पारबतीपुर ... ।'

'ठीक है फिरंगिया। हम आश्वस्त हैं कि तुम हमें जो सूचनाएँ दे रहे हो, वे विश्वसनीय हैं। इसलिए अब यह यात्रा यहाँ खत्म होती है। कब्र भर दो। हम वापस

नरसिंगपुर लौटेंगे।...और अब मुझे रामनारायण का पता चाहिए।'

'सर, आप जिससे मुखातिब हैं वह कोई मामूली ठग नहीं है। वह फिरंगिया है ...फिरंगिया। ठगों का बेताज बादशाह। तमाम ठगों के पते-ठिकानों की खबर रखता है। रामनारायण का पता चाहिए ना आपको? ये लीजिए। पता है—पुजारी काली मन्दिर, शहर मुरैना...जी, यही रास्ता सीधे मुरैना जाता है।'—फिरंगिया की हेकड़ी को तो जैसे पंख लग गये थे।

तभी सुमेर उनके सामने आ गया।

'इतना पर्याप्त है सर।'—उसने विनम्रतापूर्वक स्लीमेन का अभिवादन करते हुए कहा—'और अब कृपया मुझे तुरन्त मुरैना की ओर कूच करने की इजाजत दें।'

फिर वह दृढ़ता के साथ अपने अश्व की ओर बढ़ा, छलाँग लगा कर उस पर चढ़ा, और ऐड़ लगा कर उसे सीधे छोड़ दिया मुरैना की तरफ।

सब इतना अप्रत्याशित था कि कोई कुछ प्रतिक्रिया भी नहीं दे सका। वे सिर्फ दूर घने जंगलों की तरफ जाते कच्चे रास्ते पर ओझल होते एक घुड़सवार को देखते रहे, जो बहुत जल्दी उन सब की नजरों से ओझल हो गया।

बहस जारी है

सन् 1835 में ठगी का सम्पूर्ण उन्मूलन कर दिया गया। एक बहुत बड़ा लक्ष्य जो अन्ततः हासिल हुआ।

इसके साथ ही घने जंगलों से गुजरने वाली यात्राएँ निरापद हो गयीं। भयमुक्त हो गये सैकड़ों मीलों तक फैले वनांचल। बाद के वर्षों में तो यात्रियों को यकीन तक नहीं आता था कि ठगों के आतंक के एक ऐसे दौर से भी कभी गुजरी थीं ये यात्राएँ।

अतीत की बातें हो गये अपनी लच्छेदार बातों से विश्वास अर्जित कर के निरीह यात्रियों को पीले रूमाल के फंदे में कस कर खत्म कर देने वाले नृशंस काली भक्त।

तब नरसिंगपुर कचहरी के प्रवेश-द्वार पर एक संगमरमर की पट्टिका लगाई जानी थी, जिस पर खोदे जाने थे उन लड़ाकुओं के नाम, जिन्होंने जान की बाजी लगा कर दुर्दान्त ठगों से लोहा लिया और अन्ततः उन्हें पहुँचा दिया सागर की जेल मे बने फाँसी के फंदों तक।

किस-किस का नाम खोदा जाय उस पर?

ग्वालियर, मुरैना, जबलपुर, और न जाने कहाँ-कहाँ से तमाम ऐसे जांबाजों के नाम प्रस्तावित किये गये, और हर्षध्वनि से उन पर स्वीकृति भी दी जाती रही।

पर एक नाम के प्रस्ताव पर कचहरी को जैसे साँप सूँघ गया। नाम था ग्राम पारबतीपुर के पंडित रामनारायण का। प्रस्तावक जोरावर सिंग।

...रामनारायण? क्या वही ठग जिसके दो-दो शिकारों के शव खोद कर फिरंगिया ने स्लीमेन के सामने अपनी सचाई प्रमाणित कर दी थी?

'हाँ, वही।'—जोरावर की आवाज कचहरी के गलियारों में गूँजती रही—'क्यों कि वे अकेले जिन्दगी भर पारबतीपुर में नृशंस ठगों और उनके संरक्षकों से लोहा लेते रहे।...उनके विरुद्ध जनमत जगाते रहे, और नतीजे में झेलते रहे अपमान और नारकीय यातनाएँ...

...तो क्या इस यज्ञ में अपनी पत्नी की आहुति देने से बढ़ कर भी हो सकता है कोई और त्याग?

...और अपने इकलौते बेटे को समर्पित कर देने से बढ़ कर हो सकता है कोई

और समर्पण?

...बल्कि स्वयं पीले रूमालों के फंदे कसने के निर्णय की चरम वेदना भी क्या लगातार झेलता नहीं रहा होगा उसका अवचेतन?...

तर्क-वितर्क। कभी पलड़ा इस ओर झुकता तो कभी उस ओर।

निर्णय अन्ततः खुद स्लीमेन ने लिया—रामनारायण का नाम खुदेगा।

अपने लम्बे, शानदार केरियर में स्लीमेन द्वारा लिया गया यह सम्भवतः सर्वाधिक विवादास्पद निर्णय था।

अपने जीवन के अन्तिम वर्षों में, आजीवन कारावास की सजा भुगत रहे पंडित रामनारायण को जब हथकड़ी लगा कर कचहरी लाया जाता, तो कहते हैं कि तमाशबीनों की भीड़ लग जाती थी। सिर्फ यह देखने के लिए कि यह सजायाफ्ता, रस्सियों में बँधा ठग उस पत्थर के आगे खड़ा हो कर कैसा लगता है, जिस पर इसी का नाम खुदा है पूरे सम्मान के साथ, ठगों का उन्मूलन करने वाले जाँबाजों की सूची में।

एक ऐसे ही दिन संयोग से विनोदिनी वहाँ उपस्थित थी। वह वहाँ उनके लिए कुछ दवाएँ लेकर आयी थी। अनायास रामनारायण ने इच्छा प्रकट की कि विनोदिनी, तुम तो बहुत अच्छी चित्रकार रही हो बचपन से। क्यों नहीं तुम मेरा एक रेखाचित्र बना लो इस सम्मान-पट्टिका के आगे खड़ा कर के। कचहरी शुरू होने में अभी देर थी। विनोदिनी ने चित्र बनाना शुरू किया और पता नहीं क्या हुआ कि बनाते-बनाते एकदम भरभरा कर रो पड़ी।

कहते हैं, तब स्वयं मिसेज फोंटेन ने उसे स्नेह से थपका कर सान्त्वना दी थी।

वैसे यह बहुत बाद की बात है—इस उपन्यास की कहानी खत्म हो जाने के बहुत समय बाद की।

एक

रात की पूजा निपटा कर, मन्दिर के कपाट बन्द कर के, रामनारायण जब घर लौटते, तब तक रात एक पहर ढल चुकी होती थी। सामने पसरे निर्जन विस्तार पर अँधेरा गहरा चुका होता था। अन्धकार के उस सैलाब के साथ चिपके अपने कमरे को खोल कर तब वे दिया-बत्ती करते। खाना पकाते। सब कुछ जैसे एक यान्त्रिक प्रक्रिया के अन्तर्गत।

लेकिन उस दिन वे घर से कुछ कदम दूर पर ठिठक गये। अँधेरे में लगा जैसे कोई बैठा है बरामदे में।

'कौन है वहाँ?'—उन्होंने आवाज लगाई।

साया हिला और उठ खड़ा हुआ। संशय का पल कुछ क्षण ठहरा, और उड़ गया।...वे कोई गलती नहीं कर सकते। इस साये को तो वे गहनतम अँधेरे में भी पहचान सकते हैं।

'मैं हूँ बापू...सुमेर...।'

तनाव जरूर कम हुआ। लेकिन ऐसा भी कुछ नहीं कि दौड़ कर आलिंगनबद्ध हो जायें दोनों।...अभी वक्त लगेगा। कुछ तो वक्त लगेगा ना रामनारायण...इस बीच जो कुछ भी भयद् घट चुका है उसे लाँघने में? तसल्ली इतनी जरूर है कि उसने बापू कहा है। इससे इतना तो तय हो गया कि सामने जो शख्स खड़ा है, वह कमिश्नर नरसिंगपुर की ठगी उन्मूलन यूनिट का मुखिया कैप्टन सुमेर सिंग नहीं है।...वह ग्राम पारबतीपुर का सुमेर है।...सिर्फ सुमेर।

तो फिर तुम कैसे शहर मुरैना के ठग-सरगना रामनारायण हो सकते हो? फिर तो तुम भी ग्राम पारबतीपुर के पंडित रामनारायण ही हुए ना? इस सामने खड़े युवक सुमेर के बापू?

और तब कहीं जा कर दूरियाँ सिमटीं। तब कहीं जा कर कमरे का ताला खुला, और तब कहीं जा कर जलाया गया दिया।

दिये की कमजोर रोशनी में तब कहीं जा कर उन्होंने एक-दूसरे की आँखों में झाँका।...अरे, ऐसे लम्हों को क्या दुनिया में आज तक कोई सँभाल पाया है रामनारायण...जो अब तुम सँभाल लोगे?

उस रात भूगोल बदल गया। मुरैना गायब हो गया नक्शे पर से। उसकी जगह पारबतीपुर प्रकट हो गया।

चाँदनी रात में...इस सुनसान बीहड़ में...ये पगडंडियाँ अपने गाँव की हैं बापू। हम इन पर, गले में बाँहें डाले...आज की रात मौजमस्ती करेंगे...

...मैं आज यहाँ, वक्त में पच्चीस साल पीछे जा कर दरख्तों के पीछे छिप जाऊँगा...तुम ढूँढ़ना मुझे...भला मैं कभी हाथ आऊँगा तुम्हारे?...रहने दो बापू ...ये छुपन-छुपाई तुम्हारे बस की नहीं है...

...एक आम देख रहे हैं ऊपर डंगाल पर? चलो निशाना लगायें...देखें किसका सही बैठता है?...

...अब बेटा, शर्त तो मत लगा मुझसे...अच्छा तो चल पहला मौका तेरा।...या फिर ऐसा करें कि एक, दो, तीन कहते ही दोनों एक साथ पत्थर फेंकें...

ठीक...बिल्कुल ठीक...अरे कमाल हो गया ये तो...दोनों पत्थर एक साथ लगे...

अच्छा तो इस सुनसान रास्ते पर एक साथ गाना गाते हुए चलें?...हाथ में हाथ

डाल कर?...वही गाना जो मैं बचपन में तुझे सुलाने के लिए गाता था। तुझे याद है ना?...

...बापू, अगर यह पारबतीपुर है तो यहाँ अपनी वह प्यारी सी नदी क्यों नहीं है?...मैं कितना उत्सुक हूँ आज कागज की नाव बना कर उसमें तिराने के लिए ... एक बात तो पक्की है कि तुम मेरे जैसी शानदार कागज की नाव नहीं बना सकते।...

...क्या बादल आने के आसार हैं बापू?...काश कि आज यहाँ झमाझम बारिश होती...हम दोनों उसमें भीगते-दौड़ते...वक्त में पच्चीस साल पीछे जा कर... हँसते-खिलखिलाते...मैं तुम पर पानी उड़ाता...तुम मुझे सर्दी लगने की चिन्ता करते...

...आज हम तमाम चिन्ताओं से परे हैं बापू...तुम थक गये होंगे...चलो अब लौट चलें...हम कमरे में बिस्तर भी नहीं लगायेंगे...हम बाहर ही खुले आकाश के नीचे अस्त-व्यस्त सो जायेंगे...सुकून की गहरी नींद...भूगोल जरूर बदला है बापू आज...ये हवा यकीनन पारबतीपुर की है...खूब अपनी...खूब स्नेहिल...खूब सुगन्धित...

सुबह सुमेर ने ही उन्हें जगाया था। अभी अँधेरा था और पूर्वाकाश पर आभा के प्रथम लक्षण प्रकट हुए ही थे।

वह अपने घोड़े पर चढ़ कर बैठ गया। सीधे और दृढ़ता के साथ।

टकटकी लगा कर अरुणाभा की ओर देखता। अब वह गम्भीर था। जिस काम के लिए आया था, उसे अंजाम देने के लिए तत्पर।

रामनारायण शान्त रहे और स्थिर।

'...सुमेर, मुझे पता है कि तुम क्यों आये हो।'—उन्होंने उसके घुटने पर हाथ रख कर कहा—'...और तुम्हे यह भी पता है कि मेरा उत्तर क्या होगा?'

सुमेर ने घोड़ा आगे बढ़ा दिया। वे उसके साथ-साथ चलने लगे।

'बापू, नरसिंगपुर में स्वयं स्लीमेन साहब को तुम्हारे अपराधों की पूरी जानकारी है। तुम्हारे सामने अब कोई रास्ता नहीं है।'

'कुछ और बात करो सुमेर।'

'तुम समर्पण कर दो बापू। आगे मैं सँभाल लूँगा।'

'मैंने कहा ना सुमेर, कुछ और बात करो।'

बापू के स्वर की रुखाई को सुमेर ने भाँपा और गहरी निः श्वास ली।

'ठीक है बापू, अब तुम लौट जाओ।'

'अब कब मिलोगे?'

'अब आपसे नरसिंगपुर की ठगी उन्मूलन फोर्स का मुखिया कैप्टन सुमेर सिंग मिलेगा।...वह मुलाकात कहीं भी हो सकती है।'—सुमेर ने दृढ़ता के साथ कहा।

रामनारायण ने उसका घुटना आहिस्ता से थपथपाया—'निश्चिन्त रहो, तुम्हारे स्वागत के लिए मुरैना का नामी ठग रामनारायण वहाँ तैयार मिलेगा।...लेकिन वह कौन सी यात्रा पर निकलेगा, किस शिकार का पीछा करते हुए, और कब—यह सब कैसे पता चलेगा तुम्हें?'

'इतना तो पता है बापू कि वह किस शिकार का पीछा करेगा?...रहा सवाल कि वह कब निकलेगा, तो वह भी अब हमारे लिए मुश्किल नहीं है। अब हमारे लोग हर जगह फैले हुए हैं। सही वक्त पर सही खबर मिल जायेगी हमें।'

दोनों अपनी-अपनी जगह दृढ़ता से जमे हुए थे। यह समझौते की भाषा नहीं थी।

सुमेर अचानक रुक गया। वह जाने के पहले एक अन्तिम बात करना चाहता था—'बापू, मुझे अफसोस है कि मैं तुमसे पारबतीपुर की अमराई में मिलने की वह प्रतिज्ञा अब पूरी नहीं कर पाऊँगा, जिसका सपना तुमने अपनी आँखों में सँजोए रखा था।...कि मैं एक दिन सफल हो कर लौटूँगा अपना मकसद पूरा कर के...मैं एक सफेद अश्व पर सवार हो कर आऊँगा...उन्मुक्त हँसी हँस रहा हूँगा मैं...।'

रामनारायण ने अन्तिम बार उसका हाथ थामा—'मैं सहमति प्रदान करता हूँ तुम्हें उस सब को भूल जाने की। क्योंकि वह अब सम्भव ही नहीं है।...क्योंकि तुम सफल हो कर तो तभी लौटोगे ना, जब मुझे खत्म कर चुके होगे।'...

सुमेर ने फिर कुछ नहीं कहा। सामने देखा रास्ते की ओर। और ऐड़ लगा कर घोड़े को तेजी से आगे दौड़ा दिया।

दो

सम्भव ही नहीं था कि उस दिन के बाद कुछ भी बदलाव नहीं होता।

दो तिहाई काम निपट चुका था। यह शेष एक तिहाई भी पूरा हो जाता तो रामनारायण मात्र जिस ध्येय के लिए जी रहे थे वह पूरा हो जाता।

मुरैना में दरअसल उनका अस्तित्व एक सामान्य प्राणी मात्र का था भी नहीं। हर व्यक्ति का एक अतीत होता है। वे अतीत से बिल्कुल कट कर जी रहे थे। अतीत से कुछ लेकर आये थे, तो सिर्फ यह एक प्रतिशोध की आँच, जो अब उनका वर्त्तमान थी, और जिसके बुझने के साथ वर्त्तमान का बुझ जाना भी जुड़ा हुआ था।

भविष्य सोच की परिधि से बाहर था।

उनकी देह एक खोल थी, जिसे नियति में मात्र तीन काम पूरे करने की चाबी

भर कर छोड़ दिया था शहर मुरैना में। वह यान्त्रिक दक्षता के साथ पूरे कर रही थी उन्हें। तीसरा काम पूरा हो जाने के बाद वह आप से आप नि:शेष हो जाती।

तब अनायास सुमेर द्वारा छू कर चले जाने से कुछ तो समीकरण बिगड़े ही। कोई तो एक तार जुड़ा होगा ना अतीत के साथ। उसे नकारने की कोशिश में वे तीसरे काम को अंजाम देने के लिए पहले से अधिक व्यग्र हो उठे थे...और अधिक दृढ़निश्चयी भी।

...अब वह पहले जैसी निष्कंटक प्रक्रिया भी नही रहेगी। वे यात्रा पर निकलेंगे तो पता नहीं कौन सी अदृष्य आँख कहाँ से देख रही होगी उन्हें।...पता नहीं कहाँ पीले रूमाल का फंदा हाथ में पकड़ते ही कोई कड़कती आवाज ललकार दे—'रुको रामनारायण...।'

... एक अवश्यम्भावी द्वन्द्व। और वह भी अपने ही बेटे के साथ।

उसके हाथों गोली खा लेने में हालाँकि उन्हें कुछ भी आपत्ति नहीं थी। बल्कि इस अपमानित-प्रताड़ित, संवेदनाहीन खोखली देह के लिए इससे बेहतर सद्गति और क्या हो सकती थी?

...लेकिन नहीं, उसकी इजाजत सुमेर को सिर्फ तीसरा फंदा कसे जाने के बाद ही दी जा सकती है। उसके पहले हरगिज नहीं।

लेकिन रामनारायण, सुमेर की गोली भी तो तीसरा फंदा कसे जाने के पहले ही तुम्हें बेधना चाहेगी ना?

...तो फिर?

कुछ भी सही नहीं चल रहा था मुरैना में। गर्मियाँ आयीं तो ऐसी दहकती हुई कि सूखी डगालों पर परिन्दों को घोंसले बनाने तक की सुविधा नहीं मिली। बारिश आयी तो ऐसी कि खेत-खलिहान और पशुओं तक को भी बहा कर ले गयी।

महीनों बाद रामनारायण छत पर खड़े हुए।...बादल अन्ततः लौट रहे थे। आधा आकाश साफ हो गया था—नीला झक। शेष आधे में कुछ सफेद-स्लेटी बादल रह गये थे। ये अन्तिम थे।

'तो अब वक्त आ गया है नरसिंगपुर मेले का।'

क्या निराली होती है उसकी शान! रात में दूर से नजर आती है रोशनी शहर के क्षितिज पर। पुराना वक्त होता तो मेघदूत को अवश्य सलाह दी जाती कि उत्तर की ओर जाने में यद्यपि जरा हट कर पड़ेगा वह मेला, लेकिन तब भी तुम उधर हो कर जाना। वहाँ की चकाचौंध से विस्मित होना। खुशी में थोड़ा गरज लेना, लेकिन बरस कर वहाँ की रौनक मत बिगाड़ना।...

दूर-दूर से बेशकीमती मणि-मुक्ता, आभूषण-वस्त्र लेकर आते व्यापारी। सजी-

धजी दुकानें, रंग-बिरंगे परिधानों मे सजी शृंगार-प्रिया ललनाएँ और पूरे पन्द्रह दिनों तक झूले-बाईस्कोप, कजरी-ठुमरी, खरीद-फरोख्त...और झरझरा कर बहता शोर...।

अपने ध्येय का तीसरा चरण पूरा करने को लालायित रामनारायण के भीतर की प्रतिहिंसा ने लपक कर इस अवसर को थाम लिया।

...लाला केसरीमल कभी नहीं चूकता। यह मेला खूब फलता है उसे। वह जरूर जायेगा।

वह जायेगा गाड़ी में अपना सामान भर कर, बही खाते बगल में दबाये। एक अलस्सुबह पारबतीपुर की उसी अमराई से। सुरक्षा पक्की करने के लिए वह एक यात्रा के साथ हो लेगा। लेकिन तब उसे पता नहीं होगा कि व्यापारियों के ही वेश में मेले की ओर जाने का उपक्रम करते वे यात्री, उसी की मौत के सौदागर होंगे।

अमराई की डाल पर बैठा एक तोता, हालाँकि एक मैना को यह रहस्य बता भी देगा। लेकिन वे मनुष्यों की भाषा नहीं जानते होंगे।

यात्रा चलती रहेगी। उसी परिचित रास्ते पर, जिससे हो कर वह हर साल जाता रहा है मेले में, और लौटता रहा है तिजोरियाँ भर-भर कर।

उसे दूर से भैरोगढ़ की झाड़ियाँ भी दिखेंगी। लेकिन तब उसे पता नहीं होगा कि यह दूर पर नजर आती झाड़ी अन्तिम पड़ाव है उसकी यात्रा ही नहीं, बल्कि उसकी जिन्दगी का।

लेकिन रुको रामनारायण। तुम, जो उसके पहले ही उन झाड़ियों में पहुँच चुके होगे कब्र का गड्ढा खोदने के लिए, क्या स्वयं तुम्हें भी पता होगा कि तुम्हें ढूँढ़ने के लिए भी एक दल निकल पड़ा होगा नरसिंगपुर से।...झाड़ियों में बैठा एक तोता यही कह रहा होगा एक मैना से। लेकिन अफसोस कि उन्हें मनुष्यों की भाषा नहीं आती।

कि नरसिंगपुर के मेले का ख़याल आते ही जैसे तुम्हें याद आया कि वहाँ पहुँचेगा लाला केसरीमल, ठीक वैसे ही नरसिंगपुर में बैठे सुमेरसिंग को क्या ख़याल नहीं आयेगा कि उसका पीछा करते हुए चल पड़ेगा ठग रामनारायण। और तब, तुम्हारी ही तरह उसे भी एहसास होगा कि मौका आ गया है।...तब अलग-अलग दिशाओं से घटनाएँ दौड़ने लगेंगी एक ही गन्तव्य की तरफ...एक साथ।

'पता नहीं क्यों, इस बार सब कुछ हमेशा की तरह ठीक नहीं लग रहा है तुम्हारे साथ।'—यह संग्राम होता था बार-बार रामनारायण के सामने अपनी आशंका प्रकट करता हुआ।

'मेले की तारीख पास आती जा रही है संग्राम। यात्रा की तैयारियाँ शुरू हो

चुकी हैं। मेरी ओर से निश्चिन्त रहो। मैं बिल्कुल ठीक हूँ।...बस यह ...कुछ बुखार सा रहने लगा है। पर इसे मैं सँभाल लूँगा।'—रामनारायण उसे तसल्ली देते।

सँभालने की कोशिश भी उनकी पूरी रहती थी। लेकिन बुखार उनके नियन्त्रण से परे होता था। किसी जंगल से भाग आये जानवर की तरह वह दबे पाँव खिड़की से कूद कर भीतर आ जाता और उन्हें दबोच लेता।

साँसें गर्म हो जातीं, और शरीर भी। वे उससे मुक्त होने की कोशिश करते। वह नहीं जाता। एक दिन, दो दिन-जब तक देह में रहने की इच्छा होती, तब तक पूरा वक्त रहता। और जाते समय अपनी याददाश्त के तौर पर देह में कमजोरी छोड़ जाता।

वैद्य जी आते। दवा की पुड़ियाएँ दे जाते। कारण उन्हें समझ में नहीं आता। सिर्फ इतना समझ में आता कि रामनारायण बुखार से छुटकारा पाना चाहते हैं इस यात्रा के पहले।...लेकिन अपने चाहने भर से भला बुखार जाता है कभी?

इस बार सब व्यापारियों के वेश में होंगे। संग्राम उपयुक्त परिधान सिलवा कर ले आया।

रामनारायण के लिए सबसे महत्त्वपूर्ण था कमर में बाँधा जाने वाला पीला कपड़ा जिसे रूमाल कहा जाता था। वे उलट-पलट कर जाँच करते रहे—कपड़ा ऐसा हो कि गाँठ सही लगे। गाँठ ऐसी हो कि सही तरीके से कस जाय गले पर।

वे उसकी गाँठ बना-बना कर देखने लगे। किसी गोल वस्तु पर कसने लगे। ... बार-बार। तसल्ली होने तक। ...बुखार बढ़ने लगा। शरीर में कँपकँपी समा गयी।

'चाहो तो इस बार लाला के गले में फंदा डालने का काम मैं निपटा दूँगा।'—संग्राम ने स्थिति को भाँप कर कहा।

'हरगिज नहीं।'—रामनारायण तैश में आ गये—'वह मेरा शिकार है। सिर्फ मेरा। मुझसे यह हक छीनने की कोशिश कोई नहीं करेगा।'

उस दिन बुखार पहले से ज्यादा तेज आया।

इस महीने दिन भी पिछले महीनों की अपेक्षा कुछ ज्यादा ही तेजी से गुजरे। ...रोज कोई एक सूरज आता, दिन को अपनी बाँहों में समेटता, और तेजी से दौड़ता हुआ कहीं जा कर डाल आता।...अगले दिन कोई दूसरा सूरज आता और पहले वाले से ज्यादा चुस्ती से अपना दिन उठा कर दौड़ जाता।

'चलो कोई बात नहीं। यात्रा में एक-दो बैलगाड़ियाँ तो साथ रहेंगी ही। रामनारायण, ऐसा करना, तुम एक गाड़ी में बैठ जाना।'—संग्राम को अब लगने लगा है कि बुखार नहीं ही उतरा तो उनके लिए इन्तजाम करने होंगे।

रामनारायण को बुरा लगता है। इसमें खतरा है। वह जानवर कूद कर उसमें आ जायेगा और दबोच लेगा।...घुड़सवारी में कम से कम लगाम तो उनके हाथ में

रहेगी। वे तेजी से घोड़ा दौड़ाते हुए आगे निकल जायेंगे।...बुखार का जानवर कुछ देर पीछा कर के लौट जायेगा।

पिछली रात उन्हें नींद नहीं आयी। पूरी रात करवट बदलते बीती। आशंका सी होती रही कि दूर जंगलों से सियारों के रोने की आवाज न आ जाय। क्या भरोसा इनका? अपशकुन मान कर यात्रा ही स्थगित कर दें।

आज शुरू हो रही है यात्रा।

काली मन्दिर पर उत्साहपूर्ण माहौल। यात्री सब व्यापारियों की वेशभूषा में। अपनी-अपनी गठरी सँभाले। बैलगाड़ियाँ और अश्व सब तैयार। उड़ता हुआ गुलाल और फूलों की पंखुड़ियाँ और ढोल नगाड़े।...सब नरसिंगपुर के मेले में जायेंगे और लौटेंगे मोटा मुनाफा लेकर। रक्षा करे काली माँ।

सब तैयार निकलने को। सिर्फ काली माँ का शुभ संकेत नहीं मिला। मन्दिर के पीछे, पेड़ों के नीचे, नरसिंगपुर की दिशा में मुँह कर के बैठा है संग्राम। आँखें मूँदे, पद्मासन की मुद्रा में। एक पहर बीत गया। अभी तक कोई संकेत नहीं है। बिना शुभ संकेत के यात्रा आरम्भ नहीं हो सकती।

रामनारायण व्यग्र हैं। वे उठ कर मन्दिर के भीतर आ गये हैं—अकेले। कपाट बन्द कर दिये हैं भीतर से। एक-एक कदम चलते सामने आ खड़े हुए हैं मूर्त्ति के।

धुँधले उजाले में वे सीधे मुखातिब हैं काली से।

और तब उन्हें लगता है कि उस सिन्दूरी आलोक में साक्षात् माँ काली उनके सामने प्रकट हो गयी हैं। मूर्त्ति में नहीं हैं अब। मूर्त्ति के बाहर निकल आयी हैं। ...अपनी बड़ी-बड़ी आँखों और बाहर निकली लाल जीभ के साथ। मुंड माला धारण किये।...हाथों में खड्ग-खप्पर घुमाते हुए।

जलते धूप-दीप, लोबान-कपूर के उड़ते-घुमड़ते धुएँ में घूमने लगी है वह अपनी बाँहें फैलाये।

वे स्तब्ध हैं...आवाज-शब्द सब धोखा दे गये हैं। सिर्फ होंठ थरथरा रहे हैं। ...पसीने से भीगी देह।

वह वैसे ही आर्त्तनाद करती घूम रही है इस कक्ष के वायुमंडल में...ऊपर-नीचे हर तरफ, जैसे रात में चक्रवात-सी घूमती है विन्ध्याचल के वन प्रान्तरों में।

आँखें आप से आप मुँद गयी हैं...एक नीले मखमली अँधेरे का सैलाब।

उन्हें महसूस होता है कि माँ ने दे दिया है उन्हें शुभ संकेत—किसी परिन्दे की आवाज में नहीं, बल्कि स्वयं उनके सामने अवतरित हो कर।...

...और फिर हॉल में उजाला हो गया।

तभी एक खिड़की खुली और उसमें से कूद कर वही बुखार का जानवर कक्ष में कूद पड़ा। उसने उन्हें दबोच लिया है। अब इससे छुटकारा सम्भव नहीं है।

वह पिछली रात से ही घात में रहा होगा, जब उन्हें नींद नहीं आ रही थी और वे करवटें बदल रहे थे।

देह तपने लगी है...

वे बाहर आ गये हैं। यात्रा प्रस्थान कर रही है, ढोल-नगाड़े, बाजे-गाजे के साथ। यात्रियों ने गले में हार पहने हैं।

संग्राम खुश है। पेड़ पर से शोर मचाते हुए एक मोर उड़ा था।

तीन

एक और यात्रा चल पड़ी है सुबह-सुबह।

यह नरसिंगपुर से चली है पारबतीपुर की तरफ। इसमें कुल दस लोग हैं। सामान्य यात्री। अपने-अपने सामान-पेटियाँ उठाये। यह सुमेर सिंग का दल है। उन्हें सूचना मिल गयी थी।

पिछली शाम उनका मुखबिर छिपता-छिपता आया था। उसे स्वयं सुमेर ने मुरैना में काली के मन्दिर में स्थापित किया था, बापू पर नजर रखने के लिए।

वह नहीं आता तब भी सुमेर को पता तो था ही। कि बापू का तीसरा शिकार अब लाला केसरीमल ही होगा। उसे यह भी पता था कि केसरीमल हर साल मुरैना के मेले में आता है।

'मुझे तो खुद गणेश ने सूचना दी थी।'—मुखबिर ने बताया—'कि वह चाहता था कि इस बार संग्राम घिर जाय।...यों है वह संग्राम का विश्वस्त। लेकिन लगातार बदले की आग में जलता रहता है। वह भूल नहीं पाता कि वह एक सीधा-सादा कलाकार था, जिसे संग्राम ने एक दिन अनायास ही इस नरक में ढकेल दिया था। सिर्फ इसलिए कि उसने उसे एक यात्री का गला घोंटते हुए देख लिया था पीले रूमाल से। ...उस पर तो जुनून चढ़ा था कि इस बार तो संग्राम को बर्बाद करना ही है। भले ही उस चपेट में और कोई तो क्या, वह स्वयं ही क्यों न आ जाय।'

फिर एक बात और हो गयी। उसने संग्राम के बूढ़े बापू को रामनारायण से यह कहते हुए सुन लिया था कि वह यात्रा का विचार त्याग दे। ...वह, जो बीसियों वर्ष मुरैना के ठग जगत का शिखर-पुरुष रहा था, अब मन में सुलग उठी न जाने किस पश्चात्ताप की आग में इस कदर झुलस रहा था कि उसकी आँखों में आँसू आ गये थे।...

'...माँ, अगर मैं इस एक आदमी को भी पाप की उस दुनिया से वापस लौटा सका, तो शायद मेरे हाथों से जिन्दगी भर मारे गये सौ लोगों का तर्पण हो जायेगा।'—उसने काँपती आवाज में काली माँ की मूर्ति के सामने दुआ के लिए हाथ उठा कर कहा था। भावावेश में उसकी आवाज काँप रही थी।

लेकिन रामनारायण उन तमाम याचनाओं की पहुँच से दूर हो चुके थे। उन्होंने मुड़ कर मुझे कहा कि यह मन्दिर अब तुम्हारे भरोसे छोड़ रहा हूँ। क्योंकि यह यात्रा मुश्किल है और अनिश्चित।...और वैसे भी तुम जानते हो कि मुझे लगातार बुखार रहता है।

इस यात्रा के बीच सुमेर की चेतना पर बार-बार यही वाक्य टकरा रहा है ...वैसे भी तुम जानते हो कि मुझे लगातार बुखार रहता है...

कसक सी उठती है उसके मन में...कौन करता होगा उनकी देखभाल ?...

पिछली रात को ही उसने स्लीमेन साहब को जगाया था। उन्हें दबी आवाज में बताया था कि ठग रामनारायण की अगली वारदात की सूचना मिल गयी है।...हमें सुबह तक निकल जाना होगा।

वह कई दिनों से इसी मौके का इन्तजार करता रहा था। उस दिन से ही, जब वह मुरैना से लौट कर आया था, और मुरैना ने उसका ठंडा स्वागत किया था। ठंडा, और आशंकाओं से भरा स्वागत—'...अरे, ठग बाप का बेटा है, और यहाँ मुखिया बना बैठा है ठगी उन्मूलन दस्ते का। बेहतर तो यही होगा कि इसे हटा दें स्लीमेन साहब।...अन्यथा तो यहाँ की कोई खबर छिपी नहीं रहेगी ठगों से।'

'लोग जो कहते हैं, उन्हें कहने दो सुमेर। मैंने तो कुछ नहीं कहा ना तुमसे ?'—स्लीमेन साहब उसे आश्वस्त करते। उसमें अपनी आस्था प्रकट करते।

कहा तो 'उन्होंने तब भी कुछ नहीं था, जब एक के बाद एक दोनों कब्रों को खोद कर फिरंगिया बुलन्द आवाज में घोषणा कर रहा था '...और इस वारदात को करने वाले ठग का नाम है—पंडित रामनारायण...निवासी पारबतीपुर।'

उससे कुछ भी कहते नहीं बना था। एकदम सन्न...।

...लेकिन शहर तो बदल ही गया था। कल तक पलकों पर बैठाए रखने वाले अब दूसरी ओर नजर फेर कर निकल जाते थे।...शहर की जिन्दगी से पूरी तरह बेदखल एक आदमी। पतित। त्याज्य।...

जोरावर इस बात को लेकर अक्सर लोगों से उलझ जाते थे। वह स्वयं ही उन्हें तसल्ली देता था। उलाहने तो रास्ते चलते विनोदिनी भी झेलती ही थी।

कितने स्तरों पर, कितनी तरह की पीड़ाएँ झेले वह—...पारबतीपुर में अपनी

अनुपस्थिति में माँ-बापू के साथ घटी अमानवीय घटनाओं की पीड़ा...बापू के अपराधों की दुनिया में पहुँच जाने की पीड़ा...यहाँ अपनों के बीच अजनबी और अपमानित होने की पीड़ा...

पिछली रात मिसेज फोंटेन ने जिस कातर दृष्टि से उसे देखा था, उससे वह और अधिक आहत ही हुआ था।

हालाँकि उनके स्नेहिल मन में उसके लिए यही सोच कर दया उमड़ी थी कि उसे किस असहनीय हालत में ला पटका है किस्मत ने।...कि आधी रात को उनका दरवाजा खटखटा कर आतुर हो रहा है अपने बापू से आरपार की लड़ाई के लिए। और वह भी तब, जब कि वह उनसे बेइन्तहा प्यार करता है।

वह पिछली रात उसके मन मे छप-सी गयी है—...आधी रात का सन्नाटा ...स्लीमेन की कोठी का कतारबद्ध खम्भों वाला लम्बा बरामदा ...बरामदे में एक के बाद एक रखी बड़ी-बड़ी हड्डियों के टुकड़े...उसे अचानक एक बेतुका सा ख़याल आया था कि अगर ये टुकड़े अभी उड़-उड़ कर आपस में जुड़ जायें, तो क्या प्रकट होगा इस बरामदे में—डायनासोर या रक्तबीज राक्षस?

स्लीमेन उससे छिपा कर देर तक मिसेज फोंटेन के साथ विमर्श करते रहे थे। वह स्पष्ट सुन नहीं पा रहा था। लेकिन तय था कि विमर्श उसी को लेकर है। बीच-बीच में वे उसकी ओर नजरें उठा कर देख लेते थे।

फिर स्लीमेन ने पास बुला कर कुछ असहज ढंग से कहा था—'देखो सुमेर ...तुम चाहो तो अपनी जगह किसी और को भेज सकते हो।'

शायद ही कभी उसने स्लीमेन साहब की किसी सलाह को इतनी दृढ़ता के साथ अस्वीकार किया हो, जितना उस रात को किया था।

ठीक इसी समय, दूसरी ओर से एक यात्रा आ रही होगी, जिसमें बापू होंगे। उन्हें शायद एहसास नहीं होगा कि इधर से उनका बेटा आ रहा है छद्मवेश में—उन्हीं को दबोचने के लिए।

क्या उनके जैसे शानदार आदमी को दबोचने का यह कायराना तरीका नहीं है? पिछली मुलाकात में क्या यह तय नहीं हुआ था कि इस बार उनसे मिलने आयेगा नरसिंगपुर की ठगी उन्मूलन फोर्स का कैप्टन सुमेर सिंग? यकीनन वे उससे आमने-सामने सीधा मुकाबला करना पसन्द करते।

बलवीर उसे समझाने की कोशिश करता है—'लेकिन यह रणनीति का हिस्सा है सुमेर। जो लोग सारी दुनिया को छद्मवेश में धोखा देते हैं, उन्हें उन्हीं के अस्त्र से पराजित करने में कौन सी अनैतिकता है?'

बल्कि बलवीर स्वयं अपने अन्य सहयोगियों के साथ विमर्श कर रहा है कि रामनारायण के साथ संघर्ष में अन्तिम प्रहार की रणनीति क्या हो?

फिर वह भी सुमेर के सामने आया था—'सुमेर, ऐसी स्थिति आ सकती है कि लड़ाई आमने-सामने की हो जाय।'

'हो सकता है।'

'ऐसी स्थिति में सामने हम होंगे। तुम पीछे रहना।'

'मतलब?'

'मतलब उस अन्तिम क्षण में वार हम करेंगे।'

'मैं क्यों नहीं?'

'नहीं, क्योंकि गोलियाँ चल सकती हैं। और सामने रामनारायण होंगे...तुम्हारे पिता।'

'मुझे पता है। मुझे पहले से ही पता है।'

'पहले से पता होना और बात होती है। ऐन वक्त पर प्रहार करना बिल्कुल अलग। महाभारत के युद्ध के लिए जब अर्जुन निकला होगा रथ पर, कृष्ण को अपना सारथी बना कर, तब क्या उसे पता नहीं होगा कि रणक्षेत्र में उसके सामने भीष्म, द्रोणाचार्य से लेकर कर्ण तक सब अपने ही होंगे। लेकिन ऐन जब शंखनाद हो गया युद्धारम्भ का, तब अर्जुन का तीर नहीं छूटा ना?...लेकिन केशव...ये तो सब मेरे अपने हैं.... !

सुमेर तड़प-सा गया था—'लेकिन यहाँ तो स्थितियाँ ही अलग होंगी, बलवीर। बापू अगर देखेंगे कि उनका बेटा सुमेर सिंग उनके जैसे कुख्यात ठग के सामने होते हुए भी गोली चलाने का साहस नहीं जुटा पाया, बल्कि छिप गया किसी और के पीछे...तो उनका तो उम्र भर का सँजोया सपना ही ध्वस्त हो जायेगा ना?... क्या यह सम्भव है कि वह ऐसा होने दे?'

यात्रा चल रही है।...बीच में विश्राम के लिए रुके थे एक अमराई में। घने कुंज की छाँया में। झपकी लग गयी थी।...तब सपने में माँ आयी थी। वह जागने के बाद बहुत बेचैन रहा था।...उसे पूरा सपना याद क्यों नहीं रहा? उसके साथ हमेशा यही समस्या रही है। सपना कभी उसे पूरा याद नहीं रहता।

इतना याद है कि वह नरसिंगपुर के बाजार मे उसे कहीं ढूँढ़ रही थी, ... और पूरे सपने में कहीं बेचैनी थी। उसे प्यास लग आयी थी और नींद टूट गयी थी। उसकी नसों में तेजी से खून दौड़ रहा था। और तब उसे लगा था कि यह रात नहीं है।...बाहर खूब उजली धूप का सैलाब था।

और तब, शायद सपने में दिखी माँ के दृश्य के विस्तार के रूप में ही, उसे वह

दिन याद आ गया जब वह दुर्घटना के बाद पारबतीपुर पहुँचा था।

'बहुत देर कर दी।'—वैद्य जी कह रहे हैं।

...फिर बीच के तमाम दृश्य गायब हो जाते हैं और सिर्फ एक अन्तिम दृश्य रह जाता है।...वह कूद कर घोड़े पर बैठ गया है और तूफानी रफ्तार से गाँव की गलियों में घोड़ा दौड़ा रहा है...कुत्ते भौंकते हुए पीछा कर रहे हैं...वह कहीं भी नहीं रुकता ...न अपने घर के आगे, न वैद्य जी के ओटले पर।...सीधा गाँव की सरहद पार कर के नदी की ओर निकल जाता है।...अब वह ऊँचे टीले पर चढ़ गया है। सामने नदी है...श्मशान घाट है।

...वहाँ आकाश की ओर सिर उठा कर जोर से चिल्लाता है...एक शब्दहीन, कर्कश, मर्मभेदी चीख ...।

पता नहीं क्यों, इस यात्रा के दौरान बीच-बीच में, स्वयं उसकी वही मर्मभेदी चीख अनायास सुदूर कहीं से प्रतिध्वनित हो कर उसी की चेतना से टकरा रही है। ...माँ के सपने और इस आवाज में कहीं कोई सम्बन्ध तो नहीं है?...कहीं ऐसा तो नहीं कि उसकी यह चीख उस दिन पारबतीपुर में खत्म नहीं हुई हो। बल्कि गहरे कहीं उसके अवचेतन में छिप कर बैठ गयी हो...प्रतिशोध के किसी सही अवसर की प्रतीक्षा मे?

सामने रास्ते से दो घुड़सवार आते दिखे हैं।

'सुनो, मुरैना की तरफ से आ रहे हो ना?'—उसने पूछा—'क्या उधर रास्ते में कोई यात्रा इधर आते दिखी थी?'

'हाँ, दिखी थी ना। कुछ दूर हम उसके साथ भी चले थे। फिर वे पारबतीपुर की अमराई में रुक गये।'

'कौन लोग थे?'

'व्यापारी थे सब। नरसिंगपुर के मेले के लिए निकले थे।'

'कोई परिचित था उनमें?'

'अरे हाँ। एक दिलचस्प बात यह थी कि उनमें वहाँ के काली मन्दिर के पुजारी रामनारायण भी थे...और वह भी व्यापारी के वेश में। कहने लगे कि मेले में कुछ खरीद-फरोख्त करनी है मन्दिर के लिए।'

'क्या वे भी पारबतीपुर में ही रुक गये थे?'

'नहीं, वे तो हमारे साथ भैरोगढ़ तक आये थे। शेष यात्रा से अलग हो कर।'

'कुछ पूछा नहीं तुमने?'

'नहीं। लेकिन उनकी तबियत बहुत खराब लग रही थी। वे तेज बुखार में थे।

कह रहे थे कि भैरोगढ़ मे कोई अच्छा वैद्य है। उससे दवा ले लेंगे। वहीं एकाध दिन रुक जायेंगे। एक कोई और आदमी भी था उनके साथ, जो लगातार उनकी चिन्ता कर रहा था।'

चार

कल नरसिंगपुर के लिए निकलेगा लाला केसरीमल।

आज गाँव में दो व्यापारी दाखिल हुए। अच्छे खाते-पीते, लेकिन मुसीबत के मारे लगते थे। ऐन लाला की दुकान के सामने तम्बू गाड़ कर उन्होंने अपनी दुकानें सजा दीं। गठरियाँ खोल कर सजा दिये कीमती वस्त्र-आभूषण और मोती।

...और कीमतें ठीक आधी।

गाँव उमड़ पड़ा। लाला के मुंशियों ने दावा किया कि माल नकली है। असली माल कौन बेच सकता है इस कीमत पर? खूब ठोंक-बजा कर देखा। और खुद हैरान कि माल में तो कोई खोट नहीं है।

'तो फिर कौन-सी आफत आ गयी कि आधे दामों में बेच रहे हैं?'

'अरे भैया, जो कुछ जेब खर्च के लिए लेकर निकले थे, सब चोरी चला गया रास्ते में। अब क्या करें? नरसिंगपुर तक भूखे तो नहीं पहुँच सकते ना?'

लाला ने सुना तो दौड़ा आया। मुंशियों को आदेश दिया—पूरी खरीद लो दोनों दुकानें।

एक आगन्तुक व्यापारी ने गौर से उसका चेहरा देखा, जैसे कोई पुरानी पहचान याद कर रहा हो।

'क्यों, कुछ बात है क्या?'—लाला शंकित हुआ।

इस बार तो व्यापारी ने सीधे उसे बाँहों में भर कर उठा लिया—'अरे, याद करो लाला...बहुत बचपन में...नदी किनारे खेलते हुए...एक शरारती बच्चे ने तुम्हें उठा कर पटक दिया था जमीन पर...पीटा था...खून आ गया था तुम्हारे सिर से...याद आया?...क्योंकि तुम बड़ी चालाकी से उसके पैसे गायब कर के भाग रहे थे।'

लाला ने हड़बड़ा कर आसपास देखा। लोग सुन रहे थे। वह उसे हाथ पकड़ कर खींचता हुआ एक तरफ ले गया—'अरे, तू संग्राम है?...भूलूँगा कैसे? वो चोट का निशान है ना सिर पर अभी तक।'

एक तो पहचान का सूत्र मिला। और वह भी बचपन की दोस्ती का। शेष सब आसान हो गया संग्राम के लिए। वह बार-बार लाला को खींचता रहा बचपन की

यादों में। तब भी लाला ने उसे लेन-देन के बीच नहीं आने दिया। दोस्ती अपनी जगह। हिसाब बाप-बेटे का।

...आधी कीमत पर मिला माल। नरसिंगपुर मेले मे बेचेगा दुगनी कीमत पर। नफा ही नफा। लाला गद्‌गद्।

संग्राम अतिरिक्त सामीप्य जताता रहा—'किस्मत खुल गयी तेरी लाला कि आज तुझे संग्राम मिल गया। हम भी तो उसी मेले में जा रहे हैं। व्यापारियों का पूरा दल है बाहर अमराई में। सब के पास बढ़िया माल है। तू साथ ही चल हमारे। रास्ते में ही तुझे इतनी चीजें खरीदवा दूँगा उनकी कि नरसिंगपुर में उन्हें बेचने के बाद तो एक गाड़ी कम पड़ जायेगी मुनाफा ढोने के लिए।'

लाला मन ही मन खुद ही की पीठ थपथपाने लगा—है ना तू तकदीर का सिकन्दर...जहाँ हाथ डाले वहीं सोना।

मोटे चश्मे के पीछे मिचमिचाती आँखों में दप-दप जलती-बुझती लालसा। संग्राम की अनुभवी आँखों ने भाँप लिया—निशाना सही लगा है।

'सुबह मुँह अँधेरे ही आ जाना लाला अमराई में। देर मत करना। एक बढ़िया बैलगाड़ी का इन्तजाम कर लेना। पर्दे वाली हो। वैसे निश्चिन्त रहना। सभी व्यापारी हैं और अपने ही हैं। तुम्हारा व्यापार तो उनके साथ रास्ते भर भी चलता रहेगा।'

संग्राम ने सोचा भी नहीं था कि इतनी आसानी से हो जायेगा ये काम।

शाम को वह पारबतीपुर में घूमता रहा।...एक-एक गली याद है उसे। ये ही उसे बाँहों में झुलाती-उछालती थी। काली का मन्दिर—तब वह दूर से देखा करता था इस मन्दिर में काली के भक्तों को।...किस्मत भी क्या अजीब चीज है...कभी सोचा था कि एक दिन वह भी उन्हीं में से एक होगा?...और उसके पीछे बहती नदी। गर्मियों में जलक्रीड़ा की वे अल्हड़ दोपहरियाँ...और यह अपना घर...आधी शताब्दी पहले, इसी सामने के कमरे में वह सामान बाँध रहा था बापू के साथ...इतने अर्से बाद आज उनका चेहरा उभर आया था आँखों के आगे...।

कोई स्त्री भीतर से आयी। उसे इस तरह घर को घूरते देख कर पूछने लगी।

'नहीं, कुछ नहीं, मुझे जरा पानी पिला दो।'

वह ताँबे के पात्र से पानी उड़ेलने लगी। पीते-पीते अनायास आँखों से आँसू बहने लगे।

सब ठीक चल रहा है योजना के अनुसार।

पारबतीपुर से यात्रा आगे बढ़ गयी है। तय समय पर सुबह लाला केसरीमल आ गया था। उसने अपने लिए एक आरामदायक बैलगाड़ी का इन्तजाम कर लिया है।

भीतर गद्दियाँ-तकिए लगे हैं। सीटों के नीचे उसका माल-असबाब। गाड़ी में पर्दे लगे हैं।

संग्राम बीच-बीच में अपने अश्व से उतर कर लाला के साथ गाड़ी में जा बैठता है। वह पूरा ध्यान रख रहा है उसकी हर जरूरत का।

लाला खुश है।

'तुमने कहा था कि इन व्यापारियों का भी सामान बिकवाओगे रास्ते में। वह कब करोगे?'—लाला व्यग्र है।

'बस अभी तीसरे पहर विश्राम के लिए रुकेंगे। तब देख लेना।'

संग्राम हर वचन निभा रहा है। यात्रा एक तालाब के किनारे रुकी है स्नान, भोजन के लिए। पानी की सतह पर धूप झिलमिला रही है। सुखद एहसास है। सही अवसर देख कर व्यापारियों ने अपनी-अपनी गठरियाँ खोल कर लाला के सामने रख दी हैं। जिस किसी को जरूरत हो वह कम कीमत पर बेच सकता है अपना माल लाला को।

संग्राम बनावटी भाव-ताव भी कर रहा है।

लाला दोनों हाथों से समेट रहा है। धनलिप्सा ने यथार्थ देखने की चेतना पर भी पर्दा गिरा दिया है। इतना चालाक, इतना शक्की लाला, इतना तक भी नहीं समझ पा रहा है कि कोई भी व्यापारी क्यों कर इतने सस्ते में लुटायेगा अपना माल?

संग्राम अब स्थिति का आनन्द उठा रहा है—'एक बात मेरी याद रखो लाला। भरोसा तो किसी पर मत करो। मुझ पर भी नहीं।'

'निश्चिन्त रहो संग्राम। भरोसा तो लाला केसरीमल अपने बाप पर भी नहीं करता।'

...दूर की पहाड़ियाँ पास आ रही हैं। पास की पहाड़ियाँ पीछे छूट रही हैं। एक के बाद एक।...रास्ता कभी साफ-सुथरी पगडंडी बन जाता है, कभी ऊबड़-खाबड़। जंगल कभी घने हो जाते हैं, कभी बदल जाते हैं मैदानी इलाकों में।

...यात्रा चल रही है।

लाला शातिर है। संग्राम की जिन्दगी को कुरेद रहा है। यात्रा में साथ चलते अन्य व्यापारियों तक की जानकारी ले रहा है। लेकिन अपने बारे में कुछ नहीं बताता। पूछो तो चश्मे के पीछे से घूरने लगता है। धूर्तता के साथ मुस्कराने लगता है।

'लाला, इतना तो बता कि तू उम्र भर कुँआरा क्यों रहा?'—संग्राम पूछता है।

उत्तर में लाला जैसे कोई बड़ा रहस्य खोलने के लिए उसके कानों के पास झुक आता है—'अबे, पैसा तो है ना मेरे पास। पैसा फेंको तो शादी की तमाम जरूरतें पूरी हो जाती हैं।'—अपने इस फूहड़ मजाक पर वह खुद ही प्रसन्न हो कर भद्दे ढंग से

हँसता है। संग्राम साथ देता है।

...यात्रा चल रही है।

'अच्छा ये बता लाला, तुझे याद है बचपन में अपने साथ रामनारायण नाम का एक लड़का खेलता था। गोरा-सा था। बड़ा बुद्धिमान था?'

लाला सँभल कर बैठ गया है।

संग्राम कुछ देर के लिए जानबूझ कर चुप हो गया है। वह तनाव बढ़ने देना चाहता है। लाला के चेहरे पर आयी घबराहट को उसने भाँप लिया है।

'हाँ...हाँ...तो?'—लाला हकलाया है।'

'अरे, वो मुझे मिल गया एक दिन। पचास साल बाद। बिल्कुल इत्तिफाक से। ठीक वैसे ही जैसे आज हम मिले हैं।'

'क...कहाँ मिला था?'

'अबे वो ठग बन गया है।'

लाला के चेहरे पर छपे भय को देख कर संग्राम प्रफुल्लित है। बस, फिलहाल इतना पर्याप्त है। चिंगारी लगा दी है। वह गाड़ी से उतर कर अब शेष दल के साथ आगे निकल गया है।

लाला गाड़ी में कसमसा रहा है। एक बार मन में शंका पैदा हो जाय, कि किसी को पता चल गया है अपने अपराधों का, तो फिर समझ लो कि जीना दूभर। वह आशंका भीतर उछलती-कूदती है। तोड़-फोड़ करती है बिल्कुल अनियन्त्रित।

...यात्रा चल रही है।

लाला का गला सूख रहा है। नरसिंगपुर का मेला, नफा-नुकसान सब दिमाग पर से उतर गये हैं। बेचैनी और सिर्फ बेचैनी। वह गाड़ी से उतर कर लँगड़ाता हुआ पैदल ही संग्राम के पीछे-पीछे दौड़ने लगा है—'अरे भैया, आधी बात कर के चला गया। यह तो बता कि उसने पारबतीपुर के बारे में और कुछ बताया क्या तुझे? मतलब...कुछ मेरे बारे में?'

'बताता हूँ ना लाला। उसे तब वक्त ही कहाँ था इन सब बातों का? वह तो तब भागता फिर रहा था और नरसिंगपुर के सैनिक पीछे पड़े थे उसके।'

बस...यही सुनना चाहता था लाला।...अर्थात किसी को कुछ पता नहीं। अब कहीं दिल की धड़कन काबू में आयी उसके। अब जा कर नियन्त्रण में आयी साँसें।

संग्राम ने बात आगे बढ़ाई—'क्या हुआ कि अभी कुछ महीने पहले मैं एक यात्रा के साथ लौट रहा था नरसिंगपुर से। क्या देखा कि एक यात्री लगातार मेरे साथ चल रहा है। और गौर से देखता जा रहा है मेरा चेहरा।

क्या बात है?—मैंने सख्ती से पूछा। और उसने तो मुझे बाँहों में भर लिया—

...अबे साले, तू संग्राम है ना?'

और फिर तो जैसे बाँध ही टूट गया। यात्री हैरान थे हमें देख कर।

तब उसने बताया कि वह ठग बन गया है। अभी पीछे एक वारदात की थी। बड़ा खजाना हाथ लगा था। लेकिन कमबख्त वह शिकार बच गया। उसने खबर कर दी पुलिस में। और अब वे मेरे पीछे पड़े हैं।

'अब क्या करेगा?'—मैं तो खुद घबरा गया।

'देख, मेरी मदद कर। मेरे पास वक्त नहीं है। हम अब इस यात्रा से अलग हो जायेंगे। घने जंगल में कच्चे रास्ते से जायेंगे। आगे भैरोगढ़ की झाड़ियाँ हैं। उनमें लूट का माल गाड़ देंगे। फिर मैं तो गुम हो जाऊँगा जंगलों में। तू लौट कर वापस इस यात्रा में शामिल हो जाना।'

वह पूरा एक पहर मुझे जंगलों में दौड़ाता रहा ऊबड़-खाबड़ रास्तों पर। अधमरा कर दिया साले ने मुझे।...झाड़ी में हमने जल्दी-जल्दी एक गड्ढा खोदा।...सोना-चाँदी-हीरे-मोती...अरे क्या जबर्दस्त लूट की थी उसने लाला। मेरी तो आँखें फटी रह गयीं।

...बाद में मुरैना पहुँच कर खबर लगी कि रामनारायण नाम के एक बड़े ठग को पुलिस ने कहीं जंगलों में मार गिराया है।'

यात्रा भैरोगढ़ के पास रुक गयी है रात्रि-विश्राम के लिए। खा-पी कर यात्री सो गये हैं। संग्राम अपने चार-पाँच विश्वस्त साथियों के साथ जागा हुआ है। लाला बैलगाड़ी में सोया हुआ है।

वह उसे दबे पाँव जा कर जगाता है—...लाला...उठ...।

लाला चौंक कर उठ बैठता है। संग्राम उसके मुँह पर हाथ धर देता है—...धीरे बोल लाला...

'देख लाला केसरीमल। बिल्कुल सही मौका है। वह झाड़ी यहाँ से पास ही है। चुपचाप आ जा मेरे साथ अपनी गाड़ी लेकर। ज्यादा देर नहीं लगेगी खोदने में। ...बड़ा खजाना है लाला।...इतना कि बाकी जिन्दगी चैन से गुजर जायेगी...।'

बेताबी तो देखो लाला की कि संग्राम के भी आगे-आगे गाड़ी दौड़ाने लगा।

पाँच

...फिर एक बार भैरोगढ़ की झाड़ियाँ। फिर वही निःशब्द रात्रि।

सुमेर सिंग और साथी पहुँच गये हैं। बिल्कुल ठीक वक्त पर। पैदल। सामान्य

यात्रियों की तरह। समूह के साथ एक पालकी भी चल रही है।

दरख्त और झाड़ियों के स्याह आकार हैं। विशालकाय जन्तुओं की तरह। उन्हें पास आते देखते हुए। सशंकित।

स्लीमेन के डायनासोर हैं वे। झुंड में बैठे। जैसे आवाज देते ही बिखर जायेंगे।

सब जैसे अपने-अपने को छिपाने की कोशिश मे हैं—दरख्त, दरख्तों के नीचे कोई और छिपे हों तो वे, और पालकी में ठीक से दुबका हुआ स्वयं सुमेर सिंग।

किसी को भी अच्छा नहीं लग रहा, चाँद का ऐसे बेवकूफों की तरह सिर पर लटकना, और टोह लेना उनकी बेवजह। झाँकने की कोशिश करना उनके क्रिया कलापों में।

वे झाड़ियों के ठीक बीच वहाँ पहुँच गये हैं, जहाँ एक समतल टुकड़ा बचा रह गया है जमीन का। सामने फिर वही सघन झाड़ियाँ हैं, जहाँ उस दिन फिरंगिया ने एक कब्र खोद कर एक शरीर निकाला था, जो कभी पटवारी कहलाता था—पारबतीपुर का। और फिर नाम उद्घाटित कर दिया था एक ठग का, जो पिघले सीसे-सा उतरा था सुमेर के कानों में।

'कौन है उधर?'—अनायास झाड़ी में से एक सिर निकला, जिसने कमजोर, काँपती आवाज में उन्हें ललकारा—'इधर कहाँ जा रहे हो?'

सुमेर सिंग ने जरा-सा पर्दा हटा कर देखा—बापू थे...। नहीं, बापू नहीं थे वे ... वह कुख्यात ठग था मुरैना का—पंडित रामनारायण...

लेकिन यह...काँपती आवाज... ?

'रंगपुरा जा रहे हैं दुल्हन को छोड़ने।'—इधर से उत्तर मिला।

'तो रंगपुरा के रास्ते से भटक कर इधर कहाँ जा रहे हो?'—फिर वही कराहती-सी आवाज।

'उधर से ही जा रहे थे। लेकिन आज त्योहार का दिन है ना? दुल्हन की स्नान करने की इच्छा हुई, तो इधर आ निकले। इधर पानी का सोता है, अँधेरा और एकान्त भी है। उसे सुविधा होगी।'

कुछ पल की असहज खामोशी। निर्णय की प्रतीक्षा। सब कुछ इसी पर निर्भर है।

वे सब साँस रोके प्रतीक्षा कर रहे हैं—चाँद और स्लीमेन के डायनासोर भी।

'ठीक है...पीछे चले जाओ सोते की तरफ। लेकिन यहाँ से कुछ दूर पर रुकना। और इधर-उधर नजरें उठाने की जरूरत नहीं। कुछ होता दिखे, तो समझना कि कुछ नहीं देखा।...स्नान होते ही उधर कहीं दूसरी ओर से लौट जाना।...समझे कि नहीं?'

राहत की साँस ली सबने। आगे बढ़ने लगे कदम।

सुमेर सिंग की पालकी रामनारायण के बिल्कुल करीब से हो कर गुजर रही है। वह एक झलक देखता है उनकी। वे बस, जैसे-तैसे खड़े हैं। एक पेड़ का सहारा लेकर। जैसे हाथ हटते ही भरभरा कर ढह जायेंगे। जैसे वक्त तो आ भी चुका हो ढह जाने का।...यह तो उससे लड़-भिड़ कर किसी तरह अपनी चेतना बचाये रखने की एक अतिमानवीय कोशिश है।

एक कोशिश जिसमें वे एक हाथ से छाती दबा कर, झुके हुए, बेतरह हाँफ रहे हैं।

सुमेर के भीतर बेचैनी है। आखिर वे उसके पिता हैं।

...मुरैना से लौटते हुए तय हुआ था कि वह आयेगा अब, कैप्टन सुमेर सिंग बन कर, और वे तैयार मिलेंगे दुर्दान्त ठग रामनारायण की तरह। मुकाबला काँटे का होगा।

...रणक्षेत्र ठीक वैसे ही सज गया है रामनारायण। पात्र भी तैयार हैं अपनी-अपनी जगह पर। लेकिन यह क्या?...युद्ध और इससे?...किसी भी क्षण ढह जाने की कगार पर खड़े इस बूढ़े, बीमार शख्स से?

इतने अर्से से, इतनी सूक्ष्मता और सावधानी से बनाई गयी यह रणनीति, व्यक्तिगत सम्बन्धों और सोच से परे रची गयी यह रणनीति, यथार्थ के ठोस, निर्मम धरातल पर रची गयी यह रणनीति...क्या इसी कमजोर, रुग्ण आदमी के लिए थी?

उसे लगा कि यहीं पालकी का पर्दा उठा कर ललकारे कि सीधे खड़े नजर आओ रामनारायण। ...अपने शिकार को दबोचने को आतुर, एक शातिर निर्मम ठग की तरह...तब तो सुमेर सिंग का मन भी लरजे किसी निर्णायक युद्ध के आदिम उल्लास से...

...पालकी तुम्हारे इतने पास से गुजर रही है रामनारायण कि मैं—सुमेर सिंग-हाथ बढ़ा कर तुम्हें छू सकता हूँ। ...लेकिन अपनी इस दयनीय रुग्णता के जरिए, मत झोंको मुझे बचपन की उस रात में, जब मैं लगभग दम तोड़ रहा था, और तुम मुझे उठाए-उठाए विक्षिप्तों से दौड़ रहे थे वैद्यों के दरवाजों पर...

...कम से कम यह एक क्षण तो बिल्कुल भी उपयुक्त नहीं है उन क्षणों के प्रतिदान के लिए।

यह तो निर्णायक युद्ध का क्षण है।

... मुझे हरगिज डिगाने की कोशिश मत करो रामनारायण अपनी इस दयार्द्र, रुग्ण स्थिति के बहाने।...मुकाबला तो हो कर रहेगा।...

पालकी अब उनके पास से होती हुई आगे बढ़ गयी है।

आगे एक गड्ढा खुदा हुआ है। अभी-अभी खोदा गया एक ताजा गड्ढा। किसी को चिरनिद्रा में सुलाने के लिए। अभी-अभी वहाँ से खुदी हुई मिट्टी का ढेर लगा

है। कहार उस ढेर के ऊपर से पालकी ले जा रहे हैं।

बुखार में बदहवास रामनारायण उन्हें दूर होते देखते हैं। उनके हाथों में एक बड़ा पीला कपड़ा है। नहीं, अब यह महज कपड़ा नहीं है। उसका फंदा बना दिया गया है।

परिस्थितियाँ सुमेर सिंग का साथ दे रही हैं। वे पीछे की सघन झाड़ियों में पहुँच गये हैं। रामनारायण खुद ही को सँभाल नहीं पा रहे हैं, तो उनकी गतिविधियों का क्या संज्ञान लेंगे? गणेश ने भी पूरा ध्यान सिर्फ रामनारायण पर केन्द्रित किया हुआ है।

इस सब का फायदा उठा कर, वे पीछे बहुत दूर भी नहीं गये। उनके बहुत करीब ही छिप गये हैं दरख्तों के पीछे।

सुमेर तो दबे पाँव और भी आगे बढ़ कर रामनारायण के इतने करीब छिप गया है कि उन्हें साफ देख सकता है। बल्कि चाहे तो सिर्फ एक छलाँग में उन तक पहुँच भी सकता है।

वह देख सकता है कि रामनारायण अब खड़े हो सकने की स्थिति में नहीं हैं। ...वे बैठ गये है। तेज घबराहट में हैं। हाथ काँप रहे हैं। काँपते हाथों से पीले रूमाल के फन्दे को खींच कर तसल्ली कर रहे हैं कि ठीक से बँधा है या नहीं?

वह साफ सुन सकता है बीच-बीच में उनकी कराहों को। गले से निकलती घरघराहट को।

...पर इतने बरस पीछे छूटी वह पारबतीपुर की रात क्यों बार-बार चेतना पर कौंध रही है? ...न कोई वैद्य मिल रहा है, न कोई और सहायता। ...अन्ततः हताशा के चरम पर वे घर लौट आये हैं...माँ के सामने उसे लिटा दिया है...दोनों हाथ प्रार्थना में ऊपर उठा दिये हैं...कि उनकी शेष उम्र बेटे को लग जाय...और आश्चर्य, कि उसकी हालत सुधरने लगी थी...

इतने सालों बाद, पारबतीपुर से इतनी दूर, इस निबिड़ सुनसान रात में, वही-वही परिस्थितियाँ हैं। महज पात्रों की अदला-बदली हो गयी है।

उसकी जगह बापू हैं, बापू की जगह वह है।

वह कुछ भी नहीं कर सकता। यहाँ तक कि प्रार्थना भी नहीं। थोड़ी ही दूर पालकी में दवाएँ भी रखी हैं। लेकिन सब व्यर्थ।

वह साँसें थामे सिर्फ देख सकता है...देख सकता है कि गणेश रामनारायण को सहेजने में लगा है। हर तरह से उन्हें सचेत रखने की कोशिश में जुटा है।...उन्हें होश में रहना ही होगा।...कुछ देर में संग्राम लाला को ले आयेगा।...ठीक वक्त पर लाला के गले में फंदा लगाना है।...वह बौखलाया हुआ है। यह उसका काम नहीं है। उसने कभी नहीं किया है यह।...करना रामनारायण को ही है।

...रामनारायण, होश नहीं खोना है।

...वह मशक में से पानी लेकर बार-बार रामनारायण के चेहरे पर मार रहा है ...छपाक्...छपाक्...।

वे लोग अब इस ओर आते नजर आने लगे हैं—संग्राम, उसके साथी और लाला। पाँच-छह लोग हैं। साथ में एक सजी-धजी बैलगाड़ी। बैलों के गले में घंटियाँ बँधी हैं। आवाज यहाँ तक आ रही है।

सुमेर ने गरदन घुमा कर मुआयना किया। सब साथी सतर्क हैं।

उसने फिर रामनारायण पर नजरें गड़ा दीं। गणेश ने उन्हें खींच-खाँच कर एक झाड़ी के पीछे छिपा दिया है, ताकि वे सामने से नजर नही आयें। यह जगह उस समतल मैदान से बिल्कुल सट कर लगी है, जहाँ अब कुछ देर में लाला को बैठा दिया जायेगा।

...इसके पूर्व पारबतीपुर के पटवारी को भी इसी तरह ला कर बैठा दिया गया होगा यहाँ।... उससे भी पहले सौगत को। ...यहाँ के हर पत्थर, पेड़, और परिन्दों को सब पता है। कुछ नया नहीं होने जा रहा है यहाँ उनके लिए।

सुमेर साफ देख पा रहा है सामने का नजारा। चाँद पर अब उसे खीझ नहीं हो रही। कम से कम वह इतनी चाँदनी तो छिड़क ही रहा है, कि नजर रखी जा सके घटनाक्रम पर।

...और अब वे लोग पहुँच गये हैं। लाला लँगड़ाते हुए बैलगाड़ी से उतरा है। उसके हाथ में फावड़ा है। वह बेचैन है। जैसे फावड़े के एक ही वार में गड़ा धन निकाल लेगा।

फिर एक गर्म भभका उठा है सुमेर के भीतर। फिर एक संशयग्रस्त मन। वह यहाँ ठगों को सजा देने के लिए अकुला रहा है, या ठगों के होने वाले शिकार को सजा देने के लिए?

...यह सामने खड़ा लाला, उस दिन उसके हाथ क्यों नहीं आया पारबतीपुर में? ...क्यों उस दिन कोतवाल ने इसे सुरक्षित निकाल दिया था वहाँ से? कैसे उसका खून खौलता रहा था नरसिंगपुर लौटने के बाद भी। ...कैसा भयानक सन्नाटा पसर गया था मन के भीतर, जो तभी टूटा था जब एक दिन रायफल उठा कर उसने अन्धाधुन्ध गोलियाँ झौंक दी थी आकाश में...।

...वे सब आ गये हैं समतल जमीन पर। संग्राम इधर-उधर जूते ठपकार कर, उस जगह का अन्दाज लगा रहा है, जहाँ खजाना गड़ा होगा। दिमाग पर जोर दे रहा है। याददाश्त का छोर पकड़ रहा है।

लाला पीछे-पीछे, फावड़ा हाथ में लिए। बार-बार उसकी ओर देख कर, खुदाई के संकेत का इन्तजार करता हुआ।

'यहाँ खोद लाला।'—आखिर उसने जैसे आश्वस्त हो कर, जोर से बूट को ठपकारा।

...सुमेर चौकन्ना है।

रामनारायण से अब बैठा भी नहीं जा रहा है। वे पानी पिलाने का इशारा कर रहे हैं। बहुत बेचैनी है।

...अब नहीं हो सकता रामनारायण। अब गणेश भी नहीं टपका सकता तुम्हारे हलक में पानी की बूँदें।...न तुमसे कुछ कदम के फासले पर बैठा तुम्हारा यह बेटा, जो तुम्हें प्यास से तड़पते हुए, क्रमशः बेहोशी में जाते हुए देखने को अभिशप्त है।

...और अब यह फावड़ा उठा लाला केसरीमल के हाथों में, और गोलाई में घूमता हुआ, धाड़ की आवाज करता हुआ आ पड़ा है, जमीन के उस हिस्से पर, जहाँ जूता ठपकारा था संग्राम ने।

बहुत व्यग्र हो रहे हो लाला? ...तुम्हें कुछ भी होश नहीं कि कितनी सफाई से व्यूह-रचना हो चुकी है अन्तिम दृश्य की।

...सब अपनी-अपनी जगह सँभाल चुके हैं। तुम्हारे सामने संग्राम के सहयोगी हैं, दाहिनी ओर संग्राम...और पीठ पीछे रामनारायण...

और अब सही वक्त है कि तुम्हारी हौसला अफजाई की जाय।

'सुनो भाइयों, क्या तुम्हें पता भी है कि अपने लाला के पास कितनी दौलत है? चाहे तो नरसिंगपुर का पूरा मेला खरीद ले खड़े-खड़े।'

...फावड़ा सही पड़ रहा है। गड्ढा बनता जा रहा है।

'मेले की बात छोड़ो, वो तो परियों तक को खरीद ले...तभी तो शादी की जरूरत महसूस नहीं की।'

...देखते-देखते गड्ढा हाथ भर गहरा हो गया है।

'जरा ताकत तो देखो लाला की...कोई कहेगा कि उम्र का असर है लाला पर?'

झाड़ियों, दरख्तों, और चाँदनी को एहसास हो गया है कि निर्णायक क्षण करीब है। अनुभवी हैं वे। बार-बार देख चुके हैं। परिन्दे जाग उठे हैं नींद से। सतर्क हो गये हैं कि अब किसी भी क्षण विस्फोट होगा शोर का, और उन्हें फड़फड़ा कर उड़ जाना है आकाश में।

तभी सुमेर देखता है कि रामनारायण दोनों हाथों से छाती दबा कर, और क्षण भर को तड़प कर लेट गये हैं जमीन पर और चले गये हैं गहरी बेहोशी में। उनके ठीक सामने अब उनका निश्चल शरीर है। वे हर घटनाक्रम से परे जा चुके हैं, बल्कि

उसमे निहित अपनी केन्द्रीय भूमिका से भी।...जमीन पर स्पंदनहीन पड़े उनके हाथ में अभी भी अटका है, एक पीले कपड़े का बना हुआ फंदा।...

जब कि संग्राम तत्पर है अन्तिम आघात के लिए—'बात इस उम्र में लाला की ताकत की भी नहीं है। समझे आप लोग ?...बात है उनकी मर्दानगी की... ।'

'मर्दानगी की ? वो कैसे ? हम भी तो सुनें।'—सामने बैठे साथी और उकसाते हैं।

'हैरान रह जाओगे सुन कर। मैं बताता हूँ पारबतीपुर की एक रात की बात। वहाँ एक सुनसान खँडहर है। उससे लगा हुआ एक ओटला है वैद्य जी का।...उस रात वहाँ पंडित रामनारायण की पत्नी सोयी थी...बेसहारा...और आफत की मारी... कमजोर, और तेज बुखार में... ।'

लाला की पकड़ एकाएक फावड़े पर ढीली हो गयी है...आँखें विस्फारित—'ये ...ये क्या बक रहे हो ?—उसकी घिग्घी बँध गयी है।

सुमेर के भीतर, बरसों से जमी बारूद पर किसी ने दियासलाई फेंक दी ... और भक्क से सारा इलाका जल उठा है।

झाड़ियों में टुकड़ा-टुकड़ा उड़ रहे हैं संग्राम के शब्द ...टकरा रहे हैं एक-दूसरे से...टूट रहे हैं...झिंझोड़ रहे हैं उसे...

खँडहरों के पास एक स्त्री छटपटा रही है...तड़प रही है...बचने की अन्तिम मर्मान्तक कोशिशें...दबी-घुटी चीखें...

...दो नशेड़ी लड़के दौड़ रहे हैं...लाला भाग रहा है...

...कुत्ते भौंक रहे हैं...ओटले पर...भक्क अँधेरे में...अस्त-व्यस्त कपड़ों में पड़ी है एक स्त्री की मृत देह...

'अबे वो तेरी भाभी थी लाला।'—संग्राम की मर्मभेदी चीख...

भैरोगढ़ की झाड़ियाँ सकते में हैं।

संग्राम लाला का चेहरा ऊपर उठा कर घृणा से उसकी आँखों में झाँकता है—'अरे, कोई हौसला बँधाओ लाला को। इसकी तो घबराहट में जान ही निकल जायेगी।...चलो तो ऐसा करो...एक पान लाओ इसके लिए...पान... ।'

आ गया अन्तिम क्षण।...'पान लाओ' का संकेत सुनते ही अब रामनारायण को पीछे से उछल कर पीले रूमाल का फंदा कस देना है लाला के गले में। बड़ी किस्मत से हाथ आया है यह एक क्षण।

बहुत छोटी उम्र है इस क्षण की। कहीं छूट गया तो सब चौपट। सारे ब्रह्मांड का तनाव घनीभूत हो कर समाया हुआ है इस क्षण में।

'पान लाओ' की ध्वनि और पीछे से किसी के उछलने की आहट के बीच तो

समय का अन्तराल होता ही नहीं है कभी।...फिर आज... ?

आज उसके ठीक पीछे, उस तनाव ने एक निहायत बेबसी के क्षण में तब्दील हो कर गणेश को दबोच लिया है।...उसके ठीक सामने रामनारायण पड़े हैं...गहरी बेहोशी में...आवाजों से परे।...'पान लाओ' की ध्वनि उनकी चेतना तो क्या, अवचेतन से भी टकरा जाती हल्के से भी, तो यकीनन वे तो उछल पड़ते।...लेकिन वे बहुत दूर हैं, किसी और अन्धकार-लोक में ...अपनी निश्चल देह को इन झाड़ियों में छोड़ कर।

और अब तनाव के बादल ने और पीछे, घात लगा कर बैठे सुमेर सिंग को घेर लिया है।

...कि तभी वह अप्रत्याशित घट गया।

चीते की फुर्ति से, पहली छलाँग में सुमेर पहुँचा बेहोश रामनारायण के पास ...पीले रूमाल का फंदा खींचा उनके हाथ से...दूसरी छलाँग में पहुँचा लाला के पीछे ...और फंदा उसके गले में डाल कर कस दिया।

झाड़ियों के लिए वही पुरानी घटनाओं की पुनरावृत्ति...एकबारगी भरभरा कर ढहता हुआ सन्नाटा...एक बेसाख्ता तड़पता शिकार...प्राणांतक चीख पुकार...डर कर पास की बदली में छिपने की कोशिश करता हुआ चाँद...दरख्तों में घुसने की कोशिश करती घबराई हुई हवाएँ...गोल-गोल चक्करों में शोर मचाते परिन्दे...

धूल उड़ रही है...

फंदा इतना सही पड़ा है कि अब कोई फायदा ही नहीं है लाला का मुक्ति के लिए छटपटाने का।...कुछ नहीं हो सकता अब।

संग्राम ने उसे जमीन पर पटक कर मजबूती से पैरों को जकड़ लिया है। वह सुमेर को निर्देश दे रहा है—'...ऐसे नहीं...एक पैर फन्दे के एक सिरे पर रखो और दूसरे सिरे को दोनों हाथों से खींचो...और खींचो...।'

और अब लाला का संघर्ष शिथिल पड़ने लगा है। हाथ-पैर-देह सब शिथिल पड़ते जा रहे हैं।...साँसें साथ छोड़ रही हैं...

सुमेर लाला की देह की आखरी हरकत तक फन्दे को ढीला नहीं छोड़ सकता। ...पूरी तरह आश्वस्त होना चाहता है कि वह देह निष्प्राण हो चुकी है...अपनी माँ के इस कातिल की देह...जुनून सवार है उस पर...

संग्राम पहले उठा है लाला के पैरों को छोड़ कर।

अब कुछ शेष नहीं है...सब स्पंदनहीन...

शेष लोग पास आ गये हैं। उन्होंने सुमेर को पकड़ कर उठाया है—'उठो...काम खत्म हो चुका...छोड़ दो फंदा...।'

...अब कहीं जा कर वह अपने में लौटने की कोशिश कर रहा है...अभी कुछ देर तो लगेगी, दरख्तों में सरसराती हवाओं को अपने आप को सँभालने में...बदली के पीछे छिपे चाँद को कुछ आश्वस्त हो कर बाहर आने में...परिन्दों को सामान्य होने में...और खुद उसे, विस्फारित आँखें मलते हुए यह समझने में कि यह सब हुआ क्या है?...

संग्राम पीछे तक जा कर स्थिति का आकलन कर आया है। रामनारायण को हिला-डुला कर आश्वस्त हो चुका है कि बेहोशी गहरी है अभी भी...

गणेश कुछ न कुछ कह रहा है। समझने की जरूरत नहीं है अब। वह लौट कर फिर आ गया है घटनास्थल पर। उस व्यक्ति को लाला की देह से कुछ दूर हट कर एक पत्थर पर बैठे देखता है, जिसने अभी-अभी लाला के गले में फंदा कसा था।

उसके सामने जा कर खड़ा होता है। दोनों हाथ कमर पर रखे। ठंडी नजर से देखते हुए।

'कौन है बे तू?'—अन्ततः भारी आवाज में पूछता है संग्राम।

वह उठ खड़ा होता है धूल झाड़ता हुआ। चलने की तैयारी में। जैसे अब किसी से कुछ कहने की जरूरत नहीं है।

'मैं ...कैप्टन सुमेर सिंग...प्रमुख...ठगी उन्मूलन फोर्स...नरसिंगपुर...।'

फिर और कोई प्रश्न नहीं हुआ।

वह धीरे-धीरे आगे बढ़ गया। किसी ने उसे रोकने की कोशिश नहीं की। न उसने पीछे मुड़ कर देखा...कि लाला के शव को कौन उठा कर गड्ढे तक ले जायेगा? ...कि कौन सँभालेगा उस ठग को जिसका नाम रामनारायण है...और अब क्या घटित होने वाला है इस रहस्यमयी, अँधेरी जगह पर, जिसे कहते हैं भैरोगढ़ की झाड़ियाँ...।

छह

वह चलता गया। रात, ऊबड़-खाबड़ जमीन और झाड़ियों के बीच से रास्ता बनाता हुआ। सिर्फ चाँद ऊपर चल रहा था—पिछले घटनाक्रम का गवाह। शायद कुछ पूछना चाह रहा था। उसने तवज्जो नहीं दी।

उसके भीतर एक शून्य उग आया था, जिसमें न किसी प्रश्न की गुंजाइश थी, न किसी उत्तर की।

...इस प्रश्न तक की भी नहीं कि तेरा कौन सा भाग सच है, सुमेर?

क्या वह, जो अभी कुछ देर पहले झाड़ियों की तरफ जाते समय था, जिसमें तू

तैयार था अपने प्राणों से भी अधिक प्यारे बापू की छाती पर गोली चला देने के लिए? या फिर यह, जो स्वयं पीले रूमाल का फंदा कस रहा था लाला केसरीमल की गर्दन पर?

वह ऐसे तमाम प्रश्नोत्तरों की हदों से बाहर आ चुका था। उसे तो यह भी पता नहीं था कि उसकी जिन्दगी का निर्णायक क्षण यहाँ टँगा हुआ उसका इन्तजार कर रहा था—न जाने कब से।

इतना जरूर महसूस हो रहा था कि अवचेतन के भीतर कहीं कोई एक कोना अनायास खाली हो गया है।...ये वही कोना था जहाँ उस दिन पारबतीपुर की स्वयं उसकी वह चीख इतने अर्से से छिपी पड़ी थी प्रतिशोध के किसी अवसर की तलाश में।

...आज के बाद अब फिर कभी वह चीख सुनाई नहीं देगी।

उसे दूर पर चाँदी की लकीर-सा चमकता रास्ता दिखाई दिया-नरसिंगपुर जाने वाला रास्ता।

वह जानता था कि यह रास्ता कारागार की पथरीली दीवारों के बीच ले जायेगा। लेकिन अब मन में कोई दुविधा नहीं है।

वह जानता था कि रास्ते और भी हैं। चाहे तो किसी भी दिशा में गुम हो सकता है। एक बार उतर गया इन असीम, बीहड़ वनांचलों में, तो उम्र भर किसी के हाथ नहीं आने का। लेकिन अब उसे कोई जरूरत महसूस भी नहीं हो रही है बचने की।

...भैरोगढ़ आ गया था। कोई यात्रा रुकी थी। थके यात्री सो रहे थे।

वह अपने घोड़े तक पहुँचा। छलाँग लगा कर बैठा और पूरी रफ्तार से उसे छोड़ दिया नरसिंगपुर के रास्ते पर।

रात के उस पहर में, जहाँ सब कुछ स्थिर था और जब सिर्फ वह एकमात्र था जो कि गतिमान था चमकीले धब्बे की तरह तैरता, चाँदी की उस लकीर के ठीक ऊपर, जिसे रास्ता कहते हैं—नरसिंगपुर जाने वाला।

वह रात और एक पूरा दिन। इतना वक्त पर्याप्त था नरसिंगपुर की कचहरी तक पहुँचने के लिए।

वह अविराम घोड़ा दौड़ाता आया था। वह, अर्थात उसकी खोखली देह, जिसमें न अब किसी भावना का स्पंदन था, न किसी सोच की उलझन।

भावना का पहला स्पंदन उसने महसूस किया था सीधे नरसिंगपुर की सीमा पर पहुँच कर।

वह पहुँचा था चुंगी नाके पर। सामने एक शहर था; जो प्रतीक्षा कर रहा था उसके सफल हो कर लौटने की।...पहले भी प्रतीक्षा की थी उसने इसी तरह, जब वह फिरंगिया को पकड़ने के अभियान पर निकला था।

उसने भी तब इसे निराश नहीं किया था। वह इसी तरह अश्वारोही बन कर लौटा था। रस्सी से बाँध कर लाया था फिरंगिया को, जो उसके साथ-साथ पैदल चल-दौड़ रहा था।

तब उसके चेहरे पर सफलता की सन्तुष्टि थी और एहसास था दर्प का।

हठात् उसे लगा कि आज फिर उसी एहसास के साथ वह दस्तक दे सकता है इस शहर के प्रवेश-द्वार पर।...वह, कैप्टन सुमेर सिंग, ठीक वैसे ही अश्वारूढ़ है, और अपने साथ बाँध कर लाया है एक नृशंस ठग को, जो बेटा है रामनारायण का, गाँव जिसका पारबतीपुर है और नाम है जिसका सुमेर सिंग...।

इस सफलता के दर्प के साथ अश्वारोहण करता हुआ वह गुजर सकता है नरसिंगपुर की सड़कों पर।

...शीघ्र ही वह उस मोड़ पर पहुँच जायेगा, जहाँ से नजर आती हैं सैनिकों की बैरक्स, जिसके कतारबद्ध खम्भों वाले लम्बे बरामदे के अन्तिम छोर पर एक कमरे में अभी भी एक स्त्री होगी जिसका नाम विनोदिनी है।...वह वहीं होगी। इस बात से बेखबर कि उसके इतने पास से गुजर रहा है वह, जिसके लौट आने की चिन्ता में उसने कई रातें काट दी हैं आँखों ही आँखों में।

वह वहाँ बस थोड़ा सा ठिठकेगा, निस्पृह नजरों से देखेगा बरामदे को, और आगे बढ़ जायेगा।

आगे, जहाँ कचहरी के कंगूरों को थामने की असफल कोशिश कर रही होगी चौथे पहर की कमजोर धूप।

कचहरी वह ठीक वक्त पर पहुँच गया था।

पहुँचना तो था ही। यह उसका अन्तिम पड़ाव था।...नियति एक दिन हरेक का अन्तिम पड़ाव तय कर देती है।

आज वह पहुँचा है। कल शेष वे सब भी पहुँच जायेंगे—गणेश, संग्राम, और स्वयं उसके बापू। उन्हें बन्दी बना कर सैनिक कल तक पहुँच ही जायेंगे नरसिंगपुर। ... सभी पा लेंगे अपने-अपने अन्तिम विश्राम स्थल।

बल्कि इस बार तो नियति ने स्वयं काली माँ का पड़ाव भी तय कर दिया। कल वह भी अन्तिम बार आयी होगी नरसिंगपुर से मुरैना के रास्ते पर, भैरोगढ़ की झाड़ियों में, लाला केसरीमल की भेंट स्वीकारने।...अब वह कभी नजर नहीं आयेगी उधर, अपने चारों हाथों में खड्ग-खप्पर-नरमुंड लहराती, बड़ी डरावनी आँखें फाड़े, लाल जीभ बाहर लटकाए, चक्रवात-सी मँडराती हुई...।

...कोई और बहाना ढूँढ़ लेंगे जंगली सियार अँधेरी रातों में रोने के लिए।...

कल के बाद दौर आ जायेगा निरापद, सुरक्षित यात्राओं का, जिसमें शायद ही कोई यकीन करेगा कि नृशंस ठगों का कभी ऐसा भी एक दौर गुजरा था इन वनांचलों में।

...कचहरी अभी बन्द नहीं हुई थी। नित्यप्रति की गहमागहमी बदस्तूर थी। भीतर बाहर आते जाते चिन्तित परेशान नगरवासी, अकड़ते घूमते सरकारी कारिन्दे, रौब झाड़ते दरोगा-कोतवाल...सब रोज की तरह।

उसे किसी ने नहीं रोका। सैनिक वर्दी में वह सीधे भीतर चला गया—बेरोकटोक।

भीतर कुछ ठगों की सुनवाई चल रही थी। फिरंगिया मौजूद था, और वह ठग भी, जिसने फिरंगिया का पता दिया था। सामने बड़ी कुर्सी पर स्लीमेन थे। हमेशा की तरह उनकी एक ओर मिसेज फोंटेन। शेष अधिकारीगण दोनों ओर कतार में।

वह कक्ष के बीच में जा कर खड़ा हो गया। स्लीमेन साहब के ठीक सामने। सावधान की मुद्रा में।

उसने एक चुस्त सैनिक सलाम उन्हें ठोंका।...कमांडो की हैसियत से उन्हें उसका यह आखरी सलाम...।

कचहरी की प्रक्रिया के बीच अनायास पैदा हुए इस गतिरोध ने सनसनी फैला दी। आश्चर्य के धक्के से पूरा कक्ष डगमगा गया।

'अरे, सुमेर सिंग ?...आज अचानक यहाँ ? और वह भी अकेला ?'—एक साथ सैकड़ों भृकुटियाँ तन गयीं।

'अकेला नही आया हूँ महोदय।'—उसने वैसे ही दर्प के साथ कहा, जैसे कई दिन पहले गिरफ्तार फिरंगिया को प्रस्तुत करते समय कहा था—'एक महत्त्वपूर्ण ठग को पकड़ कर साथ लाया हूँ। इसे रंगे हाथ पकड़ा है भैरोगढ़ की झाड़ियों से।'

पूरी कचहरी हैरत से ताक रही है-दूसरा तो कोई नजर नहीं आता...

उसने अपनी कैप, बेल्ट और रायफल निकाल कर सम्मानपूर्वक स्लीगेन के सामने रख दिये।

'सैनिक सुमेर सिंग का सफर यहाँ खत्म हुआ सर। अब आपके सामने वह ठग खड़ा है जिसे वह गिरफ्तार कर के लाया था।...जिसे रंगे हाथों पकड़ा था उसने भैरोगढ़ की झाड़ियों में, पारबतीपुर के लाला केसरीमल के गले में पीले रूमाल का फंदा कसते हुए।...इसे हिरासत में लें सर, यही है वह...ठग सुमेर सिंग...पुत्र पंडित रामनारायण...निवासी ग्राम पारबतीपुर...इलाके का अन्तिम ठग...।'

बस, इतने थोड़े से शब्दों का सफर, और वह अपनी गरिमामय दुनिया से निकल कर ठगों की उस दुनिया का भाग बन गया था, जिसे नष्ट करने का संकल्प लेकर स्वयं वही निकला था एक दिन पारबतीपुर की अमराई से, जहाँ माँ और बापू खड़े थे उसे

बिदा देने...नम आँखों में सपना सँजोए कि एक दिन वह मृत्युंजय की तरह लौटेगा ...अश्वारूढ़ ...विजयी हो कर...।

अजीब असमंजस में डूबी कचहरी। कभी सन्नाटे में। कभी कोलाहल में। कभी यकीन करते हुए। कभी यकीन तक नहीं करते हुए उस घटना पर, जो पिछली रात घटी थी भैरोगढ़ की झाड़ियों में, और जिसे स्वीकार करते हुए लेशमात्र भी अपराध भाव से ग्रस्त नहीं लगा यह शख्स, जो अविचलित खड़ा है उनके सामने।

'गुनाह कुबूल कर लिया है अपराधी ने सर, अब उसे सजा सुनाएँ।'—यह फिरंगिया की आवाज थी कटाक्ष भरी, जो तमाम शोरगुल से ऊपर उठ कर गूँज उठी थी कचहरी में।

सजा... ?—स्लीमेन जैसे किसी आकस्मिक धक्के से चौंक कर जागे। स्वयं यह यकीन करने की कोशिश करते हुए कि क्या सचमुच वक्त आ गया है सजा सुनाने का?

'सुमेर सिंग'—अन्ततः उन्होंने सख्ती से भावनाओं को दबा कर चेतावनी दी—'क्या तुम जानते हो कि तुम्हारी यह स्वीकारोक्ति तुम्हें फाँसी के फन्दे तक ले जा सकती है?'

वह वैसे ही शान्त और अविचलित खड़ा रहा। जैसे मौन की भाषा में उत्तर दे रहा हो कि इन तमाम भय-आशंकाओं से बहुत आगे आ चुका है वह। अब आगे की कार्यवाही शुरू की जाय।

नरसिंगपुर की कचहरी का कक्ष कभी ऐसे असमंजस में नहीं डगमगाया था।...एक कक्ष जिसमें शाम के बेचैन साये मँडरा रहे थे। जिसकी दीवारों पर लकड़ी की पेनलिंग से बनी आर्चेस में दबे पाँव अपनी जगह तलाशने लगे थे आशंकित अँधेरे। जहाँ दीवार घड़ी का पेंडुलम इधर से उधर डोलते हुए प्रतीक्षा कर रहा था निर्णय की घड़ी का।...जहाँ बार-बार स्लीमेन किसी निर्णय पर पहुँच कर होंठ खोलते और फिर चुप हो जाते। जिनके साथ की कुर्सी पर सफेद घेरदार वस्त्र और गोल सफेद हैट पहने हुए मिसेज फोंटेन को कभी इतना विचलित नहीं देखा गया था।

...और जहाँ अन्तिम निर्णय की प्रतीक्षा करता हुआ एक अपराधी खड़ा था, जो अपने लिए रियायत भी नहीं चाहता था।

उसे लग रहा था जैसे उसकी आत्मा भीतर से निकल कर बाहर आ गयी है और हैरत से उसका मुआयना करते हुए उसके इर्द-गिर्द घूम रही है। उसे आगाह कर रही है कि कल सुबह तक रामनारायण को लेकर शेष सैनिक पहुँच जायेंगे, सुमेर सिंग।...तुम सामना कर सकोगे उनका? झाँक लोगे उन आँखों में, जिनमें तुमसे एक विजेता योद्धा की तरह पारबतीपुर की अमराई में मिलने का सपना झिलमिलाता

था।...तुम कल मिलोगे उनसे ?

और वह एकाएक जोर से बोल पड़ा था—'अगर मृत्युदंड तय है तो कृपया मुझे आज की रात ही फाँसी पर लटका दिया जाय, सर।'

उसकी आवाज बार-बार दीवारों और छतों से टकरा कर प्रतिध्वनित होती रही।...लोग हैरत से उसे ताकते रहे।

आत्मा इतने भर से सन्तुष्ट नहीं है। वह अब उसके कन्धे पर हाथ धर कर पूछ रही है—'...सैनिकों की बैरक्स के कतारबद्ध खम्भों वाले बरामदे के अन्त में एक कमरा है सुमेर। उसमें एक स्त्री है जिसका नाम विनोदिनी है...कुछ सोचा है ?...मतलब इस दुनिया से जाने के पहले उससे कोई अन्तिम मुलाकात वगैरह... ?'

वह फिर ऊँची आवाज में कहता है—'अगर वह स्त्री चाहे तो मृत्यु के बाद मेरा शरीर उसे अन्तिम क्रिया के लिए सौंप दिया जाय। ताकि बाद में वह भस्म को उस नदी में बहा दे जो पारबतीपुर को छू कर बहती है।'

'लेकिन पहले यह तय तो हो कि यह सामने खड़ा शख्स सुमेर सिंग अपराधी है भी या नहीं ?'—एकाएक मिसेज फोंटेन की तीखी, खनकती आवाज ने कचहरी को स्तब्ध कर दिया—'पहले एक खुली बहस हो इस बात पर।'

स्लीमेन स्वयं हैरत से उसे देखते रह गये। शायद ही कभी ऐसा हुआ हो कि मिसेज स्लीमेन ने निर्णय प्रक्रिया में इतना सीधा हस्तक्षेप किया हो। और वह भी इतने निर्णायक ढंग से।

सुमेरसिंग सही था या गलत ?—उस शाम नरसिंगपुर की उस कचहरी में जो बहस एक बार शुरू हुई तो फिर कभी खत्म ही नहीं हुई।

एक-एक कर के दिन बीतते गये।

फिर महीने और वर्ष बीतने लगे।

दशक बीत गये और फिर तो शताब्दियाँ भी बदल गयीं।...नतीजा शून्य...

न विलियम हेनरी स्लीमेन रहे, न मिसेज फोंटेन...सब अपनी-अपनी जीवन-यात्राएँ पूरी कर के दुनिया से चले गये...सब एक-एक कर के इतिहास के पन्नों में समा गये...।

बहस चलती रही।

न वनांचलों में मौत का तांडव मचाते वे काली-भक्त रहे, न अपना प्रसाद ग्रहण करने बीहड़ों में मँडराती खड्ग-खप्पर धारिणी वह काली ही रही...सब विलुप्त हो गये काल-गर्त्त में...।

न सुमेर सिंग रहा, न रामनारायण...।

वक्त बदलता गया...पीढ़ियाँ बदलती गयीं...।

निर्णायक-न्यायाधीश सब बदल गये।

बहस करने वाले भी बदल गये और जिन पर बहस की जानी थी वे भी बदल गये।

...यहाँ तक कि एक दिन उनकी जगह पानसिंग तोमर आ गया...

और बहस करने वालों में हम आ गये—मैं विजेन्द्र नारायण, रामनारायण की आठवीं और सुमेर सिंग की सातवीं पीढ़ी का वंशज, और इतिहासकार डॉ. दिनय।

लेकिन बहस उसी तरह चलती रही और तर्क—वितर्क भी सब वही-वही।

कि अगर वह सही था, तो क्यों उसे पागल जानवर की तरह जंगलों में दौड़ा-दौड़ा कर मार दिया गया?

और अगर वह गलत था, तो उसकी मौत पर क्यों एक गहरी कसक रह गयी जमाने के दिल में?

वक्त तो यह भी बीत ही जायेगा। शताब्दियाँ भी गुजरती रहेंगी। चेहरे बदल-बदल कर नये-नये पात्र आते-जाते रहेंगे।

लेकिन बहस जारी रहेगी। किसे पता कब तक?

किसे पता कि भविष्य के गर्भ में कहाँ इसका कोई समाधान होगा?

फिलहाल तो बहस पर विराम देने का सबसे विश्वसनीय तरीका वही लगता है, जो सन् 1835 की उस शाम को विलियम हेनरी स्लीमेन ने अपना निर्णय सुनाने के पहले प्रस्तुत किया था...कि आज यहाँ उपस्थित सभी गुणीजन इस बात पर पूरी तरह सहमत हैं कि हम एक-दूसरे से असहमत हैं...We all agree to disagree...

□□